KB102418

# 열매는 밤에도 익는다

**열매는 밤에도 익는다**



초판 1쇄 발행 2022년 12월 13일

지은이 이한옥
펴낸이 이기봉
편집 좋은땅 편집팀
펴낸곳 도서출판 좋은땅
주소 서울특별시 마포구 양화로12길 26 지월드빌딩 (서교동 395-7)
전화 02)374-8616~7
팩스 02)374-8614
이메일 gworldbook@naver.com
홈페이지 www.g-world.co.kr

ISBN 979-11-388-1484-3 (03810)

- 가격은 뒤표지에 있습니다.

- 파본은 구입하신 서점에서 교환해 드립니다.

# 열매는
# 밤에도 익는다

이한욱 소설집

# 시작에 앞서

누구나 참담한 시기를 겪는다 해도, 인생이 구부러졌다 해도 말문이 열리던 유년을 돌아보면 자신이 그리 사랑스러울 수 없다. 세상이 아름답게 보이고 마음이 맑아진다. 홀보들한 살결과 여린 힘살, 무럭무럭 자라는 생각의 세포, 세상을 알아 가는 기쁨의 노래, 내 것을 모르는 해맑은 마음. 나무가 거꾸로 자란다면 모를까 하늘에 머리를 두는 동안 누가 그 순수의 세계를, 무지갯빛 동심을 잊을 수 있을까.

이 소설집은 지난날 우리의 공통적 경험과 추억을 일깨워, 향토의 언어와 서정으로 한 시대의 풋풋한 유년을 회상한 이야기다. 흙에서 살아온 사람들의 고유한 얼과 풍습의 면면을 되살핀 작은 역사서이기도 하다. 호롱불로 밤을 밝히던 시절의 빛바랜 병풍 속 정경이지만, 앞만 보고 달리느라 인생의 값어치를 깜빡 잊은 사람들에겐 마음의 시간을 되돌려 볼 정담이리라.

청춘은 잠깐 빛나고 애써 닦은 연륜은 그 소용을 다 못 하지만, 사람들은 마지막 날까지 인생의 뜻을 세우고 삶을 가꾼다. 기나긴 그 삶의 여정은 나어린 시절을 바탕으로 삼는다.

눈부신 빛다발과 하늘의 향기, 흙 속에 몸 붙인 생명, 도란거리는 물소리와 청청한 초목, 꽃과 열매와 무르익는 작물, 언덕을 구르는 아이의 웃음, 농부의 한숨과 타령, 산천에 서린 구비와 전설, 자연의 조화가 빚는 색색의 무늬, 출렁이는 즐거움과 저미는 아픔……. 모르고 태어난 세상이다.

설렁설렁 걸으며 싱긋빙긋 뛰놀고 마음을 키우던, 솜털이 보스스한 귀여운 시절의 애잇머리 이야기다.

차례

아이는 여린 옥잠화

어둠을 향해

백옥빛 비녀로

망울을 열고

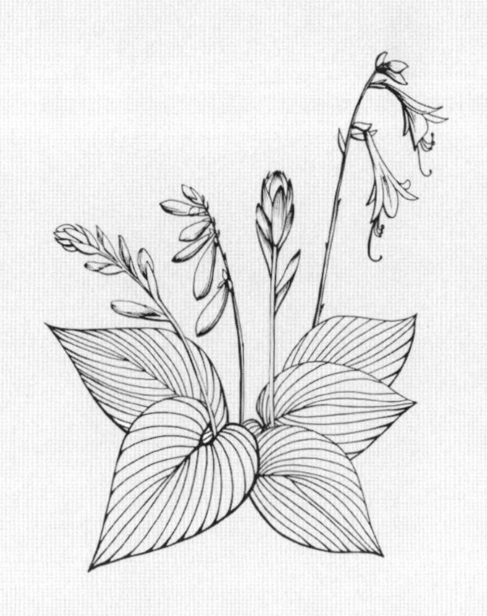

## 메아리

농부들이 들일을 멈추고 총알이 핑핑 나는 전장에 들락날락한다면 그만한 까닭이 있음이다. 사람의 목숨이 바람 속 등불처럼 위태롭고, 산천이 피로 얼룩지는 참화가 마을을 울분으로 들끓게 하니. 어찌 지켜보기만 하겠는가.

여느 아침처럼 마을 사람 여럿이 허겁지겁 우리 집에 모였다. 손놀림이 재바른 아낙네들과 거뜬거뜬 등짐을 잘 지는 장정들이다. 나이가 든 여인들은 마당에서 가마솥에 국수를 삶고, 부엌에선 어머니와 월포댁과 다홍 댕기로 쪽을 찐 새암골 새댁이 찬거리를 준비하느라 부산스럽다. 잔칫날 음식 장만이라면 사람들의 훈김과 웃음소리로 시끌벅적하련만 모두가 긴장되고 침울한 모습이다. 지금쯤 혈투를 벌이고 있을 경찰대원들 중 오늘은 누가 쓰러질지 모르는 판국이다. 그들이 힘이 빠지고 지쳐 떨어지면 안 된다. 어서 서둘러 전장으로 가야 한다. 집 안을 휘돌던 가마솥 불길 연기가 대밭으로 사그라지고, 날 선 햇살이 부시도록 내려앉는다.

어언 준비가 끝났다. 아낙네들은 커다란 광주리에 국수를 건져 담고 아버지와 철진, 종하는 지게 바작에 찬거리를 올려 실었다. 다른 사람의 지게에는 바닥에 깔 맷방석을 둘둘 말아 얹고, 국물동이 지게에는 혹여 중심이 기울까 짚북데기를 뭉쳐 깔고 동이를 얹었다. 그런 다음 새끼줄로 칭칭 둘러 묶고 탕개를 틀어 위아래를 단단히 동였다. 야참이나 두터운 옷가지 등 대원들의 밤샘거리도 두루 챙겼다.

저마다 나설 차림을 고쳤다. 남정들은 해진 잠방이를 정강이 위로 돌돌 말아 걷고 여인들은 허리춤을 질끈 조여 맸다. 햇볕은 달아올라 그림자마저 태울 듯 쨍쨍 내리쬐었다. 문수제로 향하는 사람들의 발걸음은 가쁘고 숨을 고르는 표정들은 비장했다. 문수제는 위험한 곳이라며 말리던 어머니를 졸라 나도 누나의 등에 업혔다. 한터 언덕을 지나 개울을 건널 땐 서로에게 경고를 했다.

"장대비 끝이라 노딧돌이 미끄롭네!"

징검징검 앞서가던 사람이 소리를 질렀다.

"싸목싸목 조심들 혀. 꿀렁돌도 있구만?"

한마디씩 내뱉지만 기실 자기들이 조심하겠다는 말이었다. 누나는 나를 업은 채 사뿐 개울을 건넜다. 광주리를 머리에 이고 가파른 문수제 황톳길을 올라가는 아낙네들의 이마에는 구슬땀이 줄줄 흐르고 풀발 눅은 베적삼은 흠뻑 젖어 흐늘거렸다. 지게를 진 장정들은 푸우푸우 숨을 뱉으며 헐떡였다. 나를 업고 가던 누나도 숨이 차는 듯 가끔씩 비틀거렸다.

계곡을 사이에 두고 문수제와 맞은편 매봉재에서는 서로를 겨냥하는 총격전이 며칠째 계속되고 있었다. 매봉재는 송림과 잡나무들로 울창한 숲을 이루고 있는 변산반도邊山半島 봉래산 줄기 끝자락이다. 문수제에는 스무 명가량의 전투경찰대와 의용경찰대 대원들이 진을 치고 있고, 매봉재에는 변산 유격지구 빨치산 대원들이 후퇴를 위한 최후의 저항을 하는 중이었다.

빨치산 대원들은 매봉재 뒷산 너머 떡국재 근거지 토벌 작전에 쫓기는 인민군 잔당과 인근 마을에서 흘러 들어가 활동하던 사람들이었다. 그중에는 정석 아버지, 근모 아버지, 일재 아버지 등 마을 사람들도 몇이 있었다. 빨치산 대원들은 마지막 퇴로를 찾기 위해 문수제 계곡을 따라 탐색 중이고 경찰대는 그들이 내려오지 못하도록 방어하는 경고 사격이 이어졌다. 그러나 계곡의 거리가 멀어 저들의 총알이 이곳까지 닿지 못하고 이쪽 사격이 저들이 있는 곳까지 미치지 못하여 아직 위험한 상황은 아니었다.

총격은 멈추지 않았다. 굉굉한 총소리는 계곡을 따라 산 허리에 메아리로 울리고 벼랑 밑 계곡의 물은 높게 불어나 나뭇가지들과 함께 가파르게 흘렀다. 하늘은 불벼락 같은 기염을 토하고 싱싱 푸른 나뭇잎들은 혀를 내밀고 늘어졌다. 산새들은 화약 연기에 질식한 듯 깃들일 곳 찾아 능선을 휘날았다. 나와 누나는 다른 아이들과 함께 문수제 아래에 있는 초막에 들어가 몸을 웅크리고 숨을 죽이며 바깥 광경을 지켜봤다. 누나는 애꿎은 산짐승들이 산자락을 넘을까 개울을 건널까 괴로워할 것 같다고 했다.

언덕 위에서 벌어지고 있는 총격전은 산천을 흔들며 가슴을 졸이게 했다. 대원들이 겨누는 총부리마다 살기 돋는 인광이 번득였다. 부들부들 떨리고 총소리가 천둥소리보다 크게 들렸다. 총소리가 귓전을 땅땅 두들겨 두 손으로 귀를 막곤 했다. 화약 냄새가 언덕 아래까지 내려오고 생솔 타는 연기처럼 콧숨이 매캐했다. 대원들이 몸을 구부리고 이리저리 움직일 때마다 검붉은 황토 먼지가 뿌옇게 일었다.

"수그려! 일어서지 마. 오른쪽이야!"

대원들의 우두머리인 듯한 사람의 숨찬 고함 소리가 총소리와 함께 들려왔다. 대원들은 몸을 낮추고 이리저리 날래게 움직였다.

해는 중천을 향해 갔다. 아낙네들은 참호를 따라 언덕을 기며 대원들에게 국수를 나누어 주었다. 얼마나 허기가 졌는지 자리에 앉기도 전에 후루룩 넘겼다. 논갈이하다 쟁기를 세우고 새참 막걸리를 마시듯 총대를 어깨에 맡기고 국물도 단숨에 들이켰다. 대원들은 밤을 꼬박 새우고 아침 끼니마저 거른 채였다. 그들 중 의용경찰대원들은 향토방위와 치안을 위해 고장 여러 마을의 젊은이들로 구성된 전투대원들이었다. 가족이기도 하고 형제 같은 이웃들이다. 누군들 나서지 않으랴. 마을 사람들은 자발적으로 음식을 제공하고 야영에 필요한 담요나 덮개를 가져다 주는 등 후방 지원부대 같은 역할을 했다.

바위 둔덕 아래 구불구불 나 있는 참호 속에서 대원들이 허기를 채우는 동안 총소리는 잠시 멈추곤 했다. 언덕 아래서 올라오는 한여름의 후터분한 열기가 부글거렸다. 대원들은 땀범벅이 된 채 몸을 질질 끌었다. 황토에 젖은 옷은 전투복인지 흙거적인지 구분이 안 되었다. 기진맥진으로 쓰러지는 대원은 숨을 돌리느라 앉은 채로 구르다가 다시 엉금엉금 참호를 기었다. 후드득 쏴아 하고 소낙비라도 한 번 피부으면 좋으련만 이글거리는 태양은 구름 한 점마저 다 태워 버렸다.

휴전이 되어 인민군이 물러간 지 한 해가 지났지만 갈가리 찢긴 강토는 아직도 피의 상처로 얼룩져 있고, 이념의 투쟁은 곳곳에서 멈추지 않았다. 유엔군이 철수하고 중공군도 돌아갔지만 동족 형제들끼리는 마저 끝내야 할 푸닥거리가 남아 있었다. 신세를 갚는 일도 아니고 맺힌 원한을 푸는 일도 아니었다. 다른 나라 족속들이 이 땅에 들여놓은 이념이라는 허상에 홀려 꼭두각시 춤을 추는 일이었다. 그것도 저절로 생겨난 사악한 춤이다. 사람들은 누구를 위하고 무엇을 위한 춤인지 무지몽매했다. 그렇게 동족을 가르고 벗들의 심장을 겨누는 꼭두각시 춤판이 우리 마을에는 아직 끝나지 않았다.

이윽고 전장은 소강상태로 잠잠해지고 사람들은 돌아갈 차비를 했다. 언덕에서 배식을 마치고 내려온 어머니와 아낙네들은 광주리와 그릇들을 주섬주섬 챙겼다. 장정들이 빈 동이와 잔물들을 챙기는 동안 월포댁과 새암골 새댁도 그릇 담긴 광주리를 머리에 이었다. 누나도 이제 집에 가자며 초막 구석에 몸을 옴츠리고 있던 나를 한 쪽 팔로 감아 안았다. 나는 누나의 옆구리에 매달려 붕붕 뜬 걸음으로 내려왔다. 총성의 메아리가 멈추고 생사를 가르는 공포와 긴장이 계곡물에 씻겨 가는 동안 열기를 삼킨 태양은 어언 서산으로 내려앉았다. 빨치산들은 산속으로 사라지고 대원들은 밤을 새울 작정으로 다시 진지를 정비했다. 사람들은 제 울을 찾아 가까스로 하룻짐을 내렸다. 마을은 숨을 고르며 정적 속으로 빠져들었다.

한편, 산 너머 떡국재의 빨치산 근거지에서는 군과 경찰이 합동으로 벌이는 마지막 소탕 작전으로 치열한 전투를 이어 갔다. 떡국재는 바다와 맞닿은 절벽 지대로 깎아지른 듯한 바위산이다. 그곳만 탈환하면 토벌 작전은 끝난다. 의용경찰대원이던 종래 삼촌도 작전에 참가하고 있었는데, 매일 아침 총을 메고 나갔다가 해 질 무렵에 돌아오곤 했다. 전투가 막바지에 달하고 피해자도 속출하고 있었기에 아침에 삼촌이 나갈 때면 아버지와 어머니는 부디 조심하라며 거듭 당부를 했다. 문밖까지 따라나서는 어린 나를 귀여워하여 나갈 때는 머리를 쓰다듬고 볼도 꼬집었다. 마을 사람들은 언제쯤 이 암울한 시절이 끝날지 노심초사하며 들일에 나서고, 진지에 자식을 보낸 노부모들은 무사안일만을 빌었다. 뒤숭숭한 소식들이 퓽퓽 날아들고 언제 무슨 일이 벌어질지 몰라 잠시도 마음을 놓지 못했다. 한가로이 어슬렁대던 마을 개들마저 작은 기척에도 컹컹 짖어댔다.

떡국재 전장에서 돌아온 종래 삼촌이 빨치산 토벌이 곧 끝날 것 같다는 소식을 가져왔다. 삼촌은 어깨에 메고 있던 총을 내리며 들어섰다. 어머니와 내가 문 앞 마중을 했다.

"왔능기오? 고생했소."

"예."

"거그는 시방 어떠요?"

"거진 끝나가요. 이쪽에서 넘어간 사람들은 다 돌아왔고 잔당들은 몇 안 남었시요."

"그려? 아이고, 빨리 끝나야 헐 턴디. 총소리 땜에 다들 가슴이 벌렁벌렁히여."

어머니는 삼촌에게 어서 씻고 들라는 손시늉을 하고 부엌으로 들어갔다. 설핏한 석양빛이 담장 뒤로 주춤주춤 내려앉았다. 마루에 털썩 걸터앉은 종래 삼촌의 어깨가 축 늘어져 보였다.

# 유둣날

쉬지 않고 쏟아져 내리던 장맛비가 멈추었다. 그사이 돌담장에 매달려 있던 연녹색 호박들이 훌쩍 자라서 아이들 머리통만큼이나 커졌다. 하얀 감꽃잎도 세찬 비바람에 떨어지고 떨어진 꽃눈 자리엔 푸르고 토실한 땡감 열매들이 영글어 갔다. 감나무들은 오래전 할아버지가 텃밭 뒤에 있는 모시밭과 뽕나무밭 사이사이에 심어 놓은 것들이다. 밑동은 두어 아름이고 높기는 아득하여 스무 디딤은 올라야 하는 먹시감나무다. 팔뚝만큼 굵은 가지들은 땅에 닿을 듯 구불구불 멋대로 내려 뻗었다. 틈만 나면 나는 나뭇가지에 올라 말타기 놀이를 했다. "이랴, 이랴!" 소리로 채찍질 흉내를 내며 꼬시럼을 탔다. 출렁출렁 굴리면 말은 뛰어오르다 내리다 잘도 달렸다. 내려 굽은 가지들은 발굽이 되어 땅을 긁고 구를 때마다 그 자리는 움펵 패었다.

내가 태어나기 훨씬 전에 돌아가신 할아버지는 감나무뿐만 아니라 집 주위에 살구나무, 대추나무, 은행나무, 복숭아나무, 석류나무 등 여러 과실나무를 심고 탱자나무와 측백나무는 울타리로 키웠다.

유두流頭 명절이 다가오자 어머니는 잔치도 할 겸 한껏 푸르러진 모싯잎을 따다가 식구들에게 떡을 해 먹일 참으로 모시밭으로 향했다. 나는 젖은 수풀을 헤치고 가는 어머니의 치맛자락을 잡고 종종걸음으로 뒤따랐다. 감나무 아래 두엄자리에서 후텁지근한 열기와 함께 잿빛 김이 모락모락 올라왔다. 장마 뒤라서인지 퀴퀴한 두엄 냄새가 물씬 풍겼다. 그때 길쭉한 숯덩이처럼 생긴 꺼뭇한 구렁이 한 마리가 두엄자리 위에서 슬금슬금 내려왔다. 어머니도 놀라고 나도 놀라 걸음을 멈칫했다. 우리는 음충스레 몸을 트는 구렁이가 풀숲으로 사라지길 기다리다 모시밭으로 향했다.

마침 논일을 마치고 돌아오던 철진이 구렁이를 보더니 지게를 내려놓고 철천지수를 만난 듯 작대기 알구지로 내리쳐 기절시켜 버렸다. 모싯잎을 따고 있던 어머니는 철진의 잔학함에 소스라치게 놀랐다. 나도 무서워서 꼼짝 못 하고 벌벌 떨었다. 두엄 바닥에서 지렁이들이 나 살려라 몸을 털며 기어 나오고 지네와 사내기들이 숨을 곳을 찾느라 꿈실거렸다. 어머니는 철진을 나무랐다.

"구렁이는 신령한 동물이라 함부로 죽이면 집안에 우환이 생긴다는디, 왜 그냥 보내 주지 않고 죽이는고?"

철진은 못 들은 체하며 구렁이를 작대기에 걸쳐 냇가로 가져갔다. 늘어진 구렁이를 보며 철진을 따라갔다. 나뭇가지 위에 올려놓고 불에 태우자 지나던 마을 사람들이 그 광경을 보려고 몰려들었다. 구렁이가 용처럼 생겼다며 신기해했다. 구렁이는 불 속에서 지

글지글 타다가 꺼멓게 오그라들었다. 살 타는 누릿한 냄새가 연기와 함께 시냇가로 솔솔 깔려 갔다. 소름이 돋고 오줌을 지릴 것 같았다.

장마는 그쳤지만 아직 잔비가 간간이 내렸다. 개울에서 돌아온 철진은 헛간에서 도고통을 번쩍 들고 와 마당에 내려놓았다. 철진은 뚝심이 팔팔 넘쳤다. 가끔 꾀를 부려서 그렇지 마음만 먹으면 나락 두 섬은 거뜬히 진다. 자기가 반죽을 치겠다며 양손에 침을 퉤퉤 뱉고선 도곳대를 들고 메질에 나섰다. 그에게 메질은 식은 죽 먹기지만 어머니에게는 삭신이 무너지는 일이었다. 땀을 뻘뻘 흘리며 메질을 하는 철진은 신바람이 났다. 어머니와 누나는 보릿가루와 모싯잎이 섞인 꾸들꾸들한 반죽 덩어리로 송편을 빚고 접시 모양의 개떡도 만들었다. 나도 떡을 빚어 보겠다며 고사리 같은 손으로 반죽을 조몰락대다가 젖비린내 손으로 반죽을 망치지 말라는 누나의 핀잔에 마루 구석으로 쫓겨났다. 반죽보다 단팥 소 덩이로 손이 더 들락거린 탓이다. 유둣날에 해 먹는 떡은 설날 시루떡보다 차지고 맛나는 여름 보식이었다.

한 무리의 사람들이 웅성거리며 수레 한 대와 함께 집으로 몰려들었다. 쇠죽을 쑤느라 외양간을 들락거리던 철진이 무슨 일인가 하고 허리춤을 추키며 뛰쳐나갔다. 종하가 수레를 끌고 아버지는 수레 옆에 붙어서 걸어왔다. 아버지의 어깨가 늘어지고 강단이 넘치던 발걸음이 휘청거렸다. 사람들의 침통한 표정이 예사롭지 않았다. 어머니와 누나도 불길한 생각이 들었는지 손을 털고 황급히 마루에서 내려왔다. 도착한 수레에는 종래 삼촌이 싸늘한 주검이 되어 가마니 거적에 덮인 채 누워 있었다. 거적은 흥건히 비에 젖어 무끈 늘어졌다.

의용경찰대 대원이었던 삼촌은 오전에 떡국재의 빨치산 근거지 토벌 작전에 나갔다가 총을 맞고 쓰러지는 변고를 당한 것이다. 아침에 나가면서 "다녀오겠습니다." 하고 인사를 한 것이 마지막이 될 줄이야. 삼촌은 아침에도 나를 번쩍 들어 목말을 둥실 태워 주고 내 볼을 꼬집었다.

어머니는 기절할 듯 수레 앞에 풀썩 주저앉았다. 열여섯에 시집을 온 이후 몇 해 되지 않아 시부모가 세상을 뜨자, 어렸을 적부터 자식처럼 돌보며 애지중지 키워 왔던 막내 도련님이었다. 아버지도 누나도 형도, 사람들 모두가 넋을 잃고 마당 한가운데에 있는 수레에서 눈을 떼지 못했다. 어머니는 땅을 두드리며 통곡했다.

"시상으 뭔 일이여, 웬일이여!"

종래 삼촌을 형이라 부르며 살갑게 따랐던 철진과 종하는 주먹으로 이마를 짓찧다가 가슴을 치며 시커먼 하늘을 향해 오열을 토했다. 나는 영문을 모른 채 다섯 살 위인 형의 손을 잡고 이리저리 수레 위를 살폈다. 앞집 문기 어머니가 달려와 쓰러져 통곡하고 있는 어머니를 부축하며 함께 울음을 터뜨렸다.

"아이고, 이를 어쩌!"

사람들이 더 모여들었다. 아버지는 말문을 닫고 마당 너머 감나무 밑으로 가 웅크려 앉았다. 떨리는 손으로 거친 풀대를 움켜쥐었다가 뜯곤 했다. 추수가 끝나면 혼례를 치르기로 했던 삼촌은 심성도 곱고 곱상하게 잘생긴 청년이었다. 하지만 혼례 때 입으려고 장만해 둔 고운 예복을 수의 대신 입고 저세상으로 갔다. 못다 피운 젊음이 하루아침에 뚝 져 버렸다. 마을에는 전쟁에 참전한 사람들이 몇이 있었지만 큰집 용근 형이 청성 부대에 있을 때 용문산 전투에서 총상을 입고 상이군인이 된 일 외에는 주검으로 돌아온 사람은 없었다. 그러나 빨치산 토벌에서는 고장 사람 여럿이 죽어 나갔다. 앞날이 창창한 종래 삼촌의 주검은 절통하고 안타깝기 짝이 없는 비극이었다. 그런 비극은 고장에 한둘이 아니었지만 이제 끝나려니 했었다. 우리 집은 절망감으로, 마을은 분노로 가득 찼다.

"토벌이 막바지라는디, 고비를 못 넘었네, 그려."

"생때같은 목심 어찌까? 요절할 놈들!"

둘러선 사람들은 저마다 세상을 향해 원망과 한탄을 쏟았다. 유두 명절 앞 날이 젯날이 되고 모시떡은 젯떡이 되었다.

주검을 눈앞에서 보았다. 내가 죽어 누워 있는 것 같았다. 가슴이 으슥으슥 떨리는 무서움, 생애의 첫 슬픔, 아픔이 나를 울렸다. 갓 자란 여린 이파리는 생명도 떨어뜨리는 비바람의 잔인함을 몰랐다.

어머니의 예감이었을까. 우리 집에는 또 다른 우환이 꺼뭇한 구렁이처럼 잠잠 웅크리고 있었다.

# 덫

달빛이 사라진 밤이면 산에서 내려온 빨치산 대원들은 마을을 돌아다니며 약탈을 자행했다. 대원들 중에는 우리 마을 사람도 섞여 있었다. 그들은 굶주린 야생 늑대들이었다. 표적으로 정해진 집은 여지없이 먹잇감이 되었다. 마을을 지키는 사람도 없고 호롱불마저 일찍 꺼져 버리는 산간 마을의 어둠 속에서 사람들은 속수무책으로 당했다. 소스락소스락 먹이를 찾는 밤소리가 들리면 사람들은 문고리를 걸고 숟가락을 끼워 잠갔다. 총을 들고 협박하며 양식과 옷가지를 탈취해 가고 닭이며 돼지며 가리지 않고 잡아갔다. 맞닥뜨리면 총구멍이 머리통을 겨냥했다. 개머리판으로 얻어맞고 여지없이 제압당했다. 때로는 남자들을 위협하여 약탈한 물건을 짊어지고 앞장서게 하고, 그중 인질이 되어 돌아오지 못한 사람들은 빨치산이 되어 버렸다. 우리 집은 비교적 다른 집보다는 형편이 조금 나은 편이라 빨치산 약탈자들의 표적이 되었다. 밤이 되면 항상 조마조마했다. 언제 들이닥칠지 몰라 불을 끈 채 날밤을 지새우기도 했다. 누나도 형도 무섭다며 작은방에서 나와 안방 이불을 함께 두르고 숨소리를 죽였다. 나는 어머니 품속을 파고들어 눈을 감고 오들오들 떨다가 잠들곤 했다. 조짐이 이상한 밤이면 아버지는 몸을 피해 바닷가 해송 숲에서 한둔하다가 동이 트면 돌아왔다. 어떤 사람들은 빨치산이 덮칠 것을 대비하여 식량을 빼앗길 만큼 준비해 두었다가 마루 위에 내어놓고 잠든 척하며 위험을 피했다. 밤에도 눈에 잘 띄도록 대개 안방 문 앞 마루에 올려놓았다. 이튿날 아침에 없어진 것을 보면 모두가 가슴을 쓸어내렸다. 식량을 빼앗긴 사람들은 나중에 군경합동수사대에서 인민군 부역자를 가려내어 조사할 때 식량 제공자가 되어 억울한 곤욕을 치러야 했다.

빨치산 토벌이 끝나 갈 무렵 마을 사람들이 하나둘씩 잡혀가기 시작했다. 몇몇 이웃 마을 남자들도 누군가의 밀고에 의해 여러 이유로 잡혀갔다. 영문도 모른 채 끌려간 사람들 중에는 몸을 가누기 힘든 노인도 있었다. 아버지도 읍내에 있는 경찰서에 끌려갔다. 전후 사정은 나중이고 빨치산에게 식량을 제공했다는 누명으로 부역자로 몰리면서 감옥에 갇히었다. 밤낮으로 취조당하고 날마다 몽둥이 매를 맞으며 온갖 고문에 시달렸다. 거꾸로 매달아 놓고 얼굴에 수건을 덮어씌운 채 고춧가루를 섞은 주전자 물을 콧구멍으로 쏟아 붓는 고문도 당했다.

빨치산에게는 식량과 가축을 약탈당하고 군경합동수사대로부터는 죽을 만큼 고문을 당하는 선량한 사람들의 몸과 마음이 만신창이가 되었다. 마을 사람 중에 근모와 성국, 홍규, 일재 아버지는 빨치산들이 마을로 내려와 약탈할 때 산속으로 끌려가 그 길로 빨치산 대원이 되어 버렸다. 그들은 일자도 모르는 순박한 무지렁이 농부들이었는데 불행하게도 토벌작전 때 모두 죽고 말았다. 자진하여 빨치산이 된 영수 아버지는 체포된 후 전향을 거부하여 훗날 무기징역을 선고받고, 정석 아버지는 아무도 모르게 행방을 감추고 어디론가 사라졌다.

몇몇 아이들은 과부가 된 어머니와 함께 빨갱이 가족이라는 낙인이 찍힌 채 온갖 수모를 당하며 살았다. 영수네는 어디론가 이사를 가 버렸고 근모네는 강원도 어느 소도시 교회에서 전도사로 있던 큰형이 내려와 온 가족을 데려갔다. 정석은 사라진 아버지를 원망하며 어린 나이에 매봉재 삐죽바위에 올라가 목을 매어 목숨을 끊었다. 마을이 쑥대밭이 되었다.

마을의 평화가 돌아올 기미는 요원했다. 사복 차림을 한 합동수사대원들이 은밀히 파견되어 이 마을 저 마을 돌아다니며 미심쩍은 사람들을 색출하는 데 혈안이었다. 빨치산이 되었거나 부역을 했던 사람들의 집은 집중 감시했다. 어느 때는 누구누구 집 사람이 지프차에 타고 끌려갔다는 소리도 들려왔다. 마을 사람들은 두려움에 떨며 주고받는 이야기도 조심하고 그들을 보면 슬금슬금 피해 논밭으로 일하러 가는 척 나가 버렸다. 아이들도 고샅에서 놀다가 낯선 사람이 나타나면 공연한 두려움에 흩어져 버리곤 했다. 시대를 잘못 만난 사람들이 시대를 잘 만난 몇몇에게 검은가 흰가 식별당하며 여차하면 쭉정이로 버려졌다. 고운 햇빛과 맑은 물로 잘 여문 알곡처럼 겉이나 속이나 버릴 게 없는 사람들이었다.

백련白蓮마을은 사십여 가구에 주민이 이백 명 조금 넘을 정도였는데 대부분 삼대가 한집에서 함께 살았다. 위뜸에 열 가구 남짓한 문수文殊마을이 있고, 옆으로는 마찻길을 사이에 두고 작은 신촌마을이 있었다. 농사를 지으며 가난하게 살아가지만 예를 중시하고 서로를 배려하는 마음은 위아래가 없었다. 부끄럽거나 수치스러운 일도 흉금을 내보이고 오순도순 정을 나누며 살았다. 하지만 언제부터인가 마을엔 웃음소리가 사라졌다. 사람들은 수수밭 참새들처럼 부스럭 소리만 나도 화들짝 놀랐다. 이따금 산속에서 총소리가 울릴 때면 머리를 흔들며 탄식했다.

"아이고 또 생사람 죽네."

"누구여? 누가 죽었을껴?"

"지놈들끼리 쏘는 거 아녀?"

들일에서 주고받는 이야기들은 소름이 돋았다.

전쟁의 상흔, 두려움과 공포, 이념이라는 덫에 걸린 마을 사람들은 걸핏하면 무슨 일인가 싶어 울 너머를 살폈다. 헤어날 수 없는 덫, 버둥댈수록 옥죄어 필경엔 정신을 뒤틀 가시망에 갇혀 버린 민초들. 세상은 혼란하고 허리가 무너지는 한숨은 늘어졌다. 무사태평한 가축들만이 한가로이 우짖었다.

# 밤 굿

아버지가 경찰서에 잡혀간 지 몇 주가 지났다. 어머니는 아버지의 무사귀환과 얼마 전 세상을 떠난 종래 삼촌의 영혼을 빌어 주기 위해 당골네를 불러 굿을 하였다. 오 리쯤 떨어져 있는 국민학교 언덕 아래 외딴 곳에 살고 있는 당골네는 일정한 '하시 값'을 받고 굿을 하거나 점을 쳐 주고 마을 굿을 할 때는 의례를 주관하는 고장의 유일한 무녀였다. 당골네는 키가 작았지만 얼굴이 동그랗고 눈빛이 영매스러웠다. 커다란 제구 봇짐을 등에 맨 빼빼 마른 잽이도 달고 왔다.

아궁이에 불을 지피던 월포댁이 고개를 돌려 빼꼼이 내다보더니 "당골 서방도 왔네?" 하며 혼자서 중얼거렸다. 당골은 귀신을 달고 다닌다 해서 아는 체를 하거나 인사하는 게 아니라 했다. 당골네는 윗머리를 곱게 가르고 뒷머리는 자주 댕기를 대어 꽃각시 머리처럼 쪽을 찌었다. 소매가 늘어지고 옷섶이 긴 소복 차림의 저고리 매무새도 단정하게 하고 왔다. 널찍한 옷고름은 당골 티를 내느라 짧게 매었다.

하늘은 먹구름으로 내려앉고 감꽃 같은 하얀 눈이 소리 없이 내리기 시작했다. 잔바람이 스칠 땐 댓잎 사이로도 눈발이 비집고 들이쳤다. 초저녁에 시작된 굿은 자정 무렵까지 계속되었다. 조왕굿을 할 때는 부뚜막 위에 샘물을 한 그릇 올려놓고 시커먼 부엌칼로 솥뚜껑과 솥전을 두들기며 무경을 읊었다. 목소리가 늘어지듯 하다가 짧아지고, 울먹이듯 웅얼대며 누군가에게 하소연을 했다. 부엌을 돌며 물을 뿌릴 땐 낭랑한 목청이 연기 그을린 허청까지 울렸다. 우물 앞에는 켜를 지은 시루떡과 쌀을 소복이 담은 쌍희 희囍 자가 새겨진 사발이 칠상 위에 차려졌다. 당골네는 흰 천을 감아 묶은 대나무 신대를 흔들며 우물에 대고 연신 절을 했다. 어머니는 두 손을 둥글둥글 비비며 따라 빌었다. 장독대든 문밖이든 측간이든, 당골네가 집 안팎을 돌며 사설하는 곳마다 신이 사는 성소로 둔갑되어 물과 곡식이 뿌려졌다.

밤은 깊어 가고 망자의 천도와 가족의 평안을 비는 씻김굿을 할 때는 구경하는 마을 사람들이 더 많아졌다. 요령搖鈴 흔드는 소리와 징 소리가 절정을 이룰 즈음에는 이웃 마을 사람들까지 내려와 마당을 메웠다. 겨우내 쓸려 쌓인 눈 더미 위에는 청년들이 쪼그려 앉았다. 마을 사람들에게 굿은 볼거리 먹거리가 풍성한 축제였다.

짤그랑거리는 쇠 방울 소리와 밤을 두드리는 징 소리가 온 집을 울려 오스스했다. 어른 옆에 찰싹 붙은 아이들은 두려움을 이기느라 미동도 하지 않았다. 마당 한가운데의 모닥불은 활활 타올라 대낮처럼 어둠을 밝히고 불길 위로 떨어지는 눈발은 허공에서 녹아 사라졌다. 어머니는 굿상 위에 넋전을 얹은 다음 응어리진 한을 게워 내고 절절한 염원을 불길에 실어 하늘로 보냈다. 당골네는 요령과 신대를 쉬지 않고 흔들며 훨훨 날듯 춤사위를 올렸다. 쌀 사발 위에 봉황새 발자국이 생겼다며 펄쩍펄쩍 뛰었다. 징을 치던 잽이는 한 손을 쳐들고 "허이 허이! 휘이 휘이!" 하며 추임새를 넣었다. 격렬한 몸짓으로 제대로 박수 노릇을 했다.

굿이 끝나고 마을 사람들은 고기와 떡과 술을 나누며 이야기 꽃을 피우다가 느지막이 돌아갔다. 당골네는 제물 봇짐을 머리에 이고 함께 온 잽이 서방은 곡식과 제구를 등에 메고 떠났다. 어머니는 당골에게 살펴 가라는 인사를 하지 않고 짐만 챙겨 주었다. 당골에게 딸린 귀신을 배웅할 수는 없는 거였다. 하얗게 이슥해진 밤이 숨을 죽였다. 굿소리의 여운이 머릿속에 쟁쟁거리고 으슬으슬 떨리는 귀기가 문밖에 어른댔다. 굿을 하는 까닭을 어머니에게 물어봤다.

"굿을 왜 하는 거여?"

어머니는 나를 가까이 당겨 턱밑까지 이불을 덮어 준 다음 팔을 괴고 내 옆에 모로 누웠다. 말문을 트느라 쯥쯥 입소리를 냈다.

"사람이 죽으믄 혼이 귀신이 되는디, 당골네가 귀신을 불러와 이승에서 일어난 일을 따지고 저승에서 해야 헐 일을 일러 준대. 신령님께 정성으로 빌면 복을 받고 죽은 사람도 좋은 디로 가고."

내게는 알 듯 모를 듯한 어머니의 말이었다.

새벽마다 부뚜막이나 장독대에 정화수를 떠 놓고 축수한다든지, 윗목 선반이나 집 앞에 볏짚을 깔아 놓고 음식을 올려 성주신에게 고사를 지내는 것도 내게는 그저 궁금한 일이었다. 어머니의 말을 이해할 수 없었지만, 굿을 하고 조석으로 빌고 안 보이는 신령에게 치성을 드리면 원하는 효험이 있는 거구나 하고 여겼다. 그런데 사람이 죽으면 어떻게 되는지가 궁금해 어머니의 가슴을 톡톡 건드리며 다시 물었다.

"근디, 사람이 죽으믄 어떻게 되는디?"

말을 발견하기 시작한 나는 궁금한 게 떠오르면 지나치지 못했다. 발음이 서툴러 해독하기 힘든 말도 어머니는 금방 알아챘다. 어머니는 나를 물끄러미 바라보며 뜸을 들이더니 마른침을 삼켰다.

"아이고, 요 에린 거 한티 어뜨케 말해 주까이. 죽어 본 것도 아니고."

어머니는 천정을 향해 눈을 껌벅껌벅하다가 내 쪽으로 몸을 돌렸다. 나는 귀를 쫑긋 세웠다.

"들어 봐라이. 사람은 만초목, 만곡식, 만괴기 먹고 살잖여? 응?"

"응."

"그러다 죽으믄 썩어서 흙이 되고 먼지가 되는 겨."

"응."

"뭐가 응이여. 무슨 말인지 알겄어?"

나는 무턱대고 턱을 아래로 끄떡였다.

"그려. 썩은 다음에는 거름이 돼 갖고 만초목, 만곡식, 만짐승 먹으라고 대갚음하는 겨. 혼은 해가 되야서 비춰 주고. 그렇게 사람이 죽으믄 초목이나 짐승으로 다시 태어나는 겨. 잘 생각히 봐. 사람이 다시 그 초목이나 짐승을 잡아먹어. 그러믄 죽은 사람이 다시 산 사람이 되는 기여. 알아듣기나 허겄냐?"

나는 알아들을 턱이 없었고 어머니는 헛말 했나 싶어 피식 웃고 몸을 돌렸다. 내일 내려올 눈까지 합세했는지 목화 같은 눈송이가 쉬지 않고 나붓나붓 내렸다.

"초동부터 웬 눈이 이리 많여? 작년 시(歲)안이는 이러지 않었는디."

어머니는 일어나 앉더니 문을 살짝 한 번 여닫았다. 눈이 와도 좋고 안 와도 그만이라던 어머니가 근심하는 까닭은 경찰서 냉골 바닥에 영어의 몸이 된 아버지 걱정 때문이었다. 뒤껼 대밭에서 부엉이가 '부엉부엉' 하며 울기 시작했다. 부엉이가 우는 밤이면 나는 무서워서 어머니 곁에 바싹 붙어 머리를 묻었다. 어느 날 아버지가 대밭에 숨어 있던 부엉이를 잡아와 마루 밑에 가두어 놓고 키운 적이 있었는데, 먹이를 던져 주며 들여다보면 녀석은 원망스런 눈빛으로 나를 노려보곤 했다.

어렴풋이 잠들어 갈 무렵 갑자기 닭장 안에 있던 닭들이 푸드덕푸드덕 요란하게 소란을 피우는 소리가 들려왔다. 잠들 채비를 하던 어머니와 누나는 무슨 일이 벌어졌음을 알아차리고 문을 박차고 나갔다.

"이놈들! 이놈들!" 하며 큰 소리를 질렀다.

살쾡이가 습격하여 닭장을 부수고 닭을 물어 간 것이다. 녀석은 아마 굿 음식 냄새를 맡고 왔다가 굿이 끝나 조용해지기를 숨어 기다렸던 모양이다. 어머니는 몹시 속상해하며 아버지가 돌아오면 닭장을 더 튼튼히 고치고 올맹이를 놓아서라도 녀석을 꼭 잡아야겠다고 했다.

부엉이가 다시 구슬피 울었다.

"삼촌 혼령이 구천을 떠돌다 하직을 고하는 소릴 거여."

어머니는 부엉이 소리가 종래 삼촌이 우는 소리로 들린다고 했다. 아버지가 없는 밤이어서인지 구슬픈 부엉이 울음소리가 더 오싹하게 들렸다. 나는 부엉이 소리와 살쾡이의 출현으로 두려움에 떨며 어머니 품으로 깊이 숨어들었다. 어머니의 품은 공포의 면역이 없는 어린 내게 포근한 은둔처였다. 형은 나의 옆구리를 찌르며 겁쟁이라며 놀렸지만 누나는 병아리 만지듯 나를 손가락으로 조심스레 다독였다.

당골네가 흔들던 요령 소리와 저승에서 울려 오는 듯한 징 소리가 좀처럼 머리맡에서 사라지지 않았다.

## 해후

하늘을 둘러본 다음, 어머니는 나를 업고 길을 나섰다. 서쪽 해안에서 불어오는 한풍이 살을 에듯 매섭게 몰아쳤다. 신작로를 따라 얼마만큼 왔을까. 눈발이 조금씩 날리는가 싶더니 어느덧 눈보라가 되었다. 한 치 앞을 분간하기 어려웠다. 헐벗은 포플러 가로수들이 음산한 소리를 내며 몸서리쳤다. 거센 바람이 휩쓸 때마다 어머니의 몸이 휘청거렸다. 공동묘지가 있는 야산을 돌아 넘고 면사무소를 지나자 끝없는 들판이 나타났다. 어머니의 발걸음이 빨라졌다. 눈은 점점 쌓여 발목이 빠지고 길은 미끄러웠다. 어머니의 등에 얼굴을 묻고 있던 나의 뺨에 쉼 없이 눈발이 스쳤다가 녹아내렸다. 어머니는 이따금 걸음을 멈추고 고무신 속 눈덩이를 털었다. 눈 위에 끌리는 치마를 추켜올려 다시 매고선 나를 두른 포대기도 끌어 올렸다.

읍내 경찰서까지 가는 길은 줄잡아 삼십 리가량 되었다. 아직 십 리 정도 더 가야 했다. 오가는 사람도 눈에 띄지 않았다. 읍내까지 다니는 버스가 있긴 하지만 장이 서는 날 외에는 잘 운행되지 않아 사람들은 마차를 이용하거나 걸어서 다녔다. 오늘은 아버지가 감옥에서 나오는 날이어서 버스가 오는 장날까지 기다릴 수 없었다. 어머니는 보이지 않는 줄에 묶여 끌려가듯 한 걸음도 멈추지 않았다. 내 가슴과 어머니의 등줄기 사이에 후끈한 온기가 고였다가 냉기로 사라지곤 했다. 어머니의 숨결이 거칠어지고 눈발이 후려칠 때마다 내뱉는 날숨은 길어졌다.

경찰서에 다다르자 총을 멘 경찰들이 눈을 맞으며 곳곳에 경비를 서고 있었다. 어머니가 경비실 쪽으로 걸어갔다. 경찰이 다가와 몇 마디를 물어본 다음 우리를 경찰서 안으로 안내했다. 아버지는 이미 감옥에서 나와 면회실 같은 곳에서 어머니를 기다리고 있었다. 다른 마을 사람들도 모두 풀려나 조개탄 난로 앞에서 웅성댔다. 해쓱한 몰골들이 말이 아니었다. 덥수룩한 머리와 수염은 마른 풀뭉치처럼 엉켜 있고 땟국에 전 누더기 옷은 너덜너덜했다. 핏자국이 얼룩얼룩 묻은 사람도 있었다.

설이 오기 전에 웬만하면 풀어 주라는 상부의 명령도 있었지만, 토벌대가 문수제와 떡국재에서 빨치산과 전투를 벌일 때, 음식을 나르고 옷가지나 덮개 등을 챙겨 주었던 마을 사람들의 희생을 나중에 알게 된 합동수사대가 잡혀 온 모두를 석방시켜 준 것이다. 특별히 토벌작전 중에 목숨을 잃은 의용경찰 종래 삼촌의 큰형이 되는 아버지에게는 경찰서 책임자가 나와 무고한 취조를 가한 점에 대해 죄송하다며 유감의 뜻을 표했다. 당시 군경합동수사대는 이른바 부역자 색출과 공비토벌 과정에서 제대로 조사도 하지 않고 명확한 처리 기준이나 적법 절차 없이 무고한 농민들을 체포하여 희생시켰다. 그중에는 여자들과 소년들도 있었다.

아버지는 거만스레 뻗대고 서 있는 경찰서 책임자에게 다가갔다. 그는 험상궂은 표정을 지었지만 앳돼 보이는 젊은이였다.

"당신들 이 죗값을 어찌 받을껴?"

"죄송하구만요."

"보더라고. 죄다 애먼 사람들이여. 당신도 여기 사람이라 다 알잖여?"

"면목 없시요. 그게 상부에서 워낙 시게 다그쳐서."

책임자는 머리를 조아리며 두 손을 어디에 둘 줄 몰라 했다.

"근디, 나중 일은 나 장담 못허네이?"

"무슨 말씀인지?"

"내 동생 제대허잖여? 갸 성깔로 이 꼴 알면 가만 안 있을 껴."

그는 대꾸 대신 고개만 끄덕였다. 어떤 말을 해도 궁색한 변명이 될 뿐이었다.

"내 막내 동생 종래 알 거 아녀? 의용경찰 말이여. 가도 공비 잡다가 떡국재서 죽었어."

"참말로 큰형님인지 몰랐습니다."

"나, 가네."

책임자는 허리를 꾸뻑하고 모자를 고쳐 쓴 다음 돌아섰다. 푸르죽죽한 경찰 제복이 후줄근히 늘어져 초라해 보였다.

아버지는 어머니의 부축을 받으며 밖으로 나왔다. 목을 뺀 사람들이 눈을 맞으며 잡혀 있던 가족들이 나오기를 초조히 기다렸다. 감옥에 있던 사람들이 쏟아져 나오자 반가움과 서러움에 주저앉아

우는 사람도 있고, 어떤 사람은 비틀거리며 나오는 사람을 업고 나갔다. 자전거 뒤에 난발 노인을 태우고 지나가는 사람이 큰 소리를 질렀다.

"좀 치나 주시오! 우리 아버지 돌아가시게 생겼소."

눈 속에 박혀 굴러가는 자전거 바퀴 자국이 삐뚤빼뚤 선을 그리며 사람들 속을 지났다.

아버지의 까칠한 모습은 낯선 사람 같았다. 더부룩이 자란 수염에 얼굴은 강파르고 골이 파여 광대뼈가 드러날 정도였다. 어머니는 눈물을 흘리며 아버지의 손을 잡고 억분함을 쏟았다.

"이게 뭔 일이오? 괜찮소?"

"안 살았오? 이렇게. 괜찮소."

아버지는 고개를 끄덕였다.

아버지가 붙잡혀 간 지 한 달 만에 이루어진 해후였다. 그동안은 면회조차 허락되지 않았다.

감옥 안에서 온갖 고초를 겪었을 터이지만 아버지는 지친 내색을 하지 않고 별일 없었다는 듯 내 얼굴을 그윽이 바라봤다. 웃음을 지어 보였지만 우는 것 같았다. 어머니는 가져간 보자기를 풀어 새로 지은 두툼한 솜두루마기를 꺼내 아버지에게 입게 했다. 두루마기가 눈빛처럼 희고 번쩍거렸다. 우리는 경찰서를 나와 시장을 향해 눈을 맞으며 걸었다. 어머니가 힘이 드는지 등에 업은 나를 두 팔로 얼싸서 추켜댔다. 아버지는 다리를 조금씩 절뚝거리며 힘들어했다. 설날이 가까워서인지 읍내 시장 쪽으로 가는 길은 사람들로 붐볐다. 저마다 장짐을 들고 질척거리는 시장 길을 철벅거리며 분주히 오갔다.

문지방이 닳아 아래로 패인 식당에 들어섰다. 뽀글뽀글 볶아 치킴머리를 한 아주머니가 행주질을 멈추고 자리를 안내했다.

"시장들 허시지요?"

아주머니는 우리의 사정을 아는 듯했다. 낯설고 끈적한 부엌 냄새가 허기를 불렀다. 어머니는 꽁꽁 여민 포대기 고를 더듬더듬 풀고 나를 내려 옆자리에 앉혔다. 등받이 없는 널빤지 의자가 기우뚱했다. 어머니는 포대기를 둘둘 말아 아버지 옆에 놓았다. 아버지는 하얀 고봉 쌀밥 한 그릇을 금세 비웠다. 나도 아버지만큼 배를 채웠다. 어머니는 밥을 먹는 둥 마는 둥 깨적이다가 집에서처럼 밥 시중만 들었다. 식사가 끝나고 아버지가 담배를 태우는 사이 어머니는 비로소 느슨해진 매무새와 헝클어진 머리를 만져 고쳤다. 흥건히 젖은 고무신도 벗어서 탁탁 물기를 털어 낸 다음 다시 신었다.

허기를 채우고 밖으로 나왔지만 여전히 눈은 펑펑 내렸다. 어머니는 나를 아버지에게 넘기고 설 장을 보고 가자며 이곳저곳을 들렀다. 나는 아버지의 손을 잡고 눈 녹는 진창길을 자박자박 따랐다. 큰길에 나왔을 무렵 '소구루마'를 끌고 장을 보러 온 이웃 마을 사람을 만났다. 누군지는 모르지만 낯이 익었다. 그는 구루마를 멈추고 놀라 다가오며 아버지의 두 손을 덥석 잡았다. 아버지는 말없이 고개만 끄덕이며 그 사람의 손을 되잡았다. 그러고선 "이야기는 나중에 허세." 하며 몸을 돌렸다. 다행히도 우리는 구루마를 얻어 타고 집으로 돌아올 수 있었다.

읍내를 빠져 나와 신작로에 들어서자 눈보라가 다시 거세어졌다. 온 산야가 삭풍에 날리는 눈 속에 묻혀 가고 어느 한 곳 인적이 없었다. 자갈길은 곧았으나 울퉁불퉁했고 구루마는 덜컹거리며 요동을 쳤다. 이따금 살을 벨 듯한 노대바람이 휘몰아쳤다. 어머니는 나를 품에 안고 아버지는 어머니를 안았다. 우리는 체온을 모아 엄습해 오는 추위를 견뎠다. 서쪽 하늘은 어두웠다.

어머니가 원망과 체념이 섞인 큰숨을 내쉬며 말했다.

"시상이 어찌 이리 어지럽다요?"

이웃 마을 사람이 뒤를 돌아보며 타령조로 대꾸를 했다.

"사는 게 뭔디요? 뱅뱅 돌다가 제자리로 가는 거 아닌개뷰? 하늘도 돌고, 시상도 돌고, 시절도 돌고, 그렇게 어지럽지요."

눈보라가 어지럽게 우리를 휘감았다. 돌니가 비죽비죽한 언덕을 오를 때마다 거친 입김을 뿜어내는 늙은 황소의 워낭 소리가 딸랑딸랑 더 크게 울리었다.

# 이방인

햇볕이 무더기로 내려앉고 땅 기운은 푹푹 쪘다. 누나는 친구들과 함께 앞장불에 간다며 집을 나섰다. 마을 앞에 있는 해변을 따라 형성된 넓은 갯벌을 사람들은 장불이라 불렀다. 나는 누나의 손을 잡고 졸랑졸랑 따라갔다. 누나는 나보다 열 살이 많아 부모님 대신 업어 주고 놀아 주며 강아지 다루듯 귀여워했다. 친구들과 산으로 들로 놀러 갈 때에도 꼭 데리고 다녔다. 누나들은 들꽃을 꺾어 들고 콧노래를 부르며 덩싯덩싯 걸어갔다. 콩밭 너머로 원두막이 보였다. 과일 익는 단내가 바람결에 물씬 풍겨왔다. 이장 집 참외밭이다. 원두막은 높게 지어졌다. 햇볕이 드는 쪽엔 짚가림막을 괴어서 그늘을 짓게 하고, 통나무로 된 대여섯 계단은 아슬아슬해 보였다. 노릿한 참외들이 검푸른 잎사귀로 몸을 살짝 가리고 '햇볕이여, 내려라!' 하는 듯 뜨거운 열기로 익혀 갔다. 원두막 위에서 서너 명의 형들이 장기를 두다가 우리를 향해 손을 흔들었다. 밀짚모자를 쓴 키가 큰 형이 엉덩이를 흔들며 장난질을 해 왔다. 어깨가 넓은 길순 누나가 멈칫 서서 눈을 부라리더니 주먹을 쥔 팔을 불쑥 뻗쳐 보였다.

"이거나 먹어라!"

금자 누나는 피씩 웃으며 냅다 소리를 질렀다.

"풍신을 떤다!"

형들은 뭐가 좋은지 킥킥거리며 이상한 몸짓으로 익살을 떨었다. 콩밭 길, 보리밭 길을 지나 신작로 너머의 해변에 다다랐다. 진자줏빛 해당화가 제 물대로 향기를 뿜어내고 이름 모를 색색의 넝쿨꽃들이 백사장을 덮어 갔다. 끝없이 피어나는 꽃 무더기 사이로 작은 바닷새들이 숨었다 날아오르곤 했다. 썰물 때가 되어서인지 바닷물은 멀찍이 빠져나가고 수평선은 아득했다. 실바람이 살랑대는 갯벌에는 옹기종기 사람들이 무리 지어 조개를 캤다. 수평선에 어슴푸레 보이는 비안도飛雁島 섬 무리가 기러기가 나는 모양으로 열도를 이루고 그 앞으로 크고 작은 돛단배들이 한가로이 떠다녔다. 누나들은 소리를 지르며 백사장을 뛰어다녔다. 길순은 주섬주섬 조개 껍질을 줍다가 "이야! 이야!" 하며 발견의 감탄을 연발했다. 얼굴이 하얀 금자는 갯벌에 들어가 구멍 속으로 숨어드는 작은 게들을 잡으며 놀았다. 엄나무와 잔솔들이 듬성듬성 서 있는 풀숲으로 사라졌던 누나는 어느새 한 움큼 삐비를 뽑아 와 맛있게 씹으며 내게도 먹는 법을 가르쳐 주었다. 누나는 노래를 부르며 삐비를 뽑았다. "삐비 하나 뽑고, 또 하나 뽑고."

누나가 일러 주는 대로 벼 줄기처럼 생긴 삐비를 찾아내어 하나씩 뽑아 질겅질겅 씹었다. 속대의 부드러운 속살은 씹을수록 부드럽고 달곰삼삼했다. 단발머리를 찰랑거리며 뛰노는 누나들은 맨발이었다. 종아리는 모래빛처럼 하얬다. 무릎 아래로 내려 입은 검은 무명치마가 모래뻘로 범벅이 되어도 누나들은 아랑곳 않고 소녀의 감성을 즐겼다. 그때 야방모퉁이 너머 하늘에서 천지를 진동하는 굉음과 함께 집채만 한 검은 물체가 괴물처럼 우리 쪽으로 날아왔다. 커다란 회오리 바람과 함께 바닷가로 다가오더니 백사장에 천천히 내려앉았다. 괴물체 위에는 두 개의 날개가 있고 날개가 돌면서 폭풍을 일으키며 사방으로 모래를 뿜어 날렸다. 우리는 놀라서 재빨리 솔밭 사이로 달려가 숨었다. 조개를 캐던 사람들도 어느새 갯벌에서 나와 우리 곁으로 달려왔다. 사람들은 우거진 풀숲에 웅크려 숨을 죽인 채 두려움에 떨며 괴물체를 바라봤다. 누나는 공포에 떨고 있는 나를 감싸 안고 안심시켰다.

"누나 저게 뭐여?"

"응, 비행기처럼 하늘을 나는 쌍발 잠자리비행기야. 헬리콥터라고 해."

나는 헬리콥터를 눈앞에서 처음으로 보았다. 매봉바위 한쪽이 갈라져 나와 붕 떠 있는 것처럼 무시무시했다. 잠시 후, 돌아가던 날개가 멈추고 해변이 조용해지자 헬리콥터 안에서 키가 장승처럼 크고 머리가 노란 서너 명의 사람들이 문을 열고 나왔다.

"저 사람들은 우리나라를 도와주려고 온 미국 군인들이야."

누나는 속삭이듯 내 귓바퀴에 대고 말했다.

어느새 밀물 때가 되어 백사장 앞까지 바닷물이 들어왔다. 미국 군인들은 웃통을 벗고 물속에 뛰어들어 해수욕을 즐기며 알아들을 수 없는 소리를 지르면서 우리 쪽을 향해 손을 흔들어 보였다.

얼마 전부터 봉래산 줄기 의상봉倚上峰에는 대규모의 공군 레이더 기지가 건설되고 있었다. 그곳은 서해를 오가는 선박과 멀리 중국 앞바다까지 비행하는 물체를 백팔십도 감시할 수 있는 천혜의 지형적 요새였다. 오르는 길 능선에는 옥토끼가 달을 바라보는 형국이라 해서 붙여진 옥토망월玉兎望月이라는 명당자리가 있고, 풍광이 좋아 주위에 여러 사찰이 있던 곳이다. 산 너머 대광리 아래부터 산등성이를 따라 의상봉 정상에 오르는 길에 도로 건설이 시작되자 하루에도 몇 차례씩 산허리를 폭파하는 남포 소리가 온 산을 흔들었다. 그 길은 옛날 스님들이 오르내리던 칼날등이라 부르던 산길이었다.

마을 앞을 지나는 신작로에는 수시로 군용차들이 먼지를 일으키며 지나갔다. 때로는 검은 안경에 챙모자를 쓴 미국 군인들이 지프차를 타고 달리며 우리에게 손을 흔들었다. 헬리콥터를 타고 와 해수욕을 즐기던 미국 군인들은 의상봉 레이더 건설 기지에서 내려온 것이 분명했다. 마을 사람들은 양코배기라 부르던 노랑 머리의 미국 군인들을 차츰 익숙하게 바라보기 시작했다. 난생처음 우리와 생김새가 다른 이방인을 보았다. 그들이 사는 세상이 어떤 곳인지 궁금했다. 그날부터 나는 잠자리가 되었다. 양팔을 펴고 날개를 만들어 동네 하늘을 날아다녔다. 헬리콥터를 타고 바깥세상을 날아다니는 공상 놀이를 했다. 그들이 산다는 미국에 가서 지프차를 타고 달려 보고 싶었다. 날이 갈수록 "위잉 위잉" 소리를 내며 더 높이 날았다.

어린 동생이 안쓰러웠던 모양이다. 누나는 엉뚱했다. 땀을 뻘뻘 흘리며 마당에 있는 장작더미를 옮겨 쌓아 지프차 모양을 만들었다.

휘어진 장작개비로 운전대까지 만들어 놓고 나를 불렀다.

"야, 네 지프다. 이것 타고 미국 가라."

나는 장작더미 지프차 위에 앉았다. 날마다 부웅붕웅 하며 달렸다.

## 외갓집

어머니는 단장을 끝내고 커다란 봇짐을 꾸렸다. 아버지는 내게 세수를 시킨 다음 마루에서 다른 짐을 꾸렸다. 어머니는 다듬이 자국이 남아 있는 치자빛 치마를 입고 하얀 허리띠를 허리에 감아 맸다. 분첩을 두드린 얼굴엔 화색이 담뿍 돌고 곧게 가른 가르마가 유난히 정결해 보였다. 어머니의 그런 산뜻한 모습은 처음이었다. 아버지는 나에게 새 옷을 입혀 주고 엉덩이를 토닥이며 잘 갔다 오라 했다. 어머니와 내가 멀리 있는 외갓집에 가는 날이다. 어머니는 누나를 불렀다.

"집 잘 보고 아버지와 동생 밥 잘 챙겨라."

신신당부를 했다. 누나는 뾰로통했다. 함께 가고 싶었던 모양이다. 어머니는 나를 앞세우고 집을 나섰다. 신작로 다리목 앞에 쪼그려 앉아 목이 빠지게 버스를 기다렸다.

"친정 가?"

"으응."

"잠 못 잤겠네."

밭일하던 아낙들이 저마다 부러움을 토로했다. 푸르스름한 버스 한 대가 산모퉁이 언덕을 돌아 먼지를 일으키며 내려왔다. 어머니는 한 손에 봇짐을 들고 다른 팔로 나를 번쩍 들어 안았다. 공중으로 붕 뜬 채 차에 올랐다.

처음으로 버스를 탔다. 가로수와 전봇대들이 언뜻번뜻 나타났다가 뒷걸음을 치며 물러갔다. 푸른 잎 밭이랑들이 물결 흐르듯 잔잔히 지나가고 먼 산 위의 구름도 느릿느릿 하늘 끝으로 떠갔다. 버스는 그르렁거리며 뒤뚱뒤뚱 춤을 추었다. 세상이 빙빙 도는 것처럼 어지럽고 가슴이 울렁거렸다. 몸의 중심을 잡을 수 없고 토할 것처럼 메슥거려 어머니를 붙들고 바닥에 주저앉았다. 어쩌다 멀리 신작로에 버스가 지나갈 때면 꼭 한 번 타 보고 싶었다. 어머니가 읍내에 갈 땐 길바닥에 주저앉아 따라가겠다며 짓조르곤 했는데, 막상 타고 보니 즐겁기는커녕 어서 내리고 싶었다. 한참을 달려온 버스는 우리를 내려놓고 부옇게 자갈 먼지를 일으키며 사라졌다. 어머니는 봇짐을 이고 나는 어머니 손을 잡고 장다리長橋里 외갓집 마을을 향해 걸었다. 산과 개울과 바다가 있는 우리 마을과는 달리 끝없는 논과 곧은 수로가 사방으로 펼쳐진 평야 지대였다. 모내기를 앞두고 농부들은 여기저기서 커다란 물자새를 돌리며 물 대기에 여념이 없었다. 농부가 물자새에 높이 올라 공중에서 제자리걸음을 하면 커다란 나무 바퀴에서 푸른 물이 찰랑찰랑 올라와 흩어졌다. 흙빛으로 번진 물이 논마다 가득했다. 논두렁을 지날 때는 마치 바다 한가운데를 지나는 것 같았다. 두려움에 다리를 떨며 어머니의 치맛자락을 붙들었다. 눈을 질끈 감고 엉금엉금 기어가듯 걸었다. 사방에서 개구리들이 개골개골, 겁쟁이라 비웃는 것 같았다. 한쪽에선 농부들이 쟁기질을 하고 다른 쪽 논에선 써레를 쳤다. 눈이 커다란 소가 논물 속에서 쟁기를 끄느라 허연 거품을 뿜으며 헉헉대었다. 농부는 소에게 연신 채찍을 후렸다. 소들은 알았다는 듯 커다란 목을 주억거렸지만 농부의 채찍은 멈추지 않았다.

외가 마을은 전쟁이 휩쓸고 간 어떠한 폐해나 군색한 흔적을 찾아볼 수 없었다. 크고 작은 닭들이 옹기종기 어울려 헤적질을 하고 초가집들은 황금빛 이불을 덮고 평온하게 누워 있었다. 농번기를 맞아 사람들만 분주했다. 외갓집이 가까워 오자 어머니는 긴 한숨을 내쉬었다.

"아이구, 이제 다 왔네. 친정 냄새구나!"

이마에 솟는 땀을 훔치며 눈물을 글썽였다. 열여섯 소녀가 얼굴도 모르는 산골 남자에게 시집을 온 후, 십수 년 만에 찾은 그리운 친정이니 그동안 얼마나 많은 서러움이 서리서리 맺혔을까. 마을 길 첫들머리를 돌아 사립문을 열고 외갓집에 들어서자 외할머니가 뛰쳐나와 우리를 얼싸안고 반기며 눈물을 쏟았다. 외할아버지는 마루에 앉아 있다가 벌떡 일어나 아무 말없이 어서 오라는 손짓을 하며 눈만 껌벅거렸다. 마당에선 엇송아지만 한 누런 개 한 마리가 벌러덩 드러누워 털이 부성한 꼬리를 다리 사이에 사린 채 까딱거렸다. 우리를 지긋한 눈으로 쳐다보고선 아는 체도 않고 관심도 보이지 않았다. 내게는 다행스러웠다. 만약에 달려들면 단박에 내가 넘어지거나 너석의 게거품을 옴팍 뒤집어쓰든가, 아니면 넓적한 발바닥으로 새 옷에 흙 자국을 덧칠할 게 뻔했다.

담 너머에 사는 외삼촌 가족들이 우리가 온 것을 알고 우르르 달려왔다. 큰외숙모는 어머니의 손을 잡고 반가워서 어찌할 줄 몰랐다. 외숙모는 무명 수건을 머리에 둘렀는데도 흐트러진 머리올이 귀밑 언저리와 이마에 듬성듬성 흘러내렸다. 어머니를 잡은 손은 고목나무 껍질처럼 쭈글쭈글하고, 거머누릿한 석새베 홑저고리는 섶 끝이 구겨져 올라가 젖퉁이가 보일락 말락 했다. 느슨한 옷고름은 금방 풀어질 듯했다. 농부 아낙은 누구라도 같은 티가 질질 흘렀다. 우리 집처럼 마을에는 외삼촌 삼 형제가 이웃하여 살았다. 저녁이 되어 논일 나갔던 삼촌들이 돌아오고 번족한 외갓집 가족이 모두 모이니 사촌 형제와 누이들도 많았다.

어머니는 바리바리 싸 들고 온 참깨며 녹두와 동부 등 지난해 거두었던 밭곡식들을 풀어 내놓았다. 외가 마을은 논이 대부분이어서 밭농사를 짓지 않아 밭곡식이 귀했기에 어머니는 이를 알고 두루두루 챙겨 왔다. 외할머니는 영락없는 우리 어머니였다. 생긴 모습이나 웃는 모습, 행동들이 어쩌면 그리 닮았는지 신기했다. 외할아버지는 치아가 없어 홀쭉한 볼에 마른 체구였지만 자애로운 눈빛에 검은 탕건을 쓰고 더위를 모르는 듯 흰 무명 두루마기를 입었다. 한 손에 곰방대를 들고 하얗고 긴 수염을 쓰다듬는 모습이 어린 나의 눈에는 마치 오랜 옛날부터 살아온 신선 같아 보였다. 어느 날 꿈속, 하늘에서 내려온 하얀 도포 자락에 갓을 쓴 하느님을 만났는데 그분이 바로 외할아버지였다. 외할아버지 방에는 옛날 책들과 허접스런 것들이 쌓여 있어 퀴퀴한 냄새가 진동했다. 나를 무릎에 앉히더니 오느라 고생했다며 손을 만지고 머리도 쓰다듬으며 이것저것 물어봤지만 무슨 말인지 몰라 대답을 못 했다. 외할머니가 빼꼼이 방문을 열더니 내 얼굴을 찬찬히 훑어보았다.

"내 강아지 가만히 봉게 한아버지 솔찬히 탁혔네?"

"그런 기여?"

외할아버지는 고개를 모로 숙이고 내 얼굴을 살피다가 볼을 콕 찌르며 흐뭇한 표정을 지었다.

혼곤한 잠에서 깨어났을 땐 다음 날 늦은 아침이었다. 이웃에 있는 큰외삼촌 집에 들러 동갑내기 사촌 형제 대현과 시간 가는 줄 모르고 놀았다. 외가 마을에 내 모습을 닮은 형제들이 있다는 게 믿어지지 않았다. 내 절반의 피가 생성된 외가, 어머니의 고향만이 아니었다. 내 생명의 원류 터, 푸근하고 허물없고, 같은 숨결의 온화함이 가득했다. 큰외숙모가 갑자기 "워리! 워리!" 하며 소리를 질렀다. 어제 보았던 누런 개가 사립문 틈으로 기어 오더니 안방으로 쏜살같이 뛰어들었다. 깜짝 놀라 무슨 일인가 하고 방을 들여다봤다. 대현의 막내 동생 응석둥이가 싸 놓은 똥을 녀석이 깨끗이 핥아 먹고 있었다. 말로만 듣던 똥개를 보고 놀라서 한동안 입을 다물지 못했다. 순간 그 멍텅구리 같은 누렁이가 이해되지 않았다. 그만큼 덩치가 크면 얼마든지 들에 나가 먹을 걸 구할 수 있을 텐데, 왜 덩칫값 못 하고 빌어먹다 못해 냄새 무지한 똥까지 핥아 먹는지 한심한 생각이 들었다. 방울만 한 생쥐 새끼도 제 밥을 찾아 먹지 않는가.

들판 어귀에 거뭇한 이내가 드리워질 무렵 어른들이 논일에서 돌아왔다. 후줄근히 젖은 옷은 흙투성이고 밀짚 모자에 가려진 모습들이 노곤해 보였지만 들어서는 걸음들은 정정했다. 술상이 차려졌다. 외할아버지 반상은 건넌방에 따로 차렸다. 주거니 받거니 어머니 형제들은 술꾼들이었다. 너름새 흥으로 술잔은 쉴 틈이 없었다. 술잔에 회포의 말들이 담기고 종지 술잔은 말들만큼이나 넘쳤다. 둘째 삼촌은 술맛을 다실 때마다 누런 금이빨을 드러내고 웃었다. 언젠가 외갓집 얘기가 나왔을 때 아버지가 한 말이 생각났다.

"술이라면 해주 오씨지."

어머니는 해주 오씨였다.

이웃 마을 용동리에는 이모네가 살았다. 왁자한 또 하루가 지난 오후, 우리는 이모 집에 들렀다. 어머니가 이따금 '동상네는, 동상네는….' 하면서 그리워하던 이모다. 마을에서 조금 떨어진 외딴곳 초가집엔 아무도 없고 한적했다. 어머니와 나는 마루에 올라앉았다. 툇간으로 이어진 마루는 우리 집 마루보다 작고 낮았다. 댓돌도 없었다. 내가 걸터앉아도 발끝이 우둘투둘한 토방에 닿았다. 마루 밑에는 검붉게 녹이 슨 둥그런 쇳덩어리 두어 개가 뒹굴고 있었다.

"어머니, 저게 뭐여?"

"불무여."

"그게 뭔디?"

"응, 외가 마을은 산이 멀어 나무 땔감이 없어. 그래서 짚불로 밥을 지어. 벳짚이 떨어지면 왕저를 때고. 저거로 불무질히서 왕저를 태우제. 여름에는 마당에 왕저를 모다 놓고 불어제껴 모깃불 피우고."

"불이 타까?"

왕겨가 불에 타는 게 머릿속에 그려지지 않았다.

"불땀이 안 좋기는 하제."

어머니는 어린 것이 별 걸 다 묻는다 싶은지 말을 거두고 집을 둘러봤다. 그러고 보니 마을은 과실나무 한 그루조차 보이지 않았다. 돌멩이도 안 보이고 시냇물도 흐르지 않고 오르고 내리는 구릉도 없었다. 마당의 덕석 위엔 삶은 나물들이 바둥거리며 말라 갔다. 아랫볏이 치렁치렁한 닭들이 갈퀴질로 나물을 흩뜨리다가 우리를 보고 슬금슬금 피했다. 울타리 아래에는 분꽃과 맨드라미들이 꽃 피울 준비를 하려는지 연푸른 잎사귀를 둘러 입고 나불거렸다. 잠시 숨을 돌리는 동안 이모가 망태기를 끼고 소맷부리를 걷어 올리며 달려왔다. 화들짝 웃는 모습과 곧게 가른 가르마가 어머니를 꼭 닮아 쌍둥이가 아닌가 싶었다. 이모도 웃을 때 금이빨이 보였다.

어머니와 이모는 "아이고, 저런!" 하면서 밤이 이슥도록 지난날의 넋두리를 멈추지 않았다. 말이 없고 듬쑥한 이모부가 나를 번쩍 들어 어둥둥 어르는 동안 스르르 잠이 내려왔다. 사촌 누이들이 있었지만 아무런 이야기도 나누지 못한 채 꺼슬꺼슬한 장판 위에 곯아떨어졌다.

질척한 논 내음이 물씬 밀려오는 아침, 집으로 돌아갈 시간이다. 봇짐도 없고 버스 시간이 맞지 않아 걸어서 가기로 했다. 적어도 한나절은 자갈길을 걸어야 했다. 마을을 벗어나자 어머니는 큰 소리로 울기 시작했다. 나를 업기도 하고 걷게도 하면서 하염없이 눈물을 흘렸다. 겨우 말을 붙이고 알아들을 수 있는 어린 나였지만 어머니의 등 뒤에서 쿨렁거리는 슬픔이 내 심장에까지 전해졌다.

"이제 돌아가면 언제 다시 친정을 찾을 수 있을까? 다시 찾을 즈음 늙은 친정 부모는 살아나 계실까?"

어머니는 문밖을 나서며 이모의 손을 잡고 그런 비스름한 이야기를 나누었다. 어머니의 발걸음은 더디고 더디었다. 걷다가 뒤돌아보고 언덕길에 이르러서 또 뒤돌아봤다. 마음만 먹으면 지척인 것을 십 년 넘어 세월에 부모 상봉하고 일가를 만났으니 그 회한에 애간장이 녹아 버린 어머니였다.

## 맴생이

측백나무 울타리 너머의 작은집으로 향했다. 동녘은 열푸름히 열리고 풀숲 길 이슬이 발치를 적신다. 나는 치(키箕)를 뒤집어쓰고 한 손에 바가지를 든 채 훌쩍이며 억지 걸음을 떼었다. 머리가 허옇게 센 상동 할머니가 부엌에서 나와 나를 텡 하니 바라보더니 다시 부엌으로 들어갔다. 잠시 후 투두둑투두둑 우박 떨어지는 소리가 내 귓전을 때렸다. 할머니는 내가 뒤집어쓴 치에다 소금을 뿌리며 부지깽이로 사정없이 치를 두들겼다. 퍽퍽 때리는 소리가 얼마나 큰지 맞아 죽을 것만 같았다. 기어코 내 울음보는 터지고 말았다.

"요놈, 어디라고 소금 받으러 오냐?"

할머니는 오른 발로 바닥을 구르며 호통을 쳤다. 또 소금을 뿌리고 이번엔 엉덩이 쪽을 더 세게 두들겼다. 지난밤 오줌을 흠뻑 적신 뒤쪽이다. 나는 꼼짝 못 하고 서서 더 크게 울었다. 어머니가 이불을 적신 벌까지 다 받고 오라 했다. 종형들이 방문을 열고 킥킥대며 웃었다. 할머니가 굽은 허리를 펴고 머리에 쓴 치를 걷었다. 어깨에 묻은 소금 가루를 털어 주며 도닥도닥 내 등을 다독였다.

"엊저녁으 성냥불 장난혔냐?"

나는 고개를 흔들었다.

"이제 싸지 마라이?"

"예."

들릴락 말락 하는 소리로 간신히 대답을 했다.

"대답만 허지 말고 잉?"

비죽비죽하면서 고개를 끄덕였다.

"밤새 많이 컸구나."

으레 추켜 주는 말이다. 할머니는 내 볼을 어루만지고 머리를 쓰다듬었다. 나는 금세 우쭐해졌다. 내가 배가 아프면 '잡신 물러가라!' 하면서 잠밥을 먹여 주는 할머니다. 보리쌀 한 중발을 볼록이 보자기에 싸서 거꾸로 잡아매고 배를 문질러 주면 용케도 아픈 배가 나았다.

키가 컸다는 할머니의 추킴을 듣고 나서 치를 거꾸로 업고 곧장 집으로 달렸다. 소금 벼락과 부지깽이 매는 벌써 잊었다. 치는 헛간에 바가지는 부엌에 던져 버리고 외양간으로 갔다. 나를 기다리는 맴생이는 나의 처절한 아침을 눈치채지 못했다.

"나가자!"

나는 맴생이의 목줄을 풀어 잡았다. 맴생이는 간신히 문턱을 껑충 넘었다. 얼마 전 아버지가 읍내에서 사 온 털이 까만 새끼 염소다. 염소를 데려온 날 아버지는 나를 불렀다. 감나무 밑에서 염소가 어미를 찾는지 음매애 하고 울어댔다.

“너도 컸으니 앞으로 이 맴생이를 맡아서 잘 길러라.”

어안이 벙벙한 채 아버지가 내미는 염소의 목줄을 건네받았다.

맴생이는 나보다 세 배는 작았다. 녀석은 내가 안아도 될 만큼 몸집이 작고 터럭이 번질번질하게 윤기가 흘렀다. 조그맣게 달린 뿔도 귀엽고 눈매 또한 선해 보여 맴생이와 친구해도 될 성싶었다.

우리 집에는 나와 친하게 지내던 털이 복슬복슬한 누렁이 친구가 있었다. 그런데 지난 겨울 느닷없이 사라졌다. 냇가 상수리나무 가지에 목이 매달린 채 동네 어른들로부터 맞아 죽었다. 아이들 몰래 치러진 살상이었는데 막대 불에 털이 그슬려지는 것까지 그만 멀리서 보고 말았다. 콧물이 터지도록 며칠을 울었다. 그로부터 얼마 후 헛간 뒤 어디선가 노린내가 진동했다. 염장으로 삭인 누렁이 가죽은 장구가 되었고, 사랑방에서 장구 소리가 들릴 때마다 누렁이 친구가 울부짖는 것 같아 가슴이 찌렁찌렁 울렸다. 그러던 차에 맴생이 친구가 생겼다. 말을 걸면 음매애 하며 꼬박꼬박 대답도 해 주어 누렁이와 놀 때처럼 데리고 다녔다. 아침이면 냇가에서 놀다가 근처 풀밭의 오동나무에 매어 풀을 뜯게 하고 해가 질 무렵이면 데려오곤 했다. 어느 땐 목줄을 나무에 칭칭 감고 되풀 줄을 몰라 내가 나타날 때까지 발버둥을 치며 울먹였다.

맴생이를 데리고 시냇가로 나왔다. 어느덧 맴생이는 본능적으로 나를 잘 따랐다. 맛있는 꼴밭으로 데려다 주니 불만을 살 이유가 없었다. 마을을 가로질러 흐르는 시내는 마을 사람들의 놀이터이자 공동의 생활 공간이었다. 아이들은 냇가에서 햇보리를 구워 먹으며 물놀이를 하고 아낙네들은 냇물에 빨래를 하면서 정겨운 이야기를 나누었다. 하루 일을 마친 후 농기구를 씻고, 농기구에 서린 여한도 씻고, 여인들은 머리도 감았다. 밤에는 어른들이 띄엄띄엄 자리를 잡고 미역을 감았다.

여름은 몹시 가물었다. 사람들은 마른 짚단을 짊어지고 의상봉에 올라 큰불을 피우며 기우제를 지냈다. 산꼭대기에서 뭉개뭉개 피어오르는 연기가 멀리서도 보였다. 시냇물은 바짝바짝 말랐다. 노딧돌을 스치며 콸콸 흐르던 냇물이 조약돌 사이를 간신히 비집고 쫄쫄 흘렀다. 아랫녘 깊은 둠벙도 이끼 낀 자갈들이 드러나 보였다. 둠벙가 둔덕의 찰기 많던 황토 개흙도 벌겋게 말라 갔다.

심상치 않은 일이 생겼다. 언제부터인가 냇가에 있는 곱고 아기자기한 자갈들이 점점 사라지기 시작했다. 매일같이 새벽이 되면 험상궂은 사람들이 트럭을 몰고 와 시내 아래쪽에서부터 고운 자갈들을 퍼 가기 시작했다. 아무도 뭐라 하는 사람이 없었다. 군청에서 나왔다고 하니 마을 사람들은 그런가 하며 믿었다. 하지만 속은 거였다.

동네 친구들이 냇가로 몰려왔다. 친구들과 함께 맴생이를 데리고 냇가를 따라 바닷가 쪽으로 내려갔다. 새끼 새를 잡으러 가는 거였다. 대나무와 풀숲이 우거진 그곳에는 깐치들이 알을 품는 곳이라 이맘때쯤에는 새끼 새들을 종종 잡을 수 있었다. 우리는 새끼 깐치들을 잡아다가 여치나 잠자리, 풀벌레를 먹여 키웠다. 그곳은 지난 해 문둥병이나 폐병, 가슴애피에 걸린 외지 사람 몇이 들어와 뱀이나 개구리를 삶아 먹으며 요양하다가 마을 사람들로부터 추방당했던 곳이다. 대숲을 가로지르는 회삿물 다리는 전쟁 때 인민군들의 은신처이기도 했다. 다리 밑 교각에는 인공기 그림이 선명히 남아 있었다. 사람들은 그곳에 가는 것을 꺼려하여 인적이 드물었다.

개울 아래로 내려 갈수록 자갈은 줄어들고 바닷가 근처에 이르러서는 자갈 밑 모래까지 파내어 움퍽지퍽 웅덩이가 생겨났다. 거기에서 우리들은 자갈과 모래를 퍼 모으는 인부들을 만났다. 우악한 표정으로 우리를 흘깃흘깃 보더니 무서운 소리로 겁을 주었다.

"여기는 위험해서 애들이 놀 곳이 못 되니 돌아가라!"

아이들이 바들바들 떨었다. 인적이 드문 곳에서부터 아름답던 냇가의 풍경이 파괴되어 갔다. 우리는 인부들이 무서워 나중에 다시 오자 하고 마을을 향해 냅다 담박질을 쳤다. 맴생이도 풀을 뜯고 있다가 눈치를 챘는지 내가 잡아 끄는 대로 죽어라 뛰며 따라왔다.

해질녘, 말뚝에 매어 놓은 맴생이를 데려오려고 냇가로 갔다. 이상했다. 그 자리에 있어야 할 맴생이가 사라지고 없었다. 아무리 주위를 둘러보아도 눈에 띄지 않았다. 불안하고 겁이 났다. 냇가 둔치에서 달룽개를 캐는 누나들에게 혹시 맴생이를 보지 못했냐고 물어봤지만 모두 모른다고 했다. 맴생이를 잃어버리고 집에 돌아가면 아버지한테 혼날 것을 생각하니 눈앞이 아찔했다. 내 아랫도리를 휘감던 회초리가 어른거렸다. 자갈일 하는 인부들이 잡아갔나 싶어 다리목 웅덩이 있는 곳까지 내려가 봤지만 아무런 흔적을 찾을 수 없었다. 정신없이 이곳저곳을 허깨비걸음으로 헤맸다.

쭉나무들이 서 있는 갈대 숲 너머에 코뚜레 없는 어석송아지 한 마리가 눈에 띄었다. 혹시나 해서 갈대를 헤치며 그곳으로 달려갔다. 한 발 한 발 나아갈 때마다 나보다 큰 갈대 잎이 따갑게 살갗을 스치고 메뚜기 떼들이 종아리를 때리며 날아갔다. 송아지가 매어 있는 곳에 다다르자 주먹만 한 맴생이 주둥이가 수풀 사이로 보였다. 성큼 다가갔다. 새까만 몸통이 번쩍 어른거렸다. 눈물이 날 만큼 반가웠다. 비끄러매어 놓은 말뚝을 뽑고 어떻게 이곳까지 왔는지 이해할 수 없었다. 맴생이는 저보다 몇 배나 큰 송아지 주위에서 알짱거리다가 송아지의 뒷다리를 조그마한 머리로 연신 박치기를 하며 골렸다. 앞발을 세우고 온몸에 힘을 모아 머리통이 부서져라 치받지만, 송아지는 움적움적 새김질만 하면서 바보처럼 맴생이의 공격에 속수무책으로 당하고 있었다.

'감히 탈출하다니. 내가 만만하게 보였다?' 나는 녀석을 향해 밑 터진 바지 사이로 참았던 오줌을 세게 갈겨 화풀이를 했다. 그 순간 맴생이는 귀염을 받아야 할 친구가 아니었다. 어스름 황혼이 내려앉았다. 맴생이를 단단히 잡아 끌고 집으로 향했다. 녀석은 어떤 형벌도 달게 받겠다는 듯 이끄는 대로 따라왔다. 냇가에서 호미와 손발을 씻고 올라오던 상동 할머니가 한 시간 전쯤의 지난 이야기를 들려주었다.

"아까 송아지가 음머어 하고 웅게, 맴생이도 음매애 하고 따라 울드라. 지들끼리 뭔 말을 허는갑드라."

사실 속수무책으로 당하고 골림을 받은 쪽은 송아지가 아니라 맴생이었다. 밤톨만 한 맴생이의 뿔에 붉은 빛 생채기가 보였다. 가렵던 송아지 다리가 시원해진 것을 맴생이는 몰랐을 터였다. 그날 밤 나는 외양간에 들어가 맴생이에게 치를 씌우고 소금을 세 줌이나 뿌린 다음 물푸레 부지깽이로 실컷 두들겨 팼다.

"너, 따끔한 맛을 좀 봐야 돼!"

맴생이는 순교라도 할 듯 아무런 반항도 하지 않았다. 녀석의 생살여탈권은 내 손 안에 있었다.

## 동심

어린 나에게도 매일같이 삶을 뜻 있게 보내고자 하는 중요한 일과가 있었다. 어떻게 하면 하루를 재미있게 놀 수 있을까 하는 것이다. 놀지 않으면 기운이 떨어져 못 견뎠다. 부질없이 집 안에서 바장이는 무료함은 몸이 뒤틀릴 정도여서 매일 아침 도롱테를 굴리며 놀이의 대상을 찾아 나서는 것으로 일과를 시작했다. 도롱테는 달리면서 굴려야 바로 서서 구르므로 나는 첫걸음부터 뛰었다. "조심히라!" 어머니는 내가 넘어질까 항상 조마조마했다.

어느 때는 앞집 문기를 찾아가고 그가 없으면 새암골 윤석을 찾아가 놀자고 했다. 집 앞에서 "노올자아." 하고 부르면 기다렸다는 듯 뛰쳐나왔다. "왜, 밥 먹다 나가냐?" 하는 식구들의 소리도 무시하고 나왔다. 만약 둘 다 없을 때는 마을 모정이나 뒷등성이로 갔다. 그곳에 가면 놀이의 대상을 찾는 또 다른 동심의 무리를 만났다. 뒷등성이 묏동 언덕에서 잔디 미끄럼을 타고, 기다란 대나무 말을 가랑이에 끼우고 마을을 돌며 죽마놀이를 했다. 그렇게 놀면서 집단의 질서와 규범을 배우고 화합의 방식을 터득했다. 겨룸놀이는 삶에 대한 학습이고 훈련이었다. 땅따먹기나 못치기, 표치기를 할 때는 투쟁의 지혜를 키우고, 자치기를 할 때는 승리와 패배를 경험하며, 물놀이 나무타기를 할 때는 도전의 정신을 배웠다. 놀이터에선 아이들이 집에서 부리던 투정이나 어리광, 떼를 쓰는 모습은 찾아볼 수 없었다.

모든 놀이는 자연과 친구가 되는 일이었다. 산과 들과 바다, 나무와 꽃과 시냇물, 텅 빈 머리 위의 허공마저 놀이의 친구였다. 겨울에 흩날리는 함박눈도 벗이 되었다. 새들의 노래와 청량한 공기와 아름다운 대지의 향내는 자연의 친구가 내어 주는 사랑이었다. 사랑의 선함과 순결함을 덤으로 받으며 나는 조금씩 코흘리개 티를 벗어 갔다.

장난감이나 가지고 놀 만한 악기 하나 없었지만 철 따라 하는 놀이는 다양했다. 겨울에는 눈밭에서 나무못치기, 제기차기를 하거나 얼음 판에서 팽이를 쳤다. 양지바른 곳에서 윗바람에 연날리기를 할 땐 나도 둥실 하늘도 둥실 했다. 썰매를 타며 얼음지치기를 할 땐 추위도 잊었다. 강치가 심한 날엔 누구네 사랑방 아랫목에 둘러앉아 도, 개, 걸, 윷, 모, 윷놀이로 돼지, 개, 노새, 소, 말, 가축들의 달리기를 시켰고, 실패놀이를 하거나 네 다리 내 다리 하며 떼창 박자에 맞춰 다리빼기를 했다. 여름이면 잠자리나 매미를 잡고, 냇가에서 미역을 감으며 여자 아이들이 눈에 띄면 물탕을 치며 놀았다. 수숫대 껍질로 안경이나 동물 모양을 만들고 보릿대를 접어 제비도 만들어 날렸다. 정성을 들인 보릿대 여치 집은 이듬해에도 녀석의 자손용으로 써 먹었다. 봄이 오면 뒷산에 올라 꽃잎을 따고, 내려오는 길엔 풀잎을 꺾어 풀피리도 불었다. 머리 밑에 깍지를 끼고 풀밭에 누워 구름을 동무 삼고 바람의 노래를 들었다.

나뭇가지 아귀를 잘라 만든 고무줄 새총은 꼭 허리춤에 차고 다녔다. 돌멩이 총알로 목표물을 겨냥하는 재미는 짜릿짜릿했다. 참새나 날것들은 눈치 빠르게 달아나 잡지 못했지만 남의 집 울타리에 달린 애호박에 흠집을 내고 죄 없는 두꺼비나 한가로이 해작거리는 닭들을 괴롭히는 재미는 쏠쏠했다.

마을 모정은 어른들의 쉼터이자 아이들의 놀이터였다. 어른들은 목침을 괴고 낮잠을 즐기거나 장기를 두었다. 아이들은 장기를 흉내 내며 호박고누 놀이를 했다. 진초록 풀잎을 으깨어 누마루 위에 호박 모양의 고누판을 그려 놓고 잔돌 말을 움직여 말을 따 먹는 놀이다. 어른들의 장기판처럼 밭 칸을 짚어 가며 말을 물리기도 하고 핏대를 세워 다투기도 했다. 세시별歲時別 명절에는 마당놀이나 풍물놀이에 끼어들어 나무판 장구를 둥닥둥닥 두들기거나 시누대 피리를 불며 따라다녔다. 어른들 흉내놀이다.

여자아이들이 노는 모습은 조금 달랐다. '남녀칠세부동석'이라는 관습이 남아 있어 사내아이들과는 어울리지 못하고 행동 반경이 제한적이어서 밖에서 노는 것보다 대부분 집 안에서 놀았다. 밥짓기, 소꿉놀이는 기본이었다. 풀잎 반찬에 꽃밥, 흙밥 지어 새금파리 소반에 차려 놓고 제 맘대로 정한 신랑 동무에게 밥을 먹였다. 오자미놀이, 공기놀이, 바닥에 그림을 그려 놓고 건너뛰는 깨금발놀이, 실뜨기놀이 등 주로 제한적 공간에서 노는 것이 대부분이었다. 노래를 부르며 박자에 맞춰 손등과 손바닥을 마주치는 손뼉치기놀이는 우정을 돈독하게 해 주는 으뜸 놀이였다. 고무줄놀이를 할 때는 치마를 쥐어 잡고 〈태극기〉 노래나 〈금강산〉 노래, 〈최영 장군〉 노래에 맞춰 발을 척척 놀렸다.

놀이 중에 뭐니 뭐니 해도 최고는 축구였다. 하지만 안타깝게도 우리 마을엔 가죽이나 고무로 된 공을 가지고 있는 사람이 아무도 없었다. 고작해야 마른 지푸라기를 두루뭉술하게 뭉쳐 새끼줄을 칭칭 감아 만든 새끼줄 공이 전부였다. 누군가 플라스틱으로 된 빨간 공을 갖고 있었지만 차 보기는커녕 만져 보지도 못하게 했다. 어쩌다 돼지를 잡는 집이 있으면 아이들에겐 행운의 날이었다. 돼지 오줌보를 얻어다가 땅바닥에 놓고 발로 비빈 다음 입바람을 불어 넣으면 훌륭한 축구공이 되었다. 그런 날이면 동네 청년부터 어린아이들까지 냇가 한터에서 오줌보 공이 터질 때까지 축구를 했다. 고무신이 벗겨질까 봐 새끼줄로 꽁꽁 묶고 뛰었다. 마을이 들썩들썩했다.

마을은 외딴 섬처럼 신문명이나 문화가 읍내나 다른 도시들보다 훨씬 더디게 유입되었기에 장난감이나 축구공 하나 없을 정도로 놀이 도구마저 빈약했다. 대부분의 놀이 도구는 자연이나 생활 주변에서 구해 사용했다. 새나 곤충이나, 벌레나, 살아 있는 날것과 길짐승은 친구이기도 했지만, 놀이의 대상이 될 땐 목숨을 내놓아야 했다. 매미, 잠자리, 달팽이, 방아깨비, 송사리는 하루를 채 못 넘기고, 호박꽃에 갇힌 반디는 반 밤도 못 견뎠다. 지렁이는 밟혀 죽고 꽃뱀은 돌멩이에 맞아 죽었다. 새끼 새와 개구리, 뒷다리가 묶인 두꺼비도 며칠 못 갔다. 녀석들에게 아이들은 강아지를 닮은 범 새끼였고 아이들 세상은 무법천지였다.

놀이의 일과에 빠지면 대개 밥때조차 잊었다. 자연은 나를 불러 조금 더 놀자 하고, 어머니는 웃것터에 대고 "밥 먹어라!" 하며 동네가 떠나갈 듯한 소리로 나를 찾았다. 땅거미가 질 무렵에 부르는 소리는 어미 소가 새끼 송아지를 찾는 소리보다 더 컸다. 마을 끝에서도 들렸다.

"해 넘어간 줄도 모르고 놀믄 거그서 누가 밥을 주냐 떡을 주냐?"

여지없이 어머니의 호통이 떨어졌다. 만약에 누나가 나를 찾아 헤매다가 실패하면 단칼에 무 자르듯 나와 모질게 인연을 끊으려 했다.

"어머니, 쟈 엿장시 한티 가서 살라고 꾀빗겨서 보내 버려! 입 삐뚤어진 용천배기보고 데려가라던지."

그럴 땐 장작 지프차를 만들어 주던 누나가 아니라 어디서 굴러온 악독한 야차 귀신 같았다. 노는 것도 노는 만큼 꼭 대가를 치렀다.

달밤에 쥐불놀이나 강강술래를 하다 헤어질 땐 '잘 가아!'라는 아이들의 인사가 고샅마다 쩌렁쩌렁했다. 삼삼오오 무리 지어 동서남북으로 헤어진 아이들은 자기 집 근처에 이르면 둘이나 하나가 되었다. 집 앞에 이르는 어두운 고샅은 곧 적막과 공포의 귀갓길이 되었다. 늦은 밤 혼자가 된 아이는 무서움에 떨었다. 귀신이 붙어 산다는 복숭아나무 옆을 지날 땐 요귀가 손갈퀴를 뻗칠 것 같고 도깨비가 튀어나와 뒷덜미를 잡을 것 같았다. 마지막으로 헤어진 아이들은 자기 집 마당에 들어설 때까지 서로에게 소리를 질렀다. 무서움을 털어내려는 소리다.

"잘 가아!"

"잘 가아!"

나는 마루에 뛰어올라 방문을 열어젖히면서까지 소리를 질렀다.

“잘 가아!”

그런 날은 누나가 꼭 나섰다.

“야, 니 뒤 꼬랑지에 흐으건 귀신 붙었다.”

나는 누나 귀신한테 번번이 혼을 빼앗기고 말았다. 고무신은 컴컴한 마당으로 날아가고 몸뚱어리는 올챙이처럼 이불 속을 파고 들었다

# 가을걷이

간밤에 내렸던 무서리가 녹아 마을을 촉촉히 적시고 집집마다 밥 짓는 연기가 안개처럼 피어오른다. 참새와 때까치들은 둥지에서 나와 이리저리 들판을 날고 가을걷이를 위해 집을 나서는 농부들의 잰 걸음이 바쁘다. 풀 이슬을 스치는 바짓가랑이는 어느새 축축이 젖는다. 벼를 거두고 수숙이나 깻단도 털어야 하며, 고구마도 캐고 콩 타작도 해야 한다. 벙싯 벌어진 탐스런 목화는 더 이상 된서리를 맞아선 안 된다. 가을걷이는 온 가족이 눈코 뜰 새 없이 달려들어도 일손이 달리는 한 해 농사 수확의 마지막 갈무리다.

고구마를 캐기로 한 날이다. 철진과 종하는 괭이와 삼태기를 지게 바작에 얹고, 어머니는 호미를 들고 아버지는 낫을 챙겼다. 나는 맴생이를 데려가려고 외양간에서 끌고 나왔다. 일요일이어서 학교에 가지 않은 형과 누나도 함께 집을 나섰다. 문수제를 지나 장승백이 고개를 넘었다. 스산한 가을이 민둥한 산자락을 지나 저만큼 물러가고 있었다. 소보록한 군락의 억새들이 하얗게 한들거리는 계곡을 지났다. 바위를 휘도는 여울물이 짙푸른 가마소에 떨어지며 소용돌이를 쳤다. 가마소는 깊은 동굴로 이어져 명주실 몇 꾸리를 풀어도 끝이 나지 않는다는 용소龍沼다.

고구마밭에 이르자 아버지는 옷 매무새를 고치고 밭머리 언덕을 향해 올라갔다. 둘러싼 산들은 쓰러질 듯 가파르고 비스듬히 산을 떠받친 바위 벼랑은 아찔했다. 헐벗은 나무들은 둥치마저 앙상해 보였다. 청청한 소나무들이 둘러선 곳에 할머니 산소가 있었다. 주위에 우거진 마른 푸새밭에는 등황색 꽈리들이 초롱처럼 고개를 떨구고 흔들거렸다. 아버지는 산소에 절을 하고 나서 여기저기 뻗쳐오른 잡풀들을 뽑아냈다. 그런 다음 형과 나와 누나를 불러 할머니 산소를 잊지 말라고 했다. 밭두렁에는 잎이 진 감나무 한 그루가 있었다. 아버지가 고욤나무에 접을 붙여 키운 거였다. 해거리 때문인지 밑거름이 빈약해서인지 감이 그리 많이 달리진 않았다. 작년 가을이었다. 어른 키만큼 자란 감나무에 처음으로 감이 열렸다. 아버지와 작은아버지는 빈 가마니를 들고 감을 따러 갔다. 첫 수확은 가마니에 담아야 이듬해부터 많이 열린다 해서다. 발갛게 익은 둥시감은 달랑 세 개가 달려 있었다. 작은아버지가 말했다.

"형님, 제사 때 씁시다."

"그리여."

아버지와 작은아버지는 둥시감 세 개를 조심스럽게 따서 가마니에 담았다. 양쪽에서 가마니를 맞들고 무거워 죽겠다는 시늉을 하며 작은아버지는 웃쌰웃쌰 하고 아버지는 부러 낑낑거렸다. 아버지 형제는 작은 일도 크게 나누며 우애롭게 지냈다.

고구마 수확이 시작되었다. 아버지는 낫을 들어 잎이 마른 고구마 줄기를 걷어 내고 철진과 종하는 이랑을 따라가며 괭이로 흙을 파 엎어 나갔다. 흙냄새 마른 풀 냄새가 땅에서 푹푹 풍기며 올라왔다. 크고 작은 하얀 고구마들이 끝없이 튀어 나왔다. 다른 이랑에서는 붉은 고구마가 줄줄이 쏟아져 나왔다. 나머지 식구들은 고구마의 흙을 털어 내고 삼태기에 담아 군데군데 무더기로 모았다. 그중 예쁘게 생긴 자주색 고구마 하나를 집어 들고 밭두렁 풀밭에 쓱쓱 문질러 흙을 닦아 낸 다음 아삭아삭 씹어 먹었다. 단맛이 훙건한 밤고구마는 다 먹도록 질리지 않았다. 맴생이는 냄새만 맡고 고개를 돌렸다. 모두들 고구마 농사가 풍작이라며 기뻐했다. 가을걷이는 한 해 동안 수고했던 심신에 위로와 기쁨을 주는 축제였다. 지난 해에는 겨우 반타작을 넘겼고 그나마 숲속에 있던 빨치산 공비들이 내려와 이랑 몇 곳을 파헤쳐 훔쳐갔었다.

잠시 새참을 위해 일손을 놓았다. 어머니는 소쿠리를 열고 밥알을 정갈하게 떼어 “고시레!” 하며 밭두둑을 향해 뿌렸다. 그때 밤나무가 우거진 숲 언덕에서 인기척이 나더니 잿빛 승복을 입은 스님 한 분이 시주바랑을 메고 내려왔다. 우리 앞을 지나면서 스님은 발걸음을 멈췄다. 두 손을 합장하고 우리에게 목례를 했다. 아버지도 일어나 인사 대신 두 손을 맞잡고 읍을 했다. 법명은 모르지만 가마소 위쪽 퉁소골 암자에 있는 스님이었다. 한두 달에 한 번씩 마을에 들러 시주를 받으러 왔기 때문에 어렴풋이 얼굴이 익었다. 그러나 아버지와 어머니는 집에 왔을 때에 스님과 한 번도 대화를 나눠 본 적이 없었다.

마을에는 절에 다니는 사람이 없었다. 어떤 연유인지 모르지만 유교적 풍습이 강하여 누구 집에도 마을 어디에서도 불교의 흔적을 찾을 수 없었다. 오히려 무속 풍속을 더 숭상했다. 산을 넘고 또 넘으면 내소사, 월명사, 개암사라는 절이 있지만, 당일치기 여정으론 어려워 쉬이 가 볼 엄두를 못 냈다. 구월 귀일 경 단풍놀이 겸해서 다녀오는 사람이 있을 뿐이었다. 마을에 낯선 스님이 나타나면 혹여 떠돌이 땡중이 아닌가 건너짚고 슬금슬금 눈치를 살폈다. 가난하고 양식이 궁해서도 그랬겠지만 시주 공양도 인색했다. 퉁소골 암자 스님은 탁발하러 우리 집에 오면 독경도 없이 목탁만 두드렸다. 시주를 해 줄 때까지 집 앞에서 떠나지 않고 있다가 어머니가 곡식을 퍼다가 시주바랑에 담아 주면 그제서야 목탁 소리를 멈추고 돌아갔다.

그런데, 아이들이 커다란 시주바랑을 등에 메고 있는 스님을 보면 집 안으로 숨어 버리는 이상한 현상이 언제부터인가 마을에서 일어났다. 스님이 용천배기일지도 모른다며 무서워했기 때문이다. 그 무렵엔 용천배기가 아이들을 잡아다가 커다란 자루에 넣고 사라진다는 흉흉한 이야기들이 떠돌고 있었다. 아이들이 떼를 쓰며 울 때는 어른들이 '호랑이 온다! 순사 온다!' 대신에 '용천배기 온다!' 하고 겁을 주면서 울음을 그치게 했다. 용천배기는 문둥병이나 지랄병 같은 몹쓸 불치병에 걸린 사람들을 일컬어 하는 말이다. 그런 병에 걸린 사람들이 아이들의 간을 먹으면 낫는다고 하는 괴담이 퍼져 있던 때였다. 아이들은 스님이 메고 있는 시주바랑을 보면 지레 겁을 먹고 도망가 숨어 버리곤 했다.

전쟁이 끝나고 고장에는 섬찟한 사람들이 자주 나타났다. 팔이 나 다리를 잃은 상이군인들이 목발을 짚고 다니며 걸식을 하고, 순진한 시골 사람들을 홀려 패가망신케 하는 타지의 노름꾼이나 거간꾼, 사기꾼들이 도처에서 활개를 쳤다. 고향으로 돌아가지 못한 피란민들이 먹을 것도 머무를 곳도 없이 방황하며 가을걷이가 끝난 들판을 헤매고 다녔다. 깜부기 이삭이라도 주워 연명해야 했기 때문이다. 심신이 파괴되어 정신질환을 앓고 떠도는 사람도 이따금 눈에 띄었다. 넝마 요대기를 두르고 단속곳이 날리도록 춤을 추며 배회하는 나이 든 여자도 있었다. 미친년이란 말은 내가 말문이 트일 때부터 알아들었다. 아이들이 실성한 여자에게 몰려가 돌멩이를 던지는 척하고 무엄하게 놀리면 여자는 정신이 돌아와 무시무시한 욕을 질렀다.

"조동이 놀리면 콱 찢어 째보 만들어 버릴 거야!"

여자가 열 손가락을 세우고 덤벼들면 아이들은 파들파들 떨며 도망을 쳤다. 어느 날은 스무 살쯤 되어 보이는 초췌한 모습의 젊은 남자가 마을에 들어왔다. 더벅머리에 구중중한 차림이 영락없는 거렁뱅이였다. 마침 점심을 먹고 있던 우리 집으로 성큼 들어와 먹을 것을 좀 달라며 마당에서 애걸을 했다. 어머니는 부엌에 들어가 고봉밥 한 그릇과 싱건지 한 사발, 삶은 고구마를 소반에 차려 내왔다.

아버지는 젊은이에게 말했다.

"말캉으로 올라오시겨?"

"괜찮습니다."

그는 마루 아래 토방에 주저앉을 기색이었다.

"괜찮네. 이리 올라오시게."

젊은이는 머리를 조아리며 마지못해 마루 끝에 걸터앉았다.

"어디서 왔고 무엇을 하는 사람인고?"

아버지는 그의 얼굴을 뜯어 보며 다시 물었다.

"전쟁 중에 가족을 잃고 정처 없이 떠돌고 있습지요."

그는 고구마를 큰 입으로 베어 문 다음 대답했다. 행색은 남루하기 이를 데 없으나 목소리엔 힘이 넘쳤다.

"그러면 우리 집에서 일꾼으로 있으면 어떻겠는가?"

아버지는 그에게 의중을 물었다. 대답은 뜻밖이었다.

"저는 시인이라 농사일을 할 줄 모릅니다."

"허허, 그려?"

그는 게눈 감추듯 밥과 고구마를 단숨에 뚝딱 먹어 치웠다. 싱건지도 게걸스럽게 씹어 넘기고 국물 한 방울 남기지 않았다. 그런 다음 히죽 한 번 웃고는 아무런 고마움의 인사도 없이 밖으로 총총 사라졌다.

젊은이는 시인 행세를 하는 건지 객쩍은 소리로 중얼거리며 마을을 돌아다녔다. 나는 그의 행동이 신기해 뒤를 졸졸 따라다녔다. 군데군데 징거맨 옷자락에서 역겨운 자릿내가 질질 흘렀다. 모정 앞에서 놀고 있던 아이들이 그를 보고 시를 한번 읊어 보라며 놀렸다. 그는 먼 곳을 향해 시선을 모으고 천천히 손을 들어올리더니 주저 없이 아이들 앞에서 시를 읊기 시작했다. 음률에 따라 그의 손짓이 오르내렸다.

봄바람은 살랑살랑
아지랑이 아물아물
꽃잎은 방긋방긋
나비는 나풀나풀
종다리 재잘재잘

그가 시를 다 읊은 다음 누런 이를 드러내며 헤실헤실 웃어 보이자 아이들이 멋이 있다며 박수를 쳤다. 아이들 속에서 누군가 큰 소리로 말했다.

"시는 정신이 오락가락하는 사람이 헌다는디?"

멀리 농막 주위에서 단봇짐과 망태기를 멘 사람들이 어슬렁거렸다. 가을걷이가 끝난 빈 들판에서 이삭을 줍느라 이곳저곳 헤집고 다녔다. 칙칙한 뭔가로 귀를 싸매고 누더기 탈을 쓴 듯한 아녀자도 보였다. 젊은 음유 시인은 늘어진 팔을 흔들며 그들이 있는 곳으로 타박타박 걸어갔다. 저춤거리는 걸음걸이가 자칫 무너질 것 같았다.

어스름 황혼이 내려앉은 아득한 들녘, 가을을 여미는 바람 소리는 나그네가 먼저 듣는다 하던가. 노루목으로 이어지는 그곳엔 설운 소슬바람이 기승을 부렸다.

## 도깨비

등잔불이 가물가물 빛을 잃어 가며 조는 듯 잦아든다. 아직 초저녁인데 호롱 안에 석유가 다 떨어져 가는 모양이다. 아버지는 형에게 석유를 사 오도록 심부름을 시켰다. 혼자 가기가 무서웠던지 형이 나와 함께 가자고 했다. 나는 망설임 없이 함께 집을 나섰다. 식구들이 나설 때 나는 늘 따라다녔다.

형은 국방색 기역자 손전등을 들고, 나는 빈 석유병을 들고 별빛 하나 없는 밤길을 나섰다. 대밭의 날카로운 댓잎 소리가 유난히 싸락거렸다. 초저녁인데도 사방이 먹빛이고 날씨가 꾸물꾸물한 것이 금방이라도 비가 쏟아질 것 같아 왠지 으스스했다.

마을 앞 정문旌門터에는 노송들과 백일홍나무에 가려진 작은 제실 비슷한 효열문이 있는데, 요요하게 뻗친 추녀 끝에는 눈알이 튀어나온 용 두 마리가 여의주를 물고 앉아 지나는 사람들을 노려봤다. 대문에 오르는 섬돌 앞을 지날 때면 나는 귀기가 도는 용들이 무서워

고개를 돌리곤 했다. 정문 앞을 지날 무렵 어둠 속에서 목을 쳐들고 있는 용의 머리가 눈에 들어왔다. 섬뜩했다. 나는 뛰다시피 하며 형을 앞질러 걸음을 재촉했다. 국민학교 앞에 있는 점방은 뛰는 걸음으로 해도 족히 삼십 분은 걸렸다. 들녘 너머 바닷가 쪽에 희미한 불빛 하나가 있어 조금은 안심이 되었지만 밀려오는 어둠의 공포감에 걸음이 더디어지고 다리가 조금씩 떨렸다. 그때 형이 발걸음을 멈추더니 심각하게 말을 뱉었다.

"저기 있는 불빛이 아무래도 도깨비불인 것 같다."

나는 도깨비라는 말에 놀라 그대로 선 채 몸이 굳어 버렸다. 한 걸음도 뗄 수 없었다. 가던 길을 따라가면 방죽 뒤편 가시 덤불 안에 도깨비들 소굴이 있고 그 방죽을 지나쳐야 했기 때문이다. 나는 도깨비가 살고 있는 곳을 잘 알았다. 동네 형들로부터 여러 번 들었다. 녀석들은 그곳 말고도 학교 근처 공동묘지 옆 상여집에도 살고, 장신마을로 향하는 언덕의 고목나무 아래 돌담불에도 숨어 살았다.

도깨비를 본 적이 없었지만 나는 녀석에 대해서 꿰었다. 사람과 귀신 중간쯤 되는 힘이 센 남자 영물인데, 사람들이 먹을 것을 주면 친숙하게 덤벼들고 술에 취한 사람을 만나면 싸움을 걸어 온다고 했다. 또한 녀석은 비범하여 움직임이 빠르지만 싸울 때 외약다리를 걸면 꼬꾸라지는 우둔한 약점이 있고, 음흉하게 사람을 속이는가 하면 착한 사람에겐 귀한 재물로 선심을 쓴다고 했다. 밤에는 주로 타다 남은 싸리 빗자루에 숨어 불빛을 내며 변신하고 다니고 건망증이 심해서 저 자신이 도깨비인 줄 모르고 사람인 척하다가 날이 새면 흔적 없이 사라져 버린다고 했다. 마을 어른들은 물론이고 형들과 누나들이 그렇게 말하는 것을 들었기에 나는 도깨비의 정체가 그럴 거라 믿었다. 그래서 우리가 사는 세상은 사람과 짐승과 도깨비가 같이 사는 곳이라 여겼다.

도깨비불이 우리 쪽으로 오지 않을까 가슴을 졸이며 내달렸다. 가까스로 점방에 도착했다. 점방 문은 닫혀 있었다. 우리는 점방 뒤 안채로 들어가 주인에게 사정하여 가까스로 석유를 샀다. 돌아오는 길은 어느덧 앞을 분간할 수 없을 만큼 사위가 칠흑이었다. 형은 손전등을 멀리 비추고 나는 몸을 웅숭그린 채 형의 옆구리에 바짝 붙어 걸었다. 설마 도깨비가 나타나지 않겠지 하며 두 손으로 석유병을 조심해서 움켜 안았다. 형이 손전등을 높이 쳐들어 멀리 비추자 갑자기 오른쪽 가까이에 어른 키보다 큰 두 개의 장대가 나타났다. 장대 위에 동그란 거울 같은 모습이 어른거리더니 그 속에서 횃불 꼬리 같은 인광이 야맹금 눈초리처럼 번뜩이며 흔들흔들 다가왔다.

"쌍도깨비다!"

형이 소리치며 내달리기 시작했다. 형 뒤를 따라서 걸음아 날 살려라 하며 죽을 힘을 다해 뛰었다. 형은 전등불이 저희들 친구인 줄 알고 따라온 것 같다며 손전등을 껐다. 등골이 오싹하고 숨이 목까지 찼다. 천지사방은 더욱 어두워졌다. 그사이 쌍도깨비는 눈 깜짝할 사이에 우리가 처음 보았던 바닷가 쪽으로 사라져 그곳에서 여전히 흔들거리며 불빛을 내었다. 나는 혼비백산이 되어 기색할 정도였고 급물살을 거슬러 가듯 발걸음조차 제대로 떼지 못했다.

학교와 마을 중간쯤에는 대나무 숲으로 둘러 쌓인 민가가 한 채 있었다. 민가에는 노부부가 살았다. 우리는 놀란 가슴을 가눌 수 없어 다짜고짜 그 집으로 들어가 살려달라며 구원의 요청을 했다. 허연 수염의 노인이 문을 열고 등경을 쳐들었다. 자초지종 우리의 얘기를 듣더니 비시시 웃었다.

"음, 오늘 같은 날씨에는 도채비들이 천백도십*을 허지. 걱정 말그라. 내가 데려다 줄 테니."

노인은 뒷짐을 지고 태연자약 양반 걸음으로 앞섰다. 우리 형제를 안심시켜 주려는 듯 헛기침 소리로 어두운 앞길을 트면서 내처 마을 앞 개울까지 바래다주었다. 어디선가 개 짖는 소리와 토닥토닥 다듬이질하는 맞방망이 소리가 적막을 뚫고 낭랑하게 들려왔다. 그 소리를 들으니 쫓아오던 도깨비도 놀라 도망갈 것 같아 그나마 안심이 되었다.

길을 버리고 어둠 속 뒷밭을 가로질러 집에 당도했다. 이윽고 빗방울이 뚝뚝 떨어졌다. 아버지와 누나는 뒷마당 토담이 빗물에 무너질까 봐 낡은 볏짚 용마루를 손질하고 있었다. 안도의 숨을 내쉬고 방에 들어가 석유병을 내려놓았다. 가득했던 석유가 절반밖에 남아 있지 않았다.

어머니가 석유병을 보며 형을 나무랐다.

"이왕이면 한 병 가득 사 올 것이지 이게 뭐냐?"

형은 나를 노려보았다. 잘못은 도깨비 탓에 있지 않느냐는 내 눈빛을 보고 형은 말없이 작은방으로 들어갔다. 문밖에 도깨비가 서성이는 것 같아 나는 몸을 움츠리며 이불을 파고 들었다. 찌르륵찌르

* 천백도십: 본디 천백도섭이다. 도섭은 요술이라는 의미를 갖고 있으며 능청맞게 수선을 떨면서 수시로 변덕을 부린다는 뜻이다. 날씨나 어떤 상황이 자주 바뀌거나, 이랬다저랬다 실없이 설치는 사람에게도 천백도십한다는 말을 썼다.

륵 울어대는 귀뚜라미 소리마저 소름이 돋았다.

이튿날, 내 또래 친구들과 동네 형들을 만나면 험상한 쌍도깨비를 만난 놀라운 이야기를 손짓 발짓을 보태어 떠벌렸다. 하지만 아무도 믿으려 들지 않고 오히려 피식피식 웃었다.

"네가 헛것을 본 거여. 도깨비를 본 사람은 없대."

아이들은 오히려 비아냥댔다.

"죽은 짐승이나 송장 뼈에 있는 인이 날아댕기면서 빛을 내는 거여. '인'이 먼 뜻인 줄 아냐? 도깨비불 '린燐' 자여."

"돌멩이나 흙속으도 인이 있다는디? 그걸로 성냥도 맨든다잖여."

형들은 근거를 들어 아예 무시했다.

그러나 분명한 것은, 그들은 보지 못했고 나는 장대도깨비 둘을 내 눈으로 똑똑히 보았다는 것이다. 형도 도깨비다! 하지 않았던가.

앞집 문기네 집, 저녁 밥상머리에서 문기 아버지의 헛웃음소리가 터져 나왔다. 식구들이 숟가락질을 멈췄다.

"허허, 참. 엊저녁으 말이여, 병규하고 윗논 물꼬를 트고 오는디, 어떤 애기 둘이 우리를 보더니 소래기를 지르믄서 달려가데? 뭔 일이었스까?"

# 월동

잎이 모두 떨어진 감나무 가지 꼭대기에는 빨갛게 익은 먹시감 몇 개가 달랑 달려 있었었다. 감을 수확하고 까치들 몫으로 남겨둔 마지막 홍시다. 홍시를 따 먹으려고 한 발 한 발 조심스럽게 나뭇가지를 타고 올랐다. 간짓대로 꺾어 따기에는 너무 높았다. 나무 아래 채소밭에서는 가족들과 일꾼들이 월동 김장을 하기 위해 무, 배추를 뽑고 다듬느라 부산했다. 어머니가 위험하니 올라가지 말라고 야단을 쳤지만 그 소리는 내 귀에 들리지 않았다.

기어이 나무 꼭대기에 이르렀다. 홍시 하나가 손에 잡힐 듯 말 듯하여 한 디딤 더 오르는 순간, 딛고 있던 나뭇가지가 우지직하며 부러졌다. 삭은 나뭇가지였다. 내 몸은 아래로 곤두박질치며 떨어졌다. 이리저리 뻗친 가지에 걸리지 않았더라면 머리를 다치거나 집안이 뒤집힐 사고가 일어날 뻔한 순간이었다. 정신을 잃어버린 나를 사람들이 달려와 부추겨 안고 집으로 데려와 사랑방에 눕혔다. 아버지의 진단에 의하면 오른쪽 엉덩이뼈가 깨진 것 같다고 했다. 병원도 없고 약방도 없는 산골 마을에서 특별한 긴급 처방약이 있을 리 만무했다.

아버지는 측백나무 울타리 끝에 우뚝 솟아 있는 옻나무 껍질을 벗겨 왔다. 껍질 겉에 붙어 있는 날카로운 가시를 다듬고 속살을 긁어내어 잘게 다진 다음, 닭장에서 꺼내 온 달걀 노른자를 섞어 내게 먹였다. 나는 엉덩이에서 쑤셔 오는 통증보다 쓰고 비린 옻나무 껍질 처방약을 먹는 것이 더 고통스러웠다. 메슥거리고 토할 것 같았지만 어머니가 코를 막아 주어 억지로 목에 넘겼다. 어머니는 내 바지를 홀랑 벗기고 시큼한 냄새가 나는 기름을 가져와 멍든 엉덩이에 바르고 문질렀다. 그러면서 야단을 쳤다.

"홍시는 까치 몫인디, 네가 훔치려다 벌 받는 기여!"

어머니는 내 넙덕지를 찰싹 갈긴 다음 눈을 흘기며 혀를 끌끌 찼다. 아무거나 따먹는 것도 내게는 벌 받을 일이었다. 지난 여름 아직 덜 자란 오이를 몰래 따먹을 때도 물동이를 이고 오던 어머니한테 들켜 혼이 났다. 어머니는 똬리 밑으로 떨어지는 물기를 손등으로 훔치며 나를 쏘아봤다. 입에 문 똬리 끈을 뱉으며 호되게 꾸중을 했다.

"이눔아! 다 크지도 않은 에린 물외를 따먹으믄 어떠켜? 그려, 벌 받을 짓만 골라서 히라."

나는 입 속에 오물거리던 오이를 마저 넘기지 못하고 우물쭈물했다. 먹다 남은 토막을 뒤로 감추며 뒷걸음질을 쳤다. 어머니는 나머지 오이 토막을 입에 물게 하고 백을 셀 동안만큼이나 나를 오이밭에 세워 두었다. 내가 주워 온 자식인가 하는 생각이 들었다. 형은 가끔 나에게 다리 밑에서 주워 왔다고 했다.

형이 머리맡에 앉아 벌거벗은 내 아랫도리를 유심히 내려다보더니 킥킥거리며 웃음을 눌렀다. 그렇지 않아도 오줌똥을 쉽게 누도록 만들어진 밑 터진 바지를 입고 다니면서 아랫도리가 보일까 봐 창피하고 조심스러웠는데 무방비로 노출되어 버린 알몸은 형의 놀림감이 되기에 충분했다. 냇가 언덕에서 미끄러져 넘어졌던 맴생이가 벌떡 일어나듯 나는 다음 날 가뿐히 일어났다. 통증이 심했는데도 옻나무 껍질 약을 먹지 않으려고 다 나았다고 둘러댔다. 미련을 떨치지 못했다. 아직도 달랑거리는 까치밥 홍시 몇 개가 나를 유혹하며 감나무 주위를 빙빙 돌게 했다.

김장을 시작으로 마을 사람들은 한겨울을 나기 위한 월동 준비에 들어갔다. 집집마다 배추를 지게 바작에 수북이 짊어지고 앞장불로 향했다. 물때가 만조여서 바닷물이 백사장 위까지 차올라 배추를 씻고 절이기에는 안성맞춤이었다. 바닷물은 염도가 높아 김장 때에 마을 사람들은 집에서 소금물을 만들어 쓰지 않고 앞장불로 배추를 가져가 씻고 절였다. 아버지는 뒷마당 장꽝 옆에 묻혀 있는 커다란 김칫독 세 개를 바닥까지 말끔히 닦고 뚜껑을 감쌀 짚주저리도 만들었다. 독아지 중 하나는 싱건지나 술을 담그던 독이었다.

대발 안쪽에는 왕겨를 쌓아 더미를 만들고 그 위에 이엉을 엮어 덮은 무 저장고도 만들었다. 외양간이 붙어 있는 광방에는 수숫대를 엮어 세운 커다란 둥지에 고구마를 천정이 닿도록 가득 채우고 추수한 온갖 곡식들을 쌓아 두었다. 여름 햇곡식이 나올 때까지 가족들이 생존해야 할 양식들이다. 시렁에는 이듬해 봄 정묘일에 장을 담글, 곰팡이가 핀 메주도 주렁주렁 달아 놓았다. 광방은 곡식이 썩거나 바개미가 생기지 않도록 습한 날엔 아궁이에 군불을 때고 통풍창을 열어 두었다. 이따금 쥐들이 들어와 찍찍거리며 도둑 찬치도 벌였는데, 그때마다 한바탕 소동이 벌어졌다. 빗자루로 쥐를 쫓는 동안 고미다락 천장에 흠집이 나기도 했다. 광방은 흙냄새, 곡식 냄새, 곰팡이 냄새, 단내가 뒤섞여 코를 간질였다. 그러나 닭장이나 돼지우리 냄새에 비하면 역겹지는 않았다. 집 안팎은 두엄 썩는 냄새와 시궁창 냄새, 가축들의 냄새, 텃밭에 뿌려진 오줌똥 냄새와 나무 타는 냄새로 찌들어 있었다. 나는 그런 냄새에 익숙했고, 측백나무와 살구꽃, 목단, 작약, 옥잠화, 박하 향기가 그윽할 때면 찌든 냄새를 모르고 지냈다. 탱자꽃, 호박꽃 향기는 달콤했다. 한쪽 콧구멍으로는 땅 냄새를 맡고 다른 콧구멍으로는 하늘 냄새를 들이켰다.

철진과 종하는 도리깨질로 마지막 콩 타작을 했다. 도리깨질이 끝나면 어머니와 누나는 키질로 까불러 검부러기와 껍질을 날렸다. 밭에 말려 둔 고구마 넝쿨을 걷어 오고 말린 풀과 볏단을 작두로 썰어 겨우내 먹일 만큼 가축 여물도 만들어 외양간에 저장했다. 가마소 위 산 중턱에 벌채해 둔 겨울 땔감나무를 마차로 실어 와 헛간과 정지 나무청에 가득 쟁여 놓고 처마 밑에도 다발로 쌓았다. 소와 염소가 있는 외양간에는 볏짚을 엮어 만든 방한용 가리개로 나무 창살을 가렸다. 돼지우리도 눈발이 들이칠까 봐 칭칭 휘돌려 가렸다. 월동 준비가 끝났다. 철진과 종하는 농한기 동안 쉰다. 한 해 품삯 새경 쌀가마를 지고 떠났다. 이듬해 봄 해토될 무렵에 다시 올 것이다.

어머니가 나를 부엌으로 불렀다. 어디서 구했는지 잘 익은 연시 하나를 주며 식구들 몰래 빨리 먹으라 했다. 먹시감나무에 달려 있던 까치밥 홍시보다 훨씬 컸다. 그러면서 내 엉덩이의 멍이 얼마나 나았는지 들여다보며 무겁게 음성을 내렸다.

"짐승들도 먹을 게 없으면 굶어 죽는 기여. 날아댕기는 새들도 먹을 걸 찾느라 공중에서 얼매나 고생허는 줄 알어? 가들은 먹을 걸 쟁여 놓지 않는단 말여."

한낱 날짐승 따위라 얕보고 녀석들의 먹이를 낚아채려 한 나의 철모르는 우월감을 꾸짖는 거였다. 새들은 월동 준비를 안 하고 두 날개와 부리 하나만으로 겨울 목숨을 부지했다. 연시에는 보릿가루가 묻어 있었다. 보리쌀 항아리에 묻어 둔 것임에 틀림없었다. 며칠 동안 집 안팎을 뒤져 봤지만 끝내 항아리를 찾지 못했다. 분명 내 손을 못 타게 하려고 깊숙한 어딘가에 숨겨 두었을 터였다.

마을은 긴 동면에 들어가고, 아이들의 겨울놀이만이 눈밭에서 활기가 넘쳤다. 겨울을 맴도는 내 옷소매 언저리는 콧물에 찌들어 새카만 더께가 얼었다 녹았다 했다. 어머니는 미영실을 잣느라 밤낮으로 물레를 돌렸다. 사랑방에서는 아버지의 책 읽는 소리와 새끼를 꼬는 어른들의 시조 소리가 끊이질 않았다. 출렁이고 덮치는 물살을 건너와 한숨을 돌리는 나루, 두렵고 잔인한 냉천 고비를 어찌 넘을까 탐색하는 월동살이. 목숨만은 부지하고 넘으리라. 사람들은 구들장에 몸을 붙박고 기약 없는 세월을 꼽았다.

## 설

설 음식을 빚느라 온종일 집안이 부산하다. 지지고 부치고, 찌고 삶고, 어머니와 누나는 쉴 틈이 없다. 쌀무거리 시룻번을 두른 떡시루는 진맛 나는 열김을 뿜어내고, 아랫목에 널어 둔 유과가 부풀어 올라 먹음직스럽다. 대나무 석작에 담아 둔 깨강정, 고기 산적, 실고추와 겨울 움파를 넣어 부친 어전 냄새가 안팎 가득하다. 뚝뚝 잘라진 인절미와 쑥떡은 콩고물 속에서 뒹굴고, 이불에 감싸인 동이에서 익어 가는 식혜, 보리단술 향내가 솔솔 달콤하다. 선달 그믐, 까치 설이다. 아버지는 새벽부터 장작불에 고구마를 삶아 엿을 짜고, 오후엔 떡쌀 메를 치느라 기운을 다 뺐다. 그러고도 마당에 쌓인 눈을 사랑방 앞까지 말끔히 치웠다. 뒷마당, 우물가, 장독대의 소복한 눈도 대빗자루로 모두 쓸었다.

해질 무렵 아버지는 마을 모정으로 목욕을 하러 갔다. 모정 옆에 붙어 있는 정지에는 커다란 범종을 뒤집어 놓은 것처럼 생긴 목간통과 물두멍이 있었다. 마을 어른들은 겨울에 그곳에서 물을 끓여 목욕을 했다. 설 음식 장만을 끝낸 어머니는 형과 나를 불러 부엌에서 몸을 씻겼다. 어머니가 억센 손으로 내 몸을 찰싹 때리며 득득 문지를 때마다 묵은 때가 형보다 더 많이 나왔다. 머리맡에 곱게 접어 놓은 설빔 옷을 어서 입고 싶은 마음에 잠을 이룰 수 없었다. 설날 아침 제사가 끝나면 동네 아이들과 함께 세배를 다니기로 약속이 되어 있어, 그때 설빔 새 옷을 뽐낼 것을 생각하니 가슴이 두근두근했다. 두툼하고 반짝거리는 새 바지는 밑이 터지지 않았고 고리에 끼우는 허리띠도 따로 있었다. 새 양말도 폭신폭신한 것이 따뜻하기 그만이고, 헐렁한 듯한 새 고무신도 뽀득뽀득 반드러웠다. 설빔 옷을 머리맡에 놓고 잠자리에 들었다. 눈을 감으려는 순간 누나가 다가와 나를 내려다봤다.

"벌써 자냐?"

대답할 겨를도 없이 하품이 먼저 나왔다.

"응."

"너 큰일 났다."

"왜?"

"섣달 그믐날 밤 잠을 자면 눈썹이 하얗게 세는 겨. 내일 아침 너 영감 눈썹 되겄다. 어찌까?"

귀가 번쩍 뜨였는데 졸음 탓인지 눈꺼풀과 입이 도무지 열어지지 않았다. 큭큭거리는 누나 귀신 소리가 머리맡에 으슬으슬 떨어졌다. 뒷짐진 누나 손에 하얀 밀가루가 묻어 있는 걸 나는 알 턱이 없었다.

설날 아침이다. 말쑥한 새 옷차림의 작은집 종형제들이 벌써 와 마당에서 기다렸다. 우리는 함께 윗동네에 있는 큰집으로 향했다. 밤사이 눈이 쌓여 형들이 번갈아 가며 나무 넙가래로 눈을 치우고 길을 만들며 올라갔다. 사선으로 비치는 정초의 첫길 햇빛은 눈부신 무늬를 짜고 처마 끝에 달린 고드름들이 어제보다 더 내리 자랐다. 살얼음판이 된 개울의 노딧돌을 건널 때는 둘째 종형이 나를 업고 조심스레 건넜다.

큰집에는 이미 제사상 진설을 마치고 있는 중이었다. 생선 찐 냄새, 고깃국 냄새, 전 냄새, 맛기름 냄새가 진동했다. 냄새는 밍밍했다. 제사상 뒤쪽 벽에는 조상들을 기려 쓴 대여섯 분 지방이 모셔져 있었다. 큰아버지는 할아버지부터 고조부까지 제사를 지낸다며 지방마다 어느 조상인지 일일이 일러 주었다. 아마 내후년 설에는 나이가 제일 어린 내가 지방을 써야 할 거라 했다*.

메에 숟가락을 꽂고 탕을 올리고, 젓가락을 대신 집어드리고 지방을 사르는 동안 가족들은 조상님과 마주한 듯 무릎을 꿇고 경건한 예를 다했다. 가족들은 음식을 나누며 올림 항렬로 세배를 했다. 어른들은 세뱃돈을 내어놓으며 새해 복을 빌었다. 형들은『토정비결』을 꺼내 놓고 한 해 신수를 알아보느라 소란을 떨었다. 육갑을 헤아리듯 손마디를 꼽작거리며 운수 대통하겠다고 좋아하는 형도 있었다. 우리는 큰집, 작은집, 결혼한 사촌누나, 그리고 우리 집, 네 가족이 한마을에서 등을 비비고 살았다. 윗마을 문수동에는 작은아버지네가 살았다. 작은아버지는 학식과 풍모가 출중하고 언변이 좋았다. 어른들은 아랫목에, 우리 형제들은 윗목에 둘러 앉았다. 해마다 설

* 한자를 깨친 가장 나이 어린 자손에게 지방문을 쓰게 하는 관습이 있었다.

날이면 반복되는 혈통 확인 절차가 시작되었다. 큰아버지와 당숙이 번갈아 물었다. 나이가 어린 순으로 얼굴과 얼굴을 맞대고 응답했다. 무려 육백 년 전으로 거슬러 짚어 가는 문답이다.

"너는 누구 자손이여?"

"집[集] 자, 둔촌[遁村] 할아버지요."

"어디 이씨지?"

"광주[廣州] 이씨요."

"그럼 파는?"

"극[克] 자, 돈[墩] 자 할아버지, 광원군파[廣原君派]요."

어느 형제도 대답은 막힘이 없었다.

"그려. 잊지들 말어야 혀. 뼈대가 있는 집안은 심덕을 바르게 허고 글을 놓지 말고, 체통을 지켜야 허는 벱여. 모두들 명심허라잉?"

"예에."

무릎을 꿇은 형제들은 일제히 머리를 조아리고 지당히 알아 모실 것을 다짐했다. 집집마다 제사가 끝나면 마을 아이들은 나이가 비슷한 또래끼리 모여 추위에도 아랑곳 않고 온 마을을 돌며 세배하러 다녔다. 여자들은 세배꾼 음식을 차려야 하고 새해부터 나돌면 안 된다 하여 집을 지켰다. 아이들이 모정에 모였다. 저마다 설빔 새 옷을 뽐내느라 가슴을 쓱쓱 내밀었다. 나는 다리를 뻗어 건들거렸지만 누구도 내 바지를 봐 주지 않았다. 윤석은 발목에 털이 달린 밤색 반장화를 자랑하고 싶어 했다. 떡가루 같은 눈두둑을 발로 퍽퍽 쳐대다가 뒤꿈치를 누르고 오른쪽으로 돌며 한 발자국씩 꽃 모양을 만들었다. 왼발로는 꾹꾹 누르며 원을 그렸다. 기와집 수막새에 새겨진

달 속에 핀 연꽃이었다. 까만 고무신을 신은 아이들의 부러운 눈빛이 털 달린 반장화로 쏠렸다.

맨 먼저 찾은 집은 연세가 제일 어른이고 마을에서 유일하게 상투를 튼 고잔 할아버지 댁이었다. 어른들은 세배꾼들이 올 것을 알고 집 안에 화롯불을 피워 놓고 기다렸다. 아이들이 나란히 서서 절을 했다. 뒷줄에 서 있는 아이들은 앞에 엎드린 아이의 엉덩이에 대고 절을 했다. 그러다 엉덩이에 머리통을 들이받기도 했다. 세배상 앞에 둘러 앉았다. 할머니는 깎은 밤과 곶감을 세뱃돈 대신 내어 주었다.

"자들, 받어. 인자 모다 한 살씩 더 먹었구나, 잉?"

"이예."

아이들은 한 살 더 먹었다는 기분이 고조된 탓인지 두 손을 쭉쭉 폈다. 나는 순간 나이 손가락 하나를 더 꼽아 봤다. 할아버지가 의침에 팔을 얹고 몸을 기대며 장황한 덕담을 했다.

"사람이 말이여, 먹고 자고 죽어라 일하는 게 다가 아녀. 학문을 해서 깨우쳐야 사람이여. 안 그러믄 짐승이나 매한가지여. 그렇게 새해는 건강들 하고 학문을 열심히들 히여."

"아믄, 그리야지. 밑둥이 큰 낭구가 더 높이 큥게."

할머니가 무쇠 화로의 잿불을 뒤적이며 거들었다. 아이들은 정좌로 느긋이 앉아 무슨 뜻인지도 모르는 할아버지의 다음 덕담을 더 들을 수 없었다. 곧 형들 세배꾼이 몰려올 뿐만 아니라 다른 집도 부지런히 돌아야 하기 때문이다. 아이들이 건성으로 인사하고 우르르 밖으로 나왔다. 고무신을 신은 아이들은 어느새 밖으로 사라졌다. 윤석은 뽐내던 반장화를 신느라 토방에서 낑낑거렸다. 다른 집 방으로 들어갈 때도 윤석은 반장화를 벗느라 맨 마지막이었고 뒷줄에 섰다. 윤석은 마을을 다 돌 때까지 다른 아이 엉덩이에 대고 세배를 했다.

세배는 아무 집이나 가지 않았다. 연로한 어른이 없는 집, 삼년상 제청이 있는 집, 중병자가 자리보전하고 있는 집들은 걸렀다. 마을을 돌고 나면 밤이나 곶감으로 주머니가 가득 차 볼록했다. 노인들은 누구 집 아이인가 물어보고 덕담을 빠뜨리지 않았다. 어느 집은 떡과 고구마엿, 강정을 올린 세배상을 차려 주는데 어느 집은 설 흉내조차 못 낼 만큼 가난하여 초라한 명절을 지냈다. 마을에는 어렵게 사는 사람들이 많았다. 춘궁기가 되면 어떤 사람들은 나물죽으로 끼니를 잇거나 소나무 생키(松肌)를 벗겨다 우려내 먹으며 초근목피로 보릿고개를 넘겼다. 겉보리 죽에 군내 나는 묵은지만 있어도 다행이었다. 양식이 떨어진 날엔 이웃집 방아 찧는 소리마저 부러워했다. 싸래기 한 톨 없는 빈 항아리를 바라보며 애옥한 살림살이에 시름을 삭이는 사람들이 적지 않았다.

남동생 집에서 드난살이로 얹혀살고 있는 장 고모라 불리는 여인은 아랫입술이 비뚤어진 언청이에다 벙어리 떠들 듯 혀짤배기 말을 했다. 다리마저 저는 절뚝발이였는데, 저녁때가 되면 우리 집에 와서 허드렛일을 해 주고 아궁이에 불도 때 주며 대신 저녁을 얻어먹곤 했다. 부러 놋그릇을 내놓으라 하여 지푸라기 수세미로 닦아 놓기도 했다. 남편이 남의 집 머슴 일을 하다가 몸져누워 있는 아래뜸 선규 어머니도 밭일을 끝내면 우리 집 우물가로 손발을 씻으러 왔다. 염치를 접고 꼭 우리가 저녁 먹는 때를 맞추어 와서 함께 저녁을 먹고 밥도 얻어 갔다. 이래저래 우리 집에는 군식구가 많았는데, 밥

술이나 쥐는 형편이라 부모님은 누구도 눈엣가시처럼 여기지 않았다. 나누며 사는 것을 당연하게 여겼다. 나누는 것은 서로의 생명을 존중하는 마을의 관습이었다.

마을엔 우두머리도 없고 법도 없었지만 염량을 중히 여겼다. 대대로 내려오는 삼강오륜의 관습과 향약 규범*의 서슬이 법이었고 서로를 배려하며 살아가므로 싸우는 일도 없었다. 어려운 일이 닥치면 내 집 일인 양 서로 돕고, 누구네 집 잘돼 간다 싶어도 가리를 트는 자가 없었다.

문제가 생기면 서로 난감한 척 입을 쩝쩝 다시다가 못 이긴 채 양보하고 합의하면 되었다. 싸울 일이란 대개, 한 치의 땅뙈기라도 넓히려고 괭이질로 농로를 조금 더 파 들어가거나 물꼬를 자기 논으로 살짝 돌려 놓는 일 때문에 일어나는 정도였다. "누가 보면 어쩔라고 그려?" 고작해야 그 정도의 난색 띤 말로, 그것도 절반은 그쪽 편에서서 조심스럽게 탓을 꼬집었다. 설날은 세배라는 관습을 통해 가족과 같은 운명 공동체임을 확인하고 새해에도 서로 돕고 살자며 다짐을 주고받는 날이었다.

경건하고 홍락한 설날의 하루가 저물어 가는 것이 아쉬운 마을 청년들은 모정 앞에 모여 대나무와 생솔 가지를 쌓아 불을 피우고 윷놀이와 농악놀이를 하며 명절의 밤을 즐겼다. 그중에는 도시에 돈을 벌러 나갔다가 설을 쇠러 온 형들도 있었는데, 어떤 형은 포마드를 바른 가르마 머리에 주름이 잘 잡힌 맘보바지와 윤기 나는 빨간색

* 향약 규범: 가정과 마을을 올바르게 선도하자는 조선시대부터 내려오는 각 고을의 자치 규약으로 풍습과 예절, 도리와 도덕 질서, 상부상조를 바탕으로 했다.

점퍼를 입고 한껏 도시인의 멋을 뽐냈다. 그 무렵엔 얌전히 방구들을 지키던 누나들도 슬금슬금 모여들어 모정 옆 정자나무 아래서 널뛰기를 했다.

하루가 뚝딱 지나가 버렸다. 어느 사이 저물어 버린 설날이 아쉬워 설빔 옷을 벗지 않고 그대로 잠자리에 들었다. 호주머니에는 곶감과 깎은 밤이 두둑했고 배는 잔뜩 불렀다.

## 밭매기

어머니의 방아 찧는 소리가 들려왔다. 웅크린 어둠이 가만가만 물러가고 동녘 언덕이 꿈틀거릴 무렵, 쿵덕쿵덕 절구질 소리에 가축들은 벌써 잠에서 깨어났다. 닭들은 홰를 치고 내려와 절구통 앞에 흘려진 낟알을 쪼고, 외양간에서는 황소가 음머어 하며 식구들을 불렀다. 돼지들은 여물통을 핥으며 꾸루루 꿀꿀댔다.

첫닭이 울면 어머니가 맨 먼저 일어났다. 방아 찧어 조반 짓고 가축들 먹이 주고, 형 누나 도시락 싸서 학교에 보내고 씨서리에 부엌 정리하느라 어머니는 아침부터 진을 뺐다. 간신히 머리 말아 쪽찌고 허리춤을 졸라매면 그것이 단장이었다. 얼레빗질은커녕 매무새도 여밀 틈 없이 무명 수건 머리에 두르고 호미 얹은 망태를 끼고 밭으로 향했다. 어머니는 손발이 갈라지고 몸이 부서져도 반숨조차 놓을 새가 없었다.

참깨밭의 김을 매는 날이다. 아버지는 일꾼들과 함께 논일을 나갔다. 피도 고르고, 도랑도 치고, 언제 비가 오려나 하늘도 쳐다보다가 저물녘에나 돌아올 터이다. 혼자서만 집을 지키고 있을 수 없어 내 몸통만 한 누런 물주전자를 들고 어머니를 따라 나섰다. 언덕을 넘어 들머리에 들어서자 벌써 대여섯쯤 되는 아낙 놉들이 이랑을 하나씩 차지하고 앉아 김을 매기 시작했다. 멀리서 보니 비둘기들이 먹이를 쪼는 것처럼 몸을 낮게 쭈그리고 앉아 호미질을 하며 나란히 나아갔다. 그중에 몇은 품앗이를 온 사람들이었다. 오동나무 그늘에는 아낙이 데려온 젖먹이 아기가 솔풋이 잠들어 누워 있고, 밭두렁에는 아낙들이 벗어 놓은 희고 검은 고무신들이 가지런히 놓여 있었다.

뙤약볕 아래서 온종일 앉은뱅이 맨발 걸음으로 김을 맨다는 것은 삭신이 으끄러지는 일이었다. 나도 어머니 곁에서 호미질을 해 봤다. 작열하는 햇살이 정수리에 꽂히고 달궈진 땅에서 올라오는 열기에 숨이 허덕허덕 막혔다. 긁고 찍어 내고 뽑아 내고, 퍽퍽한 흙에 잡풀은 어찌도 그리 억센지 자귀질을 해야 할 정도였다. 무릎이 쑤시고 허리가 끊어질 듯 아파 이내 포기하고 말았다. 누구도 대신 못 해 줄 밭매기 고역, 어머니의 손목이나 무릎 관절은 온전할 리 없었고, 허리 통증 또한 거르는 날이 없었다. "에고, 에고!" 하며 남몰래 아픔을 삭였다.

밭을 매는 동안 아낙네들은 고단함을 잊기 위해 호미질 장단에 맞춰 〈밭매기 노래〉를 불렀다. 여인들만의 비밀을 털어놓기도 하고, 어느 마을 과부가 지나던 나그네와 속이 맞어 부렀다는 등 웃음엣소리로 자지러지기도 하며 삶의 고단함을 털었다.

은가락지 찌는 손에 호무자루가 웬말이냐.
사래 질고 장찬 고랑 징그랍게도 치섰구나.
못다 맬 발 다 매다가 금봉채를 잃었구나.

아낙 놉들이 타령을 하며 앉은걸음을 뗄 때마다 골건이 잡풀은 솎아져 나가고 하얀 참깨꽃이 달콤한 꿀 향기와 함께 엉클 성글 드러났다. 나비와 벌들이 날아와 꽃잎 위에 앉았다 가곤 했다. 오동나무 아래 잠들고 있던 아기가 깨어나면 어미는 쪼르르 달려가 젖을 물리고 아낙네들은 그참에 흥건히 젖은 베적삼 부채질로 잠시 숨을 돌렸다. 햇볕에 덥혀진 주전자 물을 꿀떡꿀떡 들이켜며 갈증을 풀었다. 왕매미들이 목청을 찢어대는 한여름 들판은 불볕으로 후끈거리고 바람마저 없었다. 참새들이 떼지어 다니다 수수밭 속으로 들어가 수선을 피웠다.

"저놈의 참새 새끼들이 아깐 쑤시 다 훑어 가네!"

물을 마시다 말고 어머니가 벌떡 일어났다. 내가 할 일이 생겼다. 나는 수수밭을 헤집고 들어가 수수 위에서 잔치를 벌이고 있는 참새 떼를 쫓았다. 둘이 붙어서 흘레질하는 녀석들은 나한테 돌팔매를 맞았다. 구름 한 점 없는 하늘에서 몇 마리의 검은 새호리기들이 먹잇감을 찾느라 빙빙 돌며 날았다. 어머니는 새호리기를 보자 나를 불러 어서 집에 가서 병아리를 감추어 놓으라 했다. 새호리기는 곤충을 잡아먹고 살지만 매처럼 날쌔어 병아리나 작은 새들도 거뜬히 낚아채어 먹이로 삼기에 녀석들로부터 병아리를 채앗기는 일이 마을에서는 종종 있었다. 들은 이야기로는 밖에 뉘여 놓은 가난아기를 벼락질로 내려와 움켜 간다고도 했다. 그래서 새호리기가 나타나면 집집마다 병아리를 닭장이나 정지, 헛간에 숨기며 '새호리기 떠었다, 살강 밑에 뺑아리 감춰어라!' 하는 노랫말로 사람들에게 경계의 신호를 알렸다. 살강은 정짓간에 그릇을 올려놓는 대나무로 엮어 만든 시렁인데 그 아래가 그래도 안전하게 숨기기 좋은 곳이었다. 부리나케 집으로 달려와 마당에서 어미와 놀고 있던 병아리들에게 모이를 조금씩 주면서 유인하여 모두 정지로 몰아넣은 다음, 싸리 어리를 가져와 어둑한 구석에 가두었다. 병아리들은 노란 부리를 벌리고 내보내 달라며 삐약거렸다.

솥뚜껑을 열고 어머니가 삶아 놓은 하지 감자를 양손에 꺼내 들었다. 그중 하나를 쪼개어 병아리들에게 던져 주고 마루에 걸터앉았다. 뒷산에서 울어대는 뻐꾸기 소리만이 간간이 들려올 뿐 거름 내 솔솔 이는 한낮의 집은 고즈넉했다. 멍석에 널어진 햇고추는 벌겋게 이글거리고 잠자리들이 하루살이 떼를 가르며 날아다녔다. 대밭 앞에 노니는 바늘잠자리들 사이에 고추잠자리 한 마리가 휘젓고 다니다 댓이파리에 앉았다. 내 장난기가 발동했다. 살금살금 다가가 재빨리 꽁지를 잡았다. 주둥이와 발가락으로 내 손을 할퀴며 바둥거려 보지만 날개마저 붙들리자 꼼짝 못 했다. 머리부터 몸통, 꼬리까지 노르스름한 암컷이었다. 야만스럽게 꽁지를 잘라 냈다. 손가락 길이로 마른 보릿대를 잘라 꽁지를 자른 자리에 끼워 넣었다. 고추잠자리는 톡 튀어나온 눈으로 자기의 신체를 절단 낸 나를 쏘아봤다. "날아 봐!" 하며 잠자리를 놓아주었다. 잠자리는 제 몸보다 두 배나 긴 보릿대 꽁지를 매달고 잘도 날았다. 아니, 살길 찾아 줄행랑을 쳤다.

나는 잠자리에게 아무런 양심의 가책을 느끼지 않았다. 하품이 나오고 스르르 졸음이 밀려왔다. 마루에 올라 나른한 몸을 던져 뉘였다. 한여름 단잠엔 꿈도 없었다.

온 가족이 보금자리로 돌아왔다. 어머니는 아직 쉴 수가 없었다. 지친 몸을 가누며 저녁을 짓고 늦은 밤까지 호롱불 아래서 바느질을 했다. 아낙의 삶이란 희망이 없는, 단지 생존만을 위한 몸부림일 뿐이었다. 주렁주렁 달린 아이들 건사하는 일이며 시부모, 남편 수발에 농사일, 길쌈, 바느질, 빨래, 명절 차림, 제사 뒤처리까지 모두가 아낙들 몫이었다. 무엇보다 끼니때마다 불을 지펴 따뜻한 음식을 마련해야 하는 일은 고역이 아닐 수 없었다. 만들어진 음식이 없으니 무엇이든 손수 지어서 차려 내놓아야 하는 밥짓기 노동은 아무도 대신할 수 없는 일이었다. 여인의 머리카락 한 가닥으로 코끼리를 끈다더니 어머니는 무쇠처럼 강했다. 강해질 수밖에 없었다. 모든 여인들이 첩첩 고비 그렇게 살아간다 하지만, 그러다가 병이라도 나면 여인으로 태어난 죄라며 남모르게 시름을 앓는 원 많고 한 많은 삶이었다. 어머니는 아버지나 다른 일꾼들보다 몇 배나 일을 더 많이 했다. 거칠어진 손마디는 닳아진 쇠스랑만큼이나 드셌다. 내 눈에 어머니는 고난에 휘둘리는 불쌍한 여인이 아니었다. 우러러 뵈는 존재고 온몸을 기댈 수 있는 천년 고목이었다. 어머니가 미농지 반짇고리를 당기면서 아버지에게 말했다.

"내일은 놉을 두어 명 더 얻어 밭매기를 마저 끝내야겄소."

"아직 멀었당가?"

"깨밭은 포도시 끝냈는디, 우북한 수숙밭은 발도 못 디뎠소."

"내일은 비가 올 것 같으니 쉬도록 합시다."

아버지는 누우려다 말고 늘어진 삭신을 벽에 기대며 넌지시 어머니의 고단함을 위로했다.

"아이고, 비가 오면 풀이 훌쩍 웃자라 깔끄밭 될 턴디."

어머니는 바늘귀에 실을 꿰다 말고 아픈 무릎을 주물렀다. 아버지는 몸을 굽히고 발을 감싸 비틀며 끙끙 신음 소리를 냈다.

호롱불 그을음 꼬리가 가물가물했다.

## 무지

시냇물이 흐르고 풀숲 우거진 산간 마을은 모기의 천국이었다. 닭장과 마구간, 돼지우리, 구정물 도랑, 채소밭과 대나무 숲, 두엄자리, 뒷간, 어디랄 곳 없이 천혜의 모기 서식지여서 여름밤에는 집집마다 연기 자욱한 모깃불을 피우며 모기와 사투를 벌였다. 젖은 나무와 생풀단을 태우는 매캐한 연기가 마을을 휘돌았다. 방문마다 창호지를 모기장으로 갈아 붙이고 모기가 들어오지 못하도록 애를 써 보지만 언제나 숨어 있던 모기가 방 안에 남아 앵앵거리기 마련이었다. 잠들기 전에는 유리병에 분사기가 달린 '하이나싱' 모기약을 입으로 불어 내어 모기들을 사살한 다음에야 잠을 이루었다.

소변이 마려워 잠을 깬 나는 어둠 속에서 무릎걸음으로 요강을 찾았다. 상동 할머니로부터 치 쓰고 소금 벼락을 맞은 후론 오줌싸개 짓은 안 했다. 볼일을 마치고 잠자리를 더듬다가 윗목에 놓여 있던 하이나싱 병을 쓰러뜨리고 말았다. 엎질러진 모기약 병에서 물약이

잘금잘금 흘러나와 온몸을 적시는 줄 모르고 다시 잠에 빠져들었다. 하이나싱은 일본 사람이 만들어 냈다는 석유 성분의 독성이 있는 모기약이었다.

이튿날 아침, 나의 몸 곳곳은 화상을 입은 것처럼 빨갛게 변하고 살갗이 벗겨지면서 화끈거리기 시작했다. 오후가 지나면서 가려움증과 통증이 더 심해졌다. 쓰리고 따끔거리고 땀띠까지 겹쳐 펄펄 뛸 지경이었다. 치료약은 없었다. 물로 씻어 내고 된장을 발라 보고 생쑥이나 약이 될 만한 풀잎을 따다가 으깨어 붙여 봤지만 소용이 없었다. 감나무에서 떨어져 엉덩이를 다친 이후 두 번째 겪는 육체적 참사였다.

크고 작은 육체적 참사는 곳곳에서 수시로 일어났다. 한번은 팔과 허벅지에 심하게 진물이 나는 옴에 걸려 몇 달을 가려움 속에서 보냈는데, 벼룩과 이 같은 물것에 물리는 가려움증은 아무것도 아니었다.

맨발과 맨손으로 농사일을 하다 보니 사람들은 세균과 해충으로 인하여 상처나 피부병을 달고 살았다. 벌에 쏘이고, 거머리한테 뜯기고, 벌레에 물렸다. 눈만 뜨면 긁히고, 찍히고, 베이고, 찔리고, 덧났다. 그럴 때는 된장을 바르거나 고약을 붙이고 고름을 빼내는 정도가 유일한 치료 수단이었다. 그나마 옥도정기나 빨간 '아까징끼' 소독약이 있어 상처에 쓰여지곤 했는데, 때론 만병통치약이 되어 관절염이 있는 노인들은 약이 되겠거니 하며 무릎에 바르기도 했다. 어떤 아이들은 머리에 곰팡이가 생기는 도장밥이라는 기계총에 걸려 동그랗게 머리가 빠지고, 청결하지 못한 손과 살균되지 않은 물,

상한 음식 때문에 설사와 복통을 겪는 일이 다반사였다. 마을 이장이 하얀 가루약을 가져와 기계총에 걸린 아이들을 모아 놓고 머리에 듬뿍듬뿍 뿌려 주기도 했다. 더러운 듯싶은 아이에겐 옷에도 뿌렸다. 잠자리에 들기 전 사람들은 이 타작을 먼저 했다. 속옷을 벗어 호롱불 가까이에 대고 솔기 틈 사이에 숨어 있는 이를 더듬더듬 찾아냈다. 양 엄지 손톱 끝으로 톡톡 눌러 죽이면 하얀 이는 바스러지며 붉은 피를 게워 내고 형체 없이 뭉개졌다. 사람들은 손톱 위에 묻어나는 자신의 피를 보며 잔혹한 복수의 쾌감을 채웠다. 피를 빨아먹는 생명체에게 목숨의 가치를 적용할 리 없었다. 이, 서캐, 빈대, 벼룩, 모기, 진드기, 쉬파리 같은 물것들은 불문곡직 타작거리였다.

날채소나 민물고기를 먹고 횟배를 앓는 이들도 자주 있었다. 담배를 피워 연기가 몸에 들어가면 회충을 죽일 수 있다 하여 독한 봉초 담배를 내리 피우는 사람도 있었다. 장독에 있는 된장이나 새우젓처럼 비린 음식에는 파리가 들끓고 흰 고자리가 기어 다니는 일이 예사였다. 풋고추를 새우젓에 찍어 먹을 때는 하얀 고추씨인지 흰 새우인지 고자리인지 구분이 안 되어 그냥 넘겼다. 음식을 먹다 체하면 손가락을 넣어 토해 내고 배탈이 나거나 속이 아프면 새우젓 국물이나 소금 한 줌을 물로 넘기면 그만이었다. 고뿔이 들거나 몸살이 나면 마른 쑥을 달여 먹고 버티면 되었다. 양치질을 할 때도 치약이나 칫솔이 없어 돌 가루 같은 소금을 손가락에 묻혀 치아를 문지르고 머금은 물로 올깍해서 입 안을 가시었다.

병원이나 약방도 없고 마이신이나 페니실린 같은 신약 주사 한 번 맞아 보지 못하는 열악한 환경은 고장 어느 마을도 마찬가지였다. 작은아버지가 군대에서 제대할 때 가져온 페니실린 가루는 즉효약으로 소문나 걸핏하면 아픈 사람들이 찾아와 얻어 가는 바람에 그 가루도 얼마 못 가 없어졌다. 가슴앓이를 하거나 죽을 병에 걸린 사람이 있는 집에서는 장독대에 정화수를 떠놓고 치유를 빌거나 굿을 했다. 다치거나 속병이 들면 재수 들었다고 했다. 아는 것 말고는 어찌할 도리가 없으니 온갖 신령에게 영험을 빌었다. 눈애피 난 사람들은 작은집 당숙을 찾아갔다. 서당 훈장으로 한의에도 일가견이 있는 분이다. 정지 앞 흙벽에 그 사람 얼굴 모양을 붓으로 그리고 다시 눈, 코, 입을 그려 넣은 다음, 눈이 아프다는 곳에 바늘을 찔러 놓아 병마의 저주를 물리쳤다. 그런 다음 소금물로 눈을 씻겼다. 신통하게도 눈다래끼 정도는 다음 날이면 나았다.

위생이나 의약적 상식도 없고 불의의 사고에 대해서는 운명적으로 받아들였다. 미개한 삶의 관습 속에서 내 어린 시절의 건강은 위태위태했다. 마을 사람들은 박하나무나 앵쑥갓을 심어 배탈이 나거나 열이 날 때 썼다. 산과 들에서 찾아내는 야생 과실이나 나무 뿌리, 약초들은 그나마 자연이 베푸는 치료제였다. 자연의 품에서 자연에 의지하며 무지의 위태로운 삶을 간당간당 이어 갔다. 건강은 타고나야 하고 병이 나면 치료보다는 귀동냥 섭생으로 어찌어찌 버티며 이겨냈다. 약한 자는 약한 대로, 강한 자는 강한 대로 순응하며 살았다.

그런데 어른들의 말 중에 이상한 점이 있었다. 욕을 많이 먹고 자린고비처럼 인색하고, 짐승처럼 판무식하고 안하무인 수악하고, 쇠심처럼 질긴 악바리 같은 사람이 아프지도 않고 오래 산다는 거였다. 그런 사람들은 모두 독살스런 기운이 있어서 병이 몸에 함부로 달라붙지 못한다고 했다. 나는 그런 말을 믿어야 할지 몰랐지만, 독기를 품고 악다구니로 다랍게 살아야 하는가 보다 했다. 모기약에 데어 벗겨진 내 살갗은 아문 듯하다가 덧나기를 거듭했다. 물기만 닿으면 쓰라리고 근질근질했다. 언제 흉터가 가실지 묘연했다. 내 몸은 연약하고 마음은 독살스럽지 못했으며 살갗은 꽃잎처럼 홀보들했다.

# 상전벽해

농한기가 되면 아버지는 가축을 돌보거나 새끼를 꼬아 멍석을 만들며 소일했다. 때로는 『홍루몽』 같은 중국 소설을 읽거나 친구들과 사랑방에 모여 이야기를 나누며 장구를 치면서 시조를 부르곤 했다. 쩌렁쩌렁한 장구 소리는 나의 심장을 두드리는 것 같았다. 아버지의 시조 소리는 뜻을 헤아릴 수는 없었으나 구성지면서도 청아한 음의 여운이 끊어졌다 이어졌다 하는 멋스러움이 넘쳤다.

"새네끼만 꼬지 말고 한 자락 빼 보더라고."

아버지의 친구들은 맛깔스레 감치는 아버지의 목청을 빌려 흥을 돋우기도 하고 지그시 시름을 달래기도 했다.

해 다 저문 날에 지저귀는 참새들아.
조고마한 몸이 반 가지도 족하거든
하물며 크나큰 수풀을 새워 무엇하리요.

나는 아버지의 늘이고 당기고, 높이고 내리는 음률과 장구 가락에 맞춰 옆에서 따라 부르곤 했다. 부모의 감성적 유전자를 닮아서인지 나는 노래 부르기를 좋아했다. 하지만 형과 누나가 부르는 노랫말 외에는 아는 노래가 없었다. 자연스럽게 어머니의 타령이나 아버지의 시조 소리가 내 귀와 가슴에 배었다. 뜻은 모르지만 노래는 즐거웠고 목청을 돋우고 혀를 굴리는 재미는 세상의 언어와 감성을 만나는 놀이였다. 입술을 창호지 문에 대고 노래를 부르면 떨림이 어우러져 더 멋진 노래가 되었다. 어떻게 높낮이의 기교를 부려 볼까 입 모양을 바꿔 가며 창호지와 입술이 만들어 내는 공명을 연구하기도 했다. 어머니의 참빗으로 입바람을 이용한 새로운 소리도 만들어 봤다.

어른들은 들이나 산에 지게를 지고 나가면서 장단을 쳤다. 작대기로 지겟다리를 치며 타령을 하고 삶을 노래했다. 괭이질을 할 때도 모내기나 추수를 할 때도 목화를 따면서도 소리를 내고 가락을 맞췄다. 호미질을 하거나 절구질을 할 때도 아낙네들은 가락을 탔다. 그런 음률과 장단은 대개 자기 멋대로 만들어 내는 것들이었다. 그럴 땐 가객과 율객이 따로 없었다. 음률과 장단이 멋있게 들렸고 내 귀는 그런 쪽으로 상당히 열려 있었다. 물소리, 바람 소리, 짐승들의 울음소리, 파도 소리와 새들의 지저귐, 모든 자연의 소리가 내게는 노래였다. 아는 노래가 생기면 자연의 소리를 섞어 부르는 묘한 취미를 나는 즐겼다.

농한기라 해도 어머니는 일손을 놓지 못하고 베틀에 앉아 온종일 모시베를 짰다. 내칠 수 없는 아낙의 일이고 몸이 휘는 노동이다. 베를 짜다 힘이 들면 북통이 오가는 슥슥 소리, 바디를 치는 짤각짤각

소리에 맞추어 〈베틀가〉를 불렀다.

> 하날에는 베틀 놓고 구름 잡아 잉어 걸고
> 짤각짤각 짜느라니 편지 왔네 편지 왔네.
> 한 손으로 받아 들고 두 손으로 펼쳐 보니
> 시앗 죽은 편질러라 옳다 고년 잘 죽었다.

베매기를 해 둔 날실 도투마리를 베틀에 얹고 베짜기 준비가 되면 어머니는 허리에 부티를 두르고 베틀에 앉았다. 씨실 꾸러미가 들어 있는 북통을 날실 사이에 넣었다 뺐다 하며, 바딧집을 위에서 아래로 치고 또 아래서 위로 올리는 동작을 반복하는 동안 조금씩 평조직의 포목이 짜였다. 그에 맞춰 들멘 끌신을 당겼다 놓았다 하는 어머니의 무릎과 발은 기계처럼 움직였다. 가슬가슬한 모시베가 완성되면 옷감으로 사용하고 여름 이불을 만들 때 쓰기도 했다. 모시 길쌈은 유두절 경에 시작하면 초동이 되어서야 끝났다. 실을 삼을 땐 품앗이 아낙들이 함께했다. 사랑방이나 마루에 둘러앉아 말린 모시 껍질을 이빨로 째어 고른 다음, 무릎에 대고 올을 삼아 얼개미에 담았다. 동그랗고 하얀 무릎 살결에 도르르 말면 두 가닥은 감쪽같이 한 올이 되었다. 남정네가 없는 그날만큼은 땡감을 간식으로 삼을지언정 아낙네들의 웃음꽃이 피었다.

벳날에다 풀을 먹이는 베매기며, 도투마리 감기, 베 짜기까지 몇 달을 쪼그려 허리를 못 피는 길쌈 노동은 그야말로 머리가 셀 인고였다. 어느 겨울인들 몸을 편히 누일까. 무명실을 나느라 물레를 돌리는 손은 쉼 없이 휘돌고, 실 가닥을 비비는 다른 손은 허공에서 곱은 춤을 추었다. 겨울밤의 바딧집 치는 소리, 끌신 놀리는 베틀 소리는 설한풍을 뚫고 울담 너머까지 울렸다.

누에를 치는 양잠도 했는데, 뒷사랑에 굵은 장대로 누에틀을 설치하고 여름내 가을까지 뽕잎을 따다 키웠다. 유백빛 누에는 야금야금 뽕잎을 잘도 갉아먹어 다음 날이면 마른 줄기와 모래 같은 똥만 남겼다. 저녁을 먹고 나면 나는 누나와 함께 물기 마른 싱싱한 뽕잎을 누에 잠박에 층층 흩뿌려 주었다. 한 잠, 두 잠, 석 잠, 몸집이 커질 때마다 먹어 치우는 속도도 빨라졌다. 손가락만큼이나 몸통이 커진 누에들의 뽕잎 갉아먹는 소리는 문가에서도 사각사각 들렸다. 아침에 어머니의 절구질 소리가 들리면 누나는 누에들의 아침 먹이부터 챙겼다. 누에똥을 치우고 매일같이 잠박을 갈아 주는 일도 만만치 않았다. 누나는 군소리 한 번 없이 그 일을 다 해냈다. 누에가 가을 동안 짚섶에다 고치 집을 다 지으면 한설 동지 무렵에 윗동네 잠사蠶絲 하는 집으로 가져가 팔았다.

함박눈이 펄펄 내리는 날이었다. 어머니를 따라 잠사 집에 갔다. 한쪽 방에는 누에고치가 가득 차 있고 부엌에서는 아낙네들이 검은 솥 안에 동동 떠 있는 누에고치에서 실을 뽑아냈다. 고치를 펄펄 끓는 물에 넣고 저어 녹이며 천천히 가닥을 켜내면 고운 명주실이 되어 올라오는 것이 마냥 신기했다. 아이들이 잠사 집 부엌 아궁이 앞에 옹기종기 모였다. 고치가 녹아 사라지고 발갛게 익어 버린 누에 유충이 번데기가 되어 하나씩 떠오를 때마다 아이들은 저마다 먼저 달라며 손을 내밀었다. 눈치 싸움에 밀리던 나도 손을 내밀어 간신히 번데기를 받아먹었다. 부드럽고 졸깃하게 씹히는 고소한 맛은 어느 맛에 비할 바가 아니었다. 하지만 안타깝게도 그 후론 영영 번데기 맛을 볼 수 없었다. 화학 실로 만든 나일론 천이 나오기 시작하면서 사람들이 모두 양잠을 그만두었기 때문이다. 어머니가 길쌈을 하던 도구들이나 도투마리, 풀솔, 베틀, 물레는 무용지물이 되어 헛간에서 먼지로 덮여 갔고, 낭랑히 들리던 다듬이질 소리도 마을에서 어언 들을 수 없었다. 무명베나 삼베, 모시 같은 수공으로 만든 천이 점차 사라지고, 옷감이나 이부자리는 나일론 같은 화학 섬유 천으로 바뀌었다. 신고 벗을 때마다 낑낑 나뒹굴던 무명 외씨버선도 화학 섬유를 합성하여 만든 양말로 바뀌었다. 어머니는 마침내 평생을 해오던 길쌈과 양잠 일에서 해방되었다.

그러던 중 우리 집엔 그야말로 상전벽해와 같은 일이 일어났다. 아버지가 도시에 나갔다가 발을 굴려 작동시키는 재봉틀을 사 온 것이다. 밤마다 흐릿한 등잔불 아래서 평생 동안 한 땀 한 땀 손바느질을 해 왔던 어머니가 마침내 바느질 노동의 질곡에서 벗어나는 순간이었다. 온종일 시침질할 일도 편안히 앉아서 반 시간이면 끝낼 수 있으니 재봉틀이 생긴 것은 어머니에게는 뽕나무밭이 바다로 변한 만큼이나 큰 가사 혁명이 일어난 셈이었다. 큰 이불, 작은 이불 호청을 갈 때도 드르륵드르륵 미싱을 굴리면 금세 솔기질이 끝났다. 마을 아낙네들도 소식을 듣고 구경하러 왔다. 처음 보는 재봉틀을 신기해하며 부러움을 감추지 못했다. 누군가가 알은체를 했다.

"오메! 웬 자방침이여? 아이디알 미싱이네?"

"야, 여울 때 줄 거여."

어머니는 머리로 누나를 가리켰다.

누구보다 누나가 좋아했다. 상급 학교에 진학하지 못한 누나는 집안일을 거들면서 양재를 배웠다. 취미에 맞는지 본을 떠서 옷을 만들고 틈만 나면 재봉틀 앞에 앉아 예쁜 소품도 만들었다. 눈썰미와 솜씨가 좋아 들가방이나 목도리, 허리띠 같은 것은 단 박음질로 척척 해냈다. 누나는 둥그런 수틀에 수 놓기도 좋아했다. 한때는 국화나 목단 같은 화려한 꽃무늬를 좋아하더니 언제부터인가 까치나 봉황새 같은 날새들을 즐겨 놓았다. 사진틀 받침, 베갯모는 명주 천에다 소나무나 대나무 그림을 대고 촘촘하게 놓았다. 횃대보에 십자수를 놓기도 하고 원앙을 새긴 베갯모는 시집갈 때 원앙 베개에 댈 거라 했다.

'누나가 시집을 간다고?' 나는 누나가 시집을 간다는 사실과 재봉틀과의 상관관계를 생각하느라 한동안 혼란스러웠다.

문명의 이기는 우리 마을에도 그렇게 들어왔다. 아버지는 일꾼들과 함께 모시밭의 모시풀과 뽕나무밭에 있는 뽕나무를 그루터기 채 모두 뽑아 버리고 그 자리를 양파밭으로 만들었다. 뽕나무 오디도 더 이상 맛볼 수 없을 터였다. 아버지는 쿵쿵쿵 곡괭이질을 하면서 들 뱉는 숨결에 맞춰 시조*를 읊었다.

벽해가 상전되니 강산에 청풍 돌고

칠흑 구름 비켜가니 하날에 명월이라.

* 한두 구절밖에 기억할 수 없었던 아버지의 시조 소리나 어머니의 〈베틀가〉, 〈발매기 타령〉 가사는 수십 년이 지난 후에야 전 단락을 만날 수 있었다. 뜻이 깊고 서정적 구조가 빼어난 노랫말이었다.

두견아 우지 마라 임 발소리 문 밖이다.

나는 밭두렁에 앉아 무릎장단을 치며 흥얼흥얼 따라했다. 소절 소절 끝말 소리는 아버지 음률보다 더 길게 뺐다.

## 술 익는 집

드디어 기회가 찾아왔다. 누나는 친구 집에 간다며 나갔고 어머니가 새참을 가지러 올 시간도 아직 멀었다. 나 홀로 집에 있는 시간을 놓칠 수 없었다. 형은 오후 늦게 학교에서 돌아오고 아버지는 저물녘에야 논에서 돌아올 것이다. 아버지는 조금이라도 물을 끌어 오기 위해 새벽마다 물꼬 작업에 매달렸다. 달포가 지나도록 비가 오지 않아 논밭이 바짝바짝 타들어 가고, 자라다 멈춘 작물들은 풀 죽은 잎을 배꼬며 몸부림쳤다. 논바닥에 벼붙살이 하는 피들은 멀쩡히 버티는데 잔뿌리를 드러낸 벼들은 이삭을 패기는커녕 맥도 못 추었다.

부엌에 들어가 조롱바가지를 찾아 들고 뒤안 돌담 곁에 묻혀 있는 술독을 향해 살금살금 걸어갔다. 꿀벌들이 꿀 냄새를 맡고 꽃술에 날아 앉듯, 누가 올까 눈치를 살피며 거머번질한 술독 앞에 앉았다. 조금은 시척지근한, 술 익는 단내가 진하게 풍겨 왔다. 짚주저리를 밀어내고 살그머니 독아지 뚜껑을 열자 부걱부걱 괴어오르는 소리로 익어 가는 청주 내음이 코끝을 자극하며 군침을 돋우었다.

'한 모금만 마셔야지.' 속으로 다짐하고 조롱바가지를 술독에 넣어 맑고 노란 청주를 살짝 퍼 올렸다. 그런 다음 누가 볼 새라 꿀떡꿀떡 바가지 채 단숨에 들이켰다. 달콤하고 알싸한 그 맛을 얼마나 기다렸던가! 한 모금만 먹어야겠다는 다짐은 금세 무너지고 조롱바가지는 다시 술독에 잠겼다가 나왔다. 연거푸 들이켜고 나니 그동안 참아 왔던 갈증이 그제야 풀렸다. 그쯤 해서 음주를 멈추고 술독의 뚜껑을 닫아야 했지만 그 달콤한 맛의 유혹에 조롱바가지는 다시 술독으로 들어갔다. 나는 술을 마시면 몽롱하게 취하고 기분이 좋아지는 것인지 몰랐다. 단맛이 나는, 식혜나 단술보다 더 맛있는 음료로 생각하고 있었다. 혀끝에 닿는 상큼한 단맛에 조롱바가지는 계속해서 술독을 들락거렸다.

한 모금도 술을 입에 대지 않는 아버지는 매년 한두 차례씩 술 담그는 일을 농사일처럼 정성을 들였다. 독 위에 떠오른 청주는 따로 두었다가 손님이 올 때 내놓거나 명절이나 제사 때에 사용하고 그 아래 가라앉은 동동주는 막걸리로 만들어 모정에서 마을잔치를 할 때 내어 놓았다. 그 술은 돌아오는 칠석 마을 잔치에 쓰일 것이었다. 냇가의 둑을 정비할 때, 신작로 자갈 포장이나 공동우물 청소하는 울력을 할 때도 우리 집에서 내놓은 술은 마을 사람들의 기운을 솟쳤다.

어머니는 술을 즐겨 했다. 특히 아버지와 일전을 치를 때는 꼭 몇 잔씩 들이켜고 전투에 임했다. 술은 백승의 무기였고, 호랑이도 생취만 하게 보이게 하는 묘약이었다. 작은집 아짐과 큰어머니뿐만 아니라 마을 여인네들 대부분이 남자들보다 술을 더 즐겼다.

"밥이고 나이고 먹는 건 질리오. 홀짝 마시는 술이 더 좋소."

그들은 세상을 몽롱하게 살아가고 싶었다.

아버지는 술에 대한 지식이 많아 술은 아버지가 담그고 어머니는 주로 마시는 편이었다. 어머니는 술을 마시면 베개를 장구 삼아 굿거리 장단을 치며 혼자서 추임새도 넣고 흥을 즐겼다. 기분이 고조되면 사랑방에서 장구를 가져왔다. 열채가 손에 익으면 겹가락 장단은 자진모리로 빨라지고 어깨춤도 추었다.

고장에 술을 파는 곳은 잿등에 있는 점방 하나뿐이었다. 막걸리와 막소주를 팔고 정종도 팔았다. 술을 좋아하는 어른들은 아이들을 시켜 술을 사 오게 했다. 서당 훈장 당숙도 단골 중 하나였다. 박주산채인들 하루도 거르지 않는 애주가로 "나 죽으면 술독 짓는 가마 옆에 묻어라. 죽어서 진토가 되어 술독으로 날란다." 할 정도였다. 그러한 몇 사람을 제외하고 마을 사람들은 대개 집에서 담그는 술을 즐겼다. 명절이나 제사, 혼인 잔치나 초상이 났을 때에도 대부분 집에서 담근 가주家酒를 썼다.

마을에는 술을 마시고 주정하거나 객기를 부리는 사람은 별로 없었다. 그러나 술에 취해 걷다가 물에 빠질 뻔하거나 들판에 쓰러져 밤을 새우다 죽을 뻔한 사고는 더러 있었다. 술에 취한 사람이 도깨비에 홀려 산속에서 실랑이하느라 밤을 새웠다고 했지만 믿기는 말은 아니었다. 그런데 정작 큰 사고가 생기고 말았다. 외갓집 막내 삼촌이 한밤중에 술에 취해 돌아오다 방죽에 빠져 숨진 일이 있었는데, 그와 비슷한 참변이 마을에서, 그것도 우리 집안 큰집에서 일어난 것이다.

큰집 옆에는 '장동양반'이라 부르는 사람이 살았다. 마을에선 결혼한 남자의 호칭을 부인의 친정 고향 이름을 따서 무슨무슨 '양반'이라 부르고, 부인은 무슨무슨 '댁'이라며 택호를 붙여 불렀다. 족보가 없이 상민으로 살았던 사람들은 그냥 이름만 불리고 그 부인은 누구 '어멈' 누구 '오메'라 했다. 호칭에 따라 과거의 신분이 구분되었고, 상민이었던 자식들은 은연중에 몸을 낮추고 뒷자리로 물러나는 관습이 남아 있었다.

장동양반 집에서는 두부를 만들어 팔았는데 콩을 삶느라 밤낮으로 장작 불잉걸이 훌훌 이글거렸다. 물때 좋은 어느 날 장동양반이 바다에 낚시를 나가 생선을 잔뜩 잡아 왔다. 그중에는 통통한 복쟁이(鰒魚)도 몇 마리 있었다. 그는 저녁참을 하자며 이웃들을 불렀다. 옹배기에 탁배기를 추름추름하게 담아 내놓고 숯불에 생선도 구웠다. 복쟁이는 '애'에 맹독이 있으므로 그 애를 모두 제거하고 구웠다. 이웃 사람들이 모여들고 옆집의 큰어머니도 왔다. 큰어머니는 '대항리댁'이라 불렀다. 환갑이 다 되었는데 성격이 곧고 강직하여 샌님 같은 큰아버지는 꼼짝 못 하고 눌려 살았다. 큰어머니는 집에서 글이나 읽고 한량으로 지내는 큰아버지 때문에 늘 속상해하며 가난에 허덕이는 구차한 삶을 한탄했다. 그날도 큰아버지와 한바탕하고 나왔다. 우리 친척들은 큰집, 작은집 할 것 없이 남정네들이 여인들한테 꼼짝 못 했다. 큰어머니는 큰아버지에 대한 원망을 토로하며 술상 앞에 앉았다. 누구에게 들으라는 소리인지 몰라도 앉으면 한숨이었다.

"참말로 징히여라우. 누가 호강을 바란닷소? 매급시 속이나 안 뒤집으믄 좋겄소."

"영감 없는 사람 앞으서 그런 소리 마소."

일점혈육 없이 청상으로 살아온 월포댁이 역증을 내며 눈을 흘겼다. 술잔이 오가고 자르르 구워진 생선 안주에 흥을 즐기는 동안 갑자기 집이 무너질 듯한 소동이 일었다. 큰어머니가 외마디 소리 하나 없이 입에 누런 거품을 물고 그 자리에 쓰러졌다.

"웬일이오, 대항리댁. 정신 차려 보시오."

사람들이 술렁거렸다.

"큰일 났네. 복쟁이 애를 먹은 듯싶소."

"복쟁이 애는 다 떼어 냈는디?"

장동양반이 눈썹을 찌그리며 떼어 낸 복쟁이 애를 찾아보았다. 그러나 복쟁이 애는 어디에도 눈에 띄지 않았다.

"사달 났구만. 어서 녹두물을 가져오소!"

서둘러 녹두를 맷돌에 갈아 만든 뜸물을 큰어머니에게 먹였다. 하지만 효험이 없었다. 큰어머니는 단말마의 통성을 내지르고 몸부림을 치다가 이내 잠잠해졌다. 큰아버지와 외아들 용근 형이 한달음에 달려오고 큰어머니가 쓰러졌다는 소식이 온 마을에 삽시간에 퍼졌다. 윗마을에 사는 작은아버지가 상기된 표정으로 우리 집에 성큼 들어섰다.

"가셨소!"

무너지듯 마루에 올라 앉으며 절망의 소식을 내려놓았다. 큰어머니는 다시 일어나지 못했다. 마을이 발칵 뒤집히고 큰어머니가 가정사를 비관하여 홧김에 애를 먹어 버렸다는 소문도 돌았다. 종래 삼촌의 주검을 본 이후 가족의 두 번째 죽음을 보았다. 그 후로도 나는 헤아릴 수 없는 죽음과 마주했다. 가족도, 친구도, 이웃도, 모르는 사람도, 마을 군데군데 누워 있는 봉분에서도…. 죽음은 일상의 길목 어디에나 있었다.

인심과 정을 나누던 저녁참의 얼척없는 초상이었다. 고모가 사는 오십 리 길 동전리까지 부고가 전해지고 상주인 용근 형이 문상객을 맞았다. 장동댁은 자기네 탓이라 여겼는지 곡비보다 더 서럽게 애곡했다. 상여 소리와 함께 만장과 꽃상여가 공동산을 향했다. 하관이 끝나고 묘제를 지낼 때 그곳에 뿌려진 술은 우리 집 뒤안에 있는 청주였다.

술독 뚜껑을 닫고 조롱바가지를 든 채 뒤곁을 나와 앞마당으로 걸어갔다. 그런데 방향이 잘 잡히지 않고 자꾸 걸음이 옆으로 걸어졌다. 방으로 들어가야 하는데 맹숭맹숭하던 정신이 몽롱해지고 몸이 비틀거렸다. 우물가의 확독에 걸려 넘어지지 않았더라면 하마터면 우물에 빠질 뻔했다. 간신히 몸을 추스르고 방문을 찾아 문고리를 잡는 순간 나는 그 자리에 쓰러졌다.

시간이 얼마나 지났을까. 비몽사몽간 어머니의 음성이 들렸다. 토방에 꼬꾸라진 나의 잔등이를 어머니는 주걱 같은 손으로 연신 두들겼다.

"이놈아, 토해 내라. 토해 내!"

정신을 놓은 채 토악질을 했다.

"이게 뭔 일이다냐? 이러다 야가 죽겄네."

누나가 바가지에 물을 떠와 내 목에 물을 뿌리며 얼굴을 쉬지 않고 닦았다. 가슴이 헐떡거리고 숨이 막혀 금방 죽을 것만 같았다. 아니, 축 늘어진 채 제대로 까무러져 버렸다.

이튿날 아침 마당에 나가 보니 깨어진 조롱바가지 쪼가리가 여기저기 나뒹구는 게 보였다. 나는 쪼가리들을 하나씩 하나씩 발로 찍어서 술독이 있는 뒤안 쪽으로 날려 버렸다. 마지막엔 고무신 한 짝이 벗겨져 대발까지 날아갔다.

# 황아장수

낯선 사람이 마을에 나타나면 십중팔구 도부꾼이었다. 이고, 지고, 메고, 큰 소리로 외치며 행상을 하는 사람들이 산간 마을에 부쩍 늘었다. 가가호호 방문하여 물건을 사지 않아도 여담이라도 나누고 다녔다. 촌부 아낙네들은 도부꾼들로부터 바깥세상의 소식도 듣고 세상 돌아가는 이야기로 잠시 시름을 내려놓았다. 억압과 푸대접 속에서 지내다가 거래자로 존대를 받으며 발림 좋은 소리를 들으면 그날은 활기가 돋았다. 도부꾼이 들어오면 마을은 물건 구경하는 재미로 일손들을 미뤘다.

어머니가 멍석 위의 나락을 당그래질하고 있을 때 낯익은 황아장수 아낙이 찾아왔다. 어머니에게 허리를 펼 참이 생겼다. 어머니는 일손을 멈추고 머릿수건으로 몸을 털며 황아장수를 맞았다. 황아장수는 머리에 이고 있던 임을 내려놓고 등에 멨던 둥실한 괴나리봇짐도 마루에 풀어 놓은 다음 우물로 갔다. 물을 퍼 올려 두레박째 들고 한참 동안 물을 들이켰다. 얼마나 갈증에 지쳤는지 옷섶에 물이 쏟아지는 줄도 모르고 벌컥벌컥 마셨다. 고된 행상 걸음의 무게를 털어내려는 듯 치마를 흔들어 추스른 다음 내 집인 양 마루에 올라앉았다.

황아장수가 임을 열자 어머니는 그동안 기다렸다는 듯 이것저것 만져 보며 물건을 골랐다. 누나도 마루에 올라 자기 것이 있는지, 혹여 시집갈 때 필요한 것이 있는지 기웃거렸다. 생활에 필요한 온갖 물건들이 어지러이 내 눈길을 당겼다. 내가 갖고 싶어 하는 물건이 있나 싶어 살펴봤지만 그러한 것은 없었다. 황아장수는 일 년에 두세 차례 바늘이나 푼사실, 미영실, 색색의 수실, 골무, 단추, 가위 등 바느질에 필요한 도구나 연지, 분, 머릿기름 같은 화장품, 빗, 비녀, 반지, 노리개, 인조견 꽃주머니 등 여러 가지 방물을 팔러 찾아왔다.

물건을 살 때는 맞돈으로 값을 치르기도 하지만 대개 외상으로 하고 다음 방문 때 곡식으로 값을 쳐서 갚는 방식으로 거래를 했다. 물건값은 깎지 않는 것이 관례여서 대신 다른 물건을 덤으로 하나씩 얹어 주었다. 파는 사람은 이미 잇속을 따져 두었기 때문에 문제가 없고 사는 사람도 덤을 받으니 서로가 흡족하고 지혜로운 거래 방식이었다.

황아장수는 물건만 파는 것이 아니고 마을 밖에서 일어나는 소식을 전해 주는 소식통 역할도 했다. 이 마을 소식을 걷어다 저 마을에 건네주고 저 마을 소식은 그다음 마을에 뿌렸다. 마을에는 라디오를 가지고 있는 집이 한둘뿐이고 이장 집 신문도 며칠에 한 번씩 배달되었다. 장날 읍내에 갔다 오는 사람이 전해 주는 소식 외에는 바깥

소식을 들을 수 있는 정보 매체가 빈약했기에 황아장수의 소식은 톡톡한 대접을 받았다. 때론 부탁받은 혼담을 맡아 중매를 서는 매파 노릇도 했다.

고장은 학교 앞에 자그마한 점방이 하나 있을 뿐 생활용품을 살 수 있는 곳이 없었기에 황아장수 외에도 다른 행상인이 마을을 자주 방문했다. 둥둥둥 북을 치는 소리가 들리면 '동동 구리무(크림)' 장수가 온 것이고, 쩰캉쩰캉 가위 소리가 들리면 엿장수가, 뻥뻥 터지는 소리가 나면 튀밥 튀기는 사람이 온 것이다. 그럴 때에는 사람들이 꾸역꾸역 모여들었다. 동동 구리무는 햇볕이나 바람에 얼굴이 타고 그을린 여인들이 고운 살결을 유지하고 싶어 남몰래 사고 싶은 화장품이었고 손이 트고 버짐이 난 아이들에게 발라 주기도 했다.

엿장수는 큼직한 가위다리를 맞부딪치며 왱당대는 소리와 흥나는 노랫말로 사람들을 불러 모아 맛보기 엿으로 잠시 즐거움의 판을 펼치기도 했다. 리어커 엿판 주위에 모인 사람들은 엿가래를 부러뜨려 누구의 엿 속 구멍이 크고 수가 많은지를 겨루는 엿치기 놀이를 했고, 돈이 없는 아이들은 곡식이나 낡은 쇠붙이, 헌책이나 종이, 찢어진 고무신으로 엿을 사 먹었다. 어떤 집에서는 누룽지를 긁는 모지랑숟가락이나 멀쩡한 할머니 신발 한 짝이 없어지는 황당한 일이 벌어지기도 했다. 옛날에 어느 과부는 문고리를 빼어 들고 엿장수를 불렀다는 야담도 있었다.

옹기그릇 장수나 소반 장수도 오고, 소금 장수나 생선두름, 젓갈을 파는 어촌 사람들도 마을을 찾았다. 대나무 바구니 장수는 부부가 함께 오는데 남자는 커다란 광주리나 키, 소쿠리, 석작, 바구니를 지게에 잔뜩 지고, 아낙은 얼맹이, 체, 조리 같은 작은 것들을 머리에 이고 다녔다. 한여름에는 자전거를 타고 다니는 '아이스 께끼' 장수도 보였다. 그는 읍내에서 삼십 리 길을 달려왔다. 숨 막히는 무더위에 냉랭한 얼음 과자. 돈이 없는 사람들은 "에나, 모르겄다." 귀한 보리쌀 양식으로 값을 치르고 더위를 식히며 입 호강을 했다.

행상을 다니는 사람들은 대개 멀리 타 지방에서 왔기 때문에 하루 정도 마을에서 묵어 가곤 했다. 물건을 사고 파는 것과 상관없이 마을 사람들은 그들에게 숙식을 거저 제공했다. 지나는 나그네에게 기꺼이 흔연대접을 하는 마을의 인심 좋은 풍속은 그 사람들에게도 적용되었다. 짐 자전거를 타고 다니며 농부들로부터 계란이나 고추를 사거나 참깨나 콩, 녹두 같은 밭곡식을 사러 다니는 사람들도 있었다. 그들은 주판이나 추가 달린 대저울을 지니고 다녔다. 곡식으로 물물 교환이 이뤄지고 외상도 거래되는 형상 없는 장마당에서, 사람들은 잠시 숨을 내리고 욕구의 갈증도 풀며 땅만 두드리던 가슴을 열었다.

대바구니 장수는 담양에서 보름을 넘게 걸어왔다는데, 남자가 짊어진 짐이 얼마나 큰지 대나무 움집을 메고 다니는 것 같았다. 온 가족이 여름부터 겨우내 만든 물건이라 했다. 다 팔기 전에는 돌아갈 수 없는 뜨내기 생활이라 내외가 함께 다닌다 했다. 옹기 장수나 소반 장수, 대바구니 장수 같은 도부꾼들은 생산자이면서 대부분 그 분야에 장인이었다. 행상은 자투리 삶이 아니라 농사일 못지않게 힘든 생계 자체였다.

그날 밤 황아장수 아주머니는 우리 집 뒷사랑에 묵었다. 밤늦도록 어머니랑 두런두런 이야기를 나누면서 웃기도 하고 한숨을 지으며 혀를 차기도 했다. 어느 마을에 누가 어떻다는 둥 우체부보다 훤히 소식을 꿰었다. 대개가 자잘한 이야기고 어수선한 시국 소식도 들고 왔다. 가는 곳마다 총을 든 경찰들이 눈에 띄는 것을 보니 곧 난리가 일어날 것 같다며 걱정도 했다. 도처에 깔려 있는 간첩을 색출해 내라는 특명이 내려져 곳곳에서 검문을 하고 수상한 사람은 무조건 세워 놓고 다그치고 있다는 것이다. 빨치산을 소탕하느라 혼란했던 시절이 끝나는가 싶더니 이번에는 간첩들 소탕이라며 세상이 어수선해서 황아장수도 돌아다니기가 무섭다고 했다. 읍내의 신 아무개라는 민의원이 내년 선거에 다시 출마할 것이라는데 그 사람이 경찰이고 뭐고 꽉 잡고 있다고 했다.

누가 엿듣는 것도 아닌데 황아장수는 어머니와 바싹 맞대고 앉아 입김을 불 듯 속달대었다. 이해할 수도 없고 흥미로운 이야기는 아니었지만 나는 딴짓을 하면서 귀를 그쪽으로 열었다. 어른들이 무슨 이야기를 하면 궁금하여 가만히 있질 못 했다. 아버지가 쓰는 탁자 위 벽에는 민의원 얼굴 사진이 있는 큼직한 열두 달짜리 달력이 붙어 있었다. 신 아무개라는 사람은 그 달력 속 인물을 두고 하는 말 같았다. 황아장수는 마을 사람이 모르는 나랏일도 속속들이 알았다. 어렴풋한 바깥세상 이야기를 듣는 동안 어른들의 세계는 온통 위태로움 속에 묻혀 있다는 생각이 들었다. 나의 분별력은 어느덧 아이답지 않게 제법 현실적인 범위를 갖춰 갔다. 황아장수와 도부꾼들은 마을 사람들에게 즐거움을 가져다 주고 새로운 셈법을 일러 주며 변화하는 세상, 새로운 문명을 묻혀 오는 철새들이었다.

## 예배당

징 소리가 마을회관에서 들려왔다. 청년들이 신파극을 한다고 하여 식구들은 서둘러 저녁을 먹고 집을 나섰다. 그 무렵 마을에선 모정茅亭을 새롭게 고치고 마을회관으로 부르기 시작했다. 어둠이 내린 언덕길을 더듬어 오르자 회관에서 시끌시끌한 소리가 들려왔다. 회관 처마 곳곳에 등불이 매달려 있고 넓은 누마루는 벌써 사람들로 가득 찼다. 그중에는 얼굴을 모르는 낯선 사람들도 몇이 있었다. 신파新派라는 말을 들어 보긴 했지만 마을에서 처음 하는 연극이라 과연 어떤 광경이 펼쳐질지 궁금했다. 사람들은 긴장된 표정으로 시작을 기다렸다. 이윽고 징 소리가 크게 울린 다음 무대 뒤에서 목청 큰 변사의 목소리가 들려왔다.

"대동강변 부벽루에 산보하는 두 청춘 남녀의 그림자가 있었으니…."

변사의 전설前說이 끝날 때까지 사람들은 숨을 죽였다. 하얀 장막이 옆으로 걷히고 사람들의 우렁찬 박수 소리와 함께 두 사람이 나타났다. 한 사람은 검은 사각모를 쓴 학생 차림이었고 다른 쪽 사람은 다홍치마에 장옷을 두른, 얼굴을 살짝 가린 아리따운 여자였다. 연극이 시작되기도 전에 사람들은 박장대소하며 넘어질 듯 몸을 뒤틀었다. 그도 그럴 것이 아리따운 여인은 여자가 아니라 여장을 하고 나타난 동네 청년 중 하나였기 때문이었다. 사람들은 그들이 '이수일과 심순애'라는 것을 금방 알아차렸다. 두 사람의 눈물겨운 대사가 이어지고 무대 뒤에서는 변사가 "그리하여 무엇무엇을 하였던 것이다."를 반복하며 해설을 했다. 얼마 후에는 숯검정으로 턱수염을 그린 김중배가 나타났다. 그는 권총을 꺼내 들고 왔다 갔다 하며 고함을 지르면서 이수일과 심순애를 겨냥하는가 싶더니 천장을 향해 연발로 총을 쏘았다. 권총은 소리만 크게 나는 화약 권총이었다. 사람들이 놀라 하며 눈을 떼지 못하고 나는 무서워서 누나의 팔을 잡고 몸을 움츠렸다. 연극이 계속되는 동안 누군가 옆에서 알은체를 했다.

"저게 〈장한몽〉이여."

사람들의 훈기가 달아올랐다. 밖은 짙은 어둠이고 숨소리는 가라앉았다. 말소리, 움직임 하나하나에 어른이고 아이고 흠뻑 빠졌다. 이내 연극이 끝났다. 사람들이 자리를 털고 일어서려 하자 말쑥히 신사복을 차려입은 낯선 남자가 왼손에 뭉툭한 책을 들고 나타났다.

"안녕하십니까? 저는 삼남 교회에서 온 전도사입니다."

그는 의뭉스런 목소리로 허리를 굽혀 인사를 했다. 별안간 나타난 낯선 외지 사람을 보고 사람들이 수군거렸다.

"삼남 교회는 뭐고 저 사람은 누구여?"

전도사는 아랑곳 않고 다짜고짜 두 팔을 벌리며 사람들의 머리를 숙이게 했다.

"기도합시다."

한참 동안 큰 소리로 기도하더니 이어서 생전 들어 보지 못한 찬송가를 부르기 시작했다. 따라 부르는 사람도 있고 "아멘." 하는 소리도 들렸다. 그러는 동안 연극을 시작하기 전에 보았던 낯선 사람들이 그림이 그려진 조그만 성경 책자를 사람들에게 나누어 주었다. 누군가 내뱉는 소리가 뒤에서 들려왔다.

"아무래도 수상쩍은디?"

마을 사람들은 자리를 떠야 할지 말지 망설였다. 체면상 도중에 일어나기도 미안하고 상황이 신기하기도 하여 대부분 그 자리에 앉아 있었다. 밤은 깊어 갔다. 조금 전 재미있게 보았던 연극의 흥은 사라지고 처음 들어보는 예수 이야기가 계속되자 우리는 자리에서 일어나 집으로 돌아왔다. 잠자리를 펴고 누웠는데도 회관에서 들려오는 찬송가 소리가 마을의 정적을 뚫고 우리 집 안방까지 들려왔다. 아버지는 대님을 풀다 말고 회관 쪽을 바라보며 볼멘소리로 못마땅해했다.

"저것들이 여기까지 와서 뭔 무람없는 짓이여? 이 밤중에."

아버지는 그들이 누구이고 어디서 왔는지 잘 알고 있는 듯했다. 나는 그날 밤 예수, 아멘, 전도사, 찬송가, 기도라는 말을 처음으로 들었다.

며칠 후 일요일 아침, 국민학교에 다니는 형들이 우르르 모여 어디론가 가고 있었다. 무슨 일인가 싶어 또래 친구들과 놀다가 형들을 따라갔다. 도착한 곳은 학교 뒤편 동산에 있는 예배당이었다. 흙벽돌로 쌓아 올리고 지붕에 볏짚 이엉을 얹은 예배당 위에는 통나무 십자가가 비뚤 세워져 있었다. 어디선가 땡그렁 하며 종소리가 울렸다. 낯선 어른들이 우리를 반기며 예배당 안으로 들게 했다. 아이들은 우춤주춤 따라 들었다. 예배당은 흙바닥이었고 그 위에 여러 장의 가마니와 거적들이 깔려 있었다. 건물 공사가 진행 중인지 안팎이 엉성하고 흙벽에 섞여 있는 볏짚들이 너슬너슬 삐져나와 돌담에 붙은 마른 담쟁이 같았다. 벽에는 커다란 나무 십자가가 걸려 있고 종이를 오려 만든 글자가 여기저기 벽에 붙어 뭐라 말하는 것 같았다. 거적을 말아 올린 들창 사이로 빛이 들었지만 예배당은 어둑했다. 예배가 시작되자 사람들은 가마니 바닥 위에 앉아 손뼉을 치며 찬송가를 부르고 목사는 손을 들어 기도를 했다. 며칠 전 회관에서 보았던 광경과 비슷했다. 목사의 설교가 이어지고 설교가 끝나자 사람들은 또 찬송가를 불렀다. 나에겐 모든 것이 낯설고 어리둥절한 일이었다. 예배를 마친 후 어른들은 밖으로 나갔다. 키가 작고 예쁘게 생긴 누나가 아이들을 남게 하여 노랫말 가사가 적힌 커다란 백로지를 걸어 놓고 한 소절 한 소절 노래를 가르쳤다.

탄일종이 땡땡땡, 은은하게 들린다
저 깊고 깊은 산골 오막살이에도
탄일종이 울린다

그때 목사 사모가 커다란 바구니에 담은 떡을 들고 와 아이들에게 하나씩 나누어 주었다. 아이들의 퉁방울눈이 휘둥그레지고 부르던 노랫소리가 커졌다. '떡을 먹으며 노래 부르기'는 잔칫집에 온 것처럼 즐거운 일이었다. 밖으로 나오자 어른들이 붉은 빛이 도는 황토에 물을 붓고 볏짚을 섞어 맨발로 저벅저벅 흙을 개고, 젊은 사람들은 큼직큼직한 흙벽돌을 손으로 찍어 내고 있었다. 아직 완성되지 않은 예배당 건물을 계속 지어 나가는 중이었다. 아이들 몇몇은 망태기로 흙을 나르거나 벽돌 만드는 일을 거들었다. 한쪽에서는 흙을 파던 사람들이 무엇인가를 집어 모았다. 땅에 묻혀 있던 사람들의 해골과 뼈를 추려 내는 것이었다. 잠방이 차림의 텁석부리 남자가 혀를 끌끌 찼다.

"사람이 숱허게 죽었나벼. 애기 뼈도 있네."

예배당이 들어선 그곳은 본래 공동묘지가 있던 자리였다. 몇 해 전 전쟁에서 목숨을 잃은 이름 모를 국군과 인민군들의 시신이 무더기로 묻힌 곳이기도 했다. 아무도 관리하는 사람이 없고 임자 없는 땅에 어떻게 예배당이 세워질 수 있었는지 관심을 두는 사람도 없었다. 황토의 붉은 빛이 죽은 자들의 핏물이 아닐까 하는 생각을 하니 소름이 돋았다. 혈토 위에 세워진 예배당이 아까보다 더 붉어 보였다. 아이들은 오늘 배운 노래를 부르면서 다음 일요일에도 다시 예배당에 오자며 늦은 오후가 되어서야 마을로 돌아왔다. 마을 어귀에 들어서자 아버지가 긴 쇠스래나무 막대기를 들고 서서 나를 기다렸다. 뜻밖이었다.

"어디 갔다 이렇게 늦게 오는 겨?"

아버지의 야단이 심상치 않았다.

"예배당에 갔다 오는디요."

아버지는 추상 같은 눈초리로 나를 세우고 다짜고짜 막대기를 들어 혼내려 했다. 몇 번 호되게 회초리를 맞아 본 나는 긴 막대기를 보자 오늘은 죽었구나 하는 생각이 들었다. 냅다 도망을 쳤다. 무슨 영문인지 모른 채 뛰었다. 아버지는 내 뒤를 쫓으며 압박해 왔다. 나는 뛰었지만 아버지는 느긋한 걸음이었다. 잡히지 않으려고 울면서 밭두렁도 지나고 개울도 건너고 마을을 몇 바퀴나 돌면서 도망을 계속했다. 아버지는 일정한 거리를 두고 뒤를 따라오면서 나를 붙들지는 않았다. 해가 지고 어둑해질 때까지 쫓기다가 마침내 예배당에 다시는 가지 않겠다며 손을 싹싹 빌었다. 그제야 아버지의 징벌이 끝났다. 아버지가 나를 혼내려는 이유가 예배당에 갔기 때문이라는 걸 그때까지 알아채지 못했다. 아버지가 앞장서서 집으로 향했다. 나는 멀찍이 뒤따랐다. 작은집 셋째 형이 내가 혼나는 걸 보았는지 어디선가 나타나 빈정대며 놀렸다.

"예배당 떡이 맛있드냐?"

나는 코대답도 안 했다. 집에 오니 식구들이 마당에 편 멍석 위에 둘러앉아 저녁을 먹고 있었다. 나는 콧물과 눈물이 섞인 밥을 넘겼다. 그래도 밥은 들어갔다. 억울함과 설움을 함께 삼켰다. 어머니는 아무 말이 없고, 형은 킥킥거리고, 누나는 내 콧물을 몇 번이나 훔쳐서 멍석 끝에 닦았다. 질금질금 나오는 눈물이 매캐한 모깃불 연기 때문이라는 듯 나는 공연히 손을 휘저으며 연기를 쫓는 척했다.

다음 날, 아버지는 나에게 예배당에 가지 못하게 하는 이유 두 가지를 차근차근 말해 주었다. 그중 하나는 기독교를 믿는 천주쟁이들이 수없이 죽어 갔다는 이야기였고, 다른 하나는 예배당에서는 남녀가 섞이어 내외 없이 몰려다니고 연애질하며 풍기를 문란시킨다는 거였다. 아버지는 자식들이 그런 망측한 데에 휩쓸리는 걸 절대로 용납할 수 없다는 말이었다. 어머니도 겁을 주며 거들었다. 예배당 자리는 온갖 잡신과 귀신과 도채비들이 다투는 상서롭지 못한 곳이니 가지 말라 했다.

다음 일요일에도 아이들이 모여 예배당에 가는 모습이 멀리서 보였다. 따라갈 수 없었다. 아이들의 〈탄일종〉 노랫소리가 들리는 것 같고 맛있는 떡이 온종일 눈앞에 어른거렸다.

# 양상군자

문설주에 표시된 내 키의 표식이 어느덧 가운데 문살을 넘었다. 누나는 연필로 표식을 하면서 나더러 장마철 죽순 같다고 했다. 어머니가 쪼그려 앉아 동이나 광주리를 머리에 일 때, 얼른 똬리를 집어 머리 위에 얹어 주는 눈치도 생겼다. 자라나는 키만큼 생각의 세포도 커지고 분별력도 빨라졌다. 걸음걸이 폭도 넓어졌다. 하늘을 보고 걸어도 눈을 감고 걸어도 동네 길은 훤히 꿰었다. 갈라진 길도 가늠이 정확하여 누구 집을 정해 주면 웬만한 심부름도 척척 해냈다. 심부름은 대개 빌려오는 것보다 갖다 주는 것이어서 식은 죽 먹기였다. 어머니가 "담박질 말고 댕겨와라!" 그러면 "예에." 하고 대답을 해 놓고선 문밖에 나서면 까먹고 냅다 뛰었다. 심부름은 거리와 시간을 잘 가늠해야 어머니의 역정을 면했다. 빨리 갔다 오면 "웬 호랭이가 쫓아온다고 고렇게 심바람을 싸게 갔다 와! 다칠라고." 하면서 눈을 흘기고, 조금 늦으면 "또 어디 해찰허다 왔냐?" 하면서 부지깽이를 들었다.

어머니는 집에 있으면서도 내 행동 반경을 귀신처럼 알았다. 나비나 여치를 잡느라 정신을 팔았는지, 매미 소리에 홀려 나무타기를 하다 왔는지, 찔레꽃 줄기를 꺾어 먹다가 깜빡했거나 남의 집 울타리 탱자를 따서 발길질하느라 늦었는지, 손바닥의 손금처럼 훤히 읽고 금방 알아냈다. 심부름 중인 것을 잊어 버리고 새총놀이를 했다거나, 입에 물고 다니지 말라던 수수깡 팔랑개비를 입에 물고 뜀박질했다는 사실도 꼬리가 잡혀 여지없이 들켰다.

심부름을 다니다 보면 내 어린 눈으로 봐도 마을은 가난했다. 손바닥만 한 농토에 오직 하늘에 의지하며 손발로만 억지 농사를 지어야 하니 소출이 많을 턱이 없었다. 식솔은 많아 아이들 네댓은 보통이고 조부모가 있는 집은 열 명이 넘는 경우도 있어 늘 양식이 부족하고 굶지 않으면 다행이었다. 먹거리가 빈약한 만큼 삶은 허기지고 고달팠다.

아이들은 배가 고팠다. 갯벌에 나가 조개를 캐고 산으로 들로 다니며 철 따라 나오는 열매를 따거나 달래나 나물을 캤다. 메뚜기나 개구리를 잡아 굽기도 하고, 학교에 다니는 형들은 꿩몰이를 하거나 덫을 놓아 참새를 잡았다. 처마 끝 지붕 속에 둥지를 튼 참새의 운명은 주로 밤에 끝났다. 산에다 올무를 놓아 토끼를 잡으면 그날 밤은 마을이 시끌시끌했다. 경칩 절기가 다가오면 어떤 형들은 응달진 산속 옹달샘을 찾아가 포도송이처럼 오글오글 모여 있는 개구리 알을 건져 내어 몸에 좋다며 후루룩 먹어 치우기도 했다. 영양실조에 걸려 부황이 들거나 다리를 저는 아이, 아침을 배불리 먹었다는 표시로 밥풀 몇 때기를 앞자락에 묻히고 놀이터에 나타나는 아이도 있었다. 사정이 이러하니 마을에선 보리나 콩, 참외, 수박, 고구마 서리를 하는 것쯤은 너그럽게 눈감아 주곤 했다. 무엇이든 먹거리가 눈에 띄면 아이들은 본능적으로 눈이 휘둥그레졌다.

아이들 사이에 흥미로운 소식 하나가 떠돌았다. 먹거리 이야기였다. 학교 근처 잿등의 당골네 집에서 호밀빵을 만들어 팔기 시작했다는 것이다. 보리밥이나 껄끄러운 서속밥에 시래깃국, 아니면 고구마와 감자가 주식이었기에 부드러운 밀가루 빵떡은 입맛을 녹이는 음식이었다. 벌써 사 먹어 본 형들은 그 맛을 자랑하고 다니고 자랑을 듣던 아이들은 침을 꿀떡 삼키며 부러워했다. 내 또래 친구들도 그 이야기를 듣고 우리도 한번 가서 호밀빵을 사 먹어 보자고 했다. 그렇지만 우리에겐 돈이 있을 턱이 없었다.

며칠을 의논하고 궁리한 끝에 좋은 생각을 해냈다. 각자 집에 있는 곡식을 가지고 가서 돈 대신으로 빵을 바꾸어 먹자고 작당을 한 것이다. 만장 일치로 제꺼덕 의견을 모으고 밤에 냇가 한터에서 만나기로 했다. 하지만 도저히 곡식을 가지고 갈 용기가 나지 않았다. 부모님 몰래 곡식을 훔치면 도둑질하는 것이고, 일이 발각되면 무슨 벼락이 떨어질지 뻔했기 때문이다. 어머니한테 들키면 곡식 항아리 속에 갇힐지도 몰랐다. 나는 곡식을 훔쳐 올 수 없을 것 같다며 망설였다. 한 녀석이 내 어깨를 치며 주저주저하던 내 유혹의 욕망에 불을 지폈다.

"야, 남의 것 훔치는 게 도둑질이지, 니가 먹는 니네 집 것 조금 알기는 건 도둑질이 아녀."

생각해 보니 일리가 있는 말이었다. 솔깃한 말에 용기를 얻은 나는 집으로 돌아와 단단히 마음을 먹었다. 부엌에 있는 곡식 항아리에서 보리쌀 한 됫박쯤을 보자기에 담아 메고 뒷밭으로 달렸다. 아버지가 뒤따라올 것 같아 오금이 저리고 다리가 후들거렸다. 아이들이 벌써 저마다 곡식 주머니를 하나씩 꿰차고 기다렸다. 어스름해진 초저녁, 어린 조무래기 도둑 한 무리는 쾌재를 부르며 호밀빵이 기다리고 있는 당골네 집으로 향했다. 마을에서 동떨어진 당골네 집은 바가지가 엎어진 모양의 낡은 초가집이었다. 쓰러질 듯 언덕에 납작 기대어 있었다. 희미한 불빛이 부엌문 사이로 새어 나왔다. 마루에서 기다리자 당골네가 김이 모락모락 올라오는 호밀빵 한 소쿠리를 가져왔다. 부드러운 단팥 소와 함께 입 속에 감겨 넘어가는 따끈따끈한 세모 빵 맛은 그야말로 이 세상 맛이 아니었다.

당골네가 곡식 값을 잘 쳐 주어 아이들은 흡족히 먹고도 두어 개씩 손에 들고 집으로 향했다. 마을 앞 개울에 다다랐을 때 아이들은 손에 들고 있던 빵을 마저 먹어 치웠다. 냇물로 몇 번씩 입 속을 헹구어 호밀빵 먹은 흔적을 지웠다. 냇물은 잘랑잘랑 흐르고 떠오른 달빛은 유난히 밝았다. 나는 친구 집에서 놀다가 온 척 시치미를 떼고 곧장 작은방으로 기어들었다. 아버지는 사랑방에 있었고 어머니는 마실 중이었다. 아무리 생각해 봐도 오늘 한 일이 도둑질인지 아닌지 분별할 수 없어 가슴이 두근거리고 잠이 오지 않았다. 배는 빵빵했다.

마을엔 빨치산들이 약탈해 갔던 일 외에는 남의 것을 탐내어 훔쳐 가는 도둑이 없었다. 대문이 있는 집도 없고 방문을 잠그는 일도 없었다. 곳간이나 그 어느 곳에도 자물쇠 하나 단 집이 없었다. 집에 사람이 없어도 농기구가 필요하면 허락 없이 가져가 사용해도 되고, 다시 돌려줄 때 탓하는 사람도 없었다. 혹여 낯선 사람이 찾아와 기웃거리면 경계하기보다 누구네 손님일까 하며 되려 반겨 맞았다. 사람들은 도둑놈이라는 말을 입에 담아야 할 때도 상스럽다며 대신 '양상군자'라는 말로 조심스러이 사용했다.

그 무렵 우리 집에는 전에 없던 도난 사건이 연거푸 일어났다. 우리 집은 고장에서 유일하게 보리와 벼를 탈곡하는 기계식 탈곡기와 발동기, 운송 마차를 갖춘 이동 탈곡 장비를 보유했다. 호롱기와 홀태, 도리깨를 써서 타작을 하던 농부들은 대부분 우리 집의 탈곡 장비를 이용했다. 작은 분량은 각 농가로 장비를 싣고 가 탈곡하고 추수 때는 논이나 밭으로 장비를 이동시켜 추수 현장에서 탈곡했다. 철진과 종하는 그 일을 맡아 했는데, 보리를 치는 날에는 까락이 날린다며 어린애들은 근처에도 못 오게 했다.

어느 날 발동기에 붙어 있는 점화 플러그가 없어져 버렸다. 누군가가 풀어서 빼 간 것이다. 발동기는 일본 제품이어서 점화 플러그는 비싼 값을 주어야 하는 부품이었다. 발동기를 작동할 수 없으니 모든 작업이 중단되었다. 이튿날 밤 철진이 야음을 틈타 사라졌다. 며칠째 돌아오지 않았다. 범인은 철진임에 틀림없었다. 며칠 후 아버지는 플러그를 사려고 읍내의 기계 부품상에 들렀는데, 철진이 플러그를 팔러 그곳에 왔었다는 사실을 주인으로부터 들었다. 주인은 플러그가 우리 집 발동기 것인 줄 알고 싼값에 사서 틀림없이 아버지가 올 것을 예상하고 보관했다는 것이다. 그 후 철진은 영영 우리 앞에 나타나지 않았다.

다른 도난 사건은 더 충격이었다. 복조리를 들고 다니며 오곡 더윗밥 얻으러 다니고, '내 더우!' 하면서 여름 더위를 팔던 정월 대보름이 지난 날 아침이었다. 아버지는 밤사이 내린 눈을 치우려고 마당에 나갔다가 곳간 쪽으로 나 있는 선명한 발자국을 발견했다. 이상한 낌새가 들어 곳간에 가 보니 문이 반쯤 열려 있었다. 안으로 들어가 확인해 본 결과 나락 한 섬이 없어진 흔적이 보였다. 마을에서는 한 번도 없었던 일이었다. 가슴이 철렁 내려앉고 누구의 소행인지 땅이 꺼질 일이었다. 아버지는 눈 위의 발자국을 따라가 보기로 했다. 발자국은 언덕 길을 따라 마을 끝 골짜기에 있는 어느 집 앞에서 멈췄다. 아버지는 주저앉을 뻔했다. 아버지와 친한 친구 집이었다. 나이도 동년배고 마음이 통하여 시조도 함께 부르며 어린 시절부터 동고동락하던 사이였다. 자식들도 층층 비슷하여 가까이 지내는 사이였으니 그 충격에 입을 다물 수 없었다. 그토록 친한 벗이 양상군자였다니, 아버지는 믿을 수가 없었다. 머뭇머뭇하다가 누가 볼새라 달음질로 집으로 돌아왔다. 그사이 눈이 내리면서 발자국은 점점 사라졌다. 아버지는 혼자서 심란한 속을 끙끙 끓였다.

며칠 후 초저녁 무렵, 아버지의 친구가 동저고릿바람의 께죽한 모습으로 찾아왔다. 엉거주춤 들어서는 그를 아버지는 여느 때처럼 태연하게 맞이하며 손목을 잡고 사랑방으로 들었다. 마루에 있던 나는 안에서 두런두런 들려오는 소리를 들었다.

"부끄러워 할말이 없네."

"당치않은…. 자네인 줄 알고 있었구만."

"대보름인데도 풀죽 훑고 있는 처자식을 차마 두고 볼 수 없어 내가 인두겁을 썼네. 부디 용서허게."

"자네가 이실직고하니 내가 난처허네. 없던 일로 잊어버리세."

"내자한테는 멀리서 빌려 왔다고 했네. 묻어 주시게."

"이를 말인가? 마음 놓더라고."

아버지는 친구를 진정시키려고 말소리를 낮추었다.

"염치없지만 밭갈이 시작되면 농사일 품삯으로 변상헐라네."

아버지의 친구는 울먹이는 듯했다.

"그리하지 않아도 되니 마음 다잡으이. 자네가 우리 집 난감한 일 많이 돕지 않았는가. 그걸로 엇셈허세."

그날 밤 사랑방에서는 시조 소리 대신 훌쩍거리는 한 아버지의 낮은 울음소리가 한동안 들려왔다. 가난 앞에는 장사가 없었다. 마을에 처음 있는 일이었지만 비단 우리 마을에만 있었던 일이겠는가. 어제 오늘에만 일어나는 일이겠는가. 굶주림 앞에는 무릇 악인이 될 수도 있고, 생존의 문턱에서는 어떠한 허물의 비롯함도 타당한 변명이 될 수 있다는 사실을 나는 알았다. 순간의 유혹을 피할 수 없었던 한 아버지의 모습, 길짐승 날짐승도 제 새끼를 위해서는 그리하지 않던가.

호밀빵 유혹에 보리쌀 한 되를 훔쳤던 어린 조무래기 도둑, 플러그를 훔쳐 달아난 철진, 나락 한 섬을 훔친 아버지의 친구, 양상군자들은 마음의 평안을 내주고 욕망과 생존을 택했다. 옳고 그름을 알고, 가슴 두근거릴 줄 알며, 도리와 예를 경외하는 선량한 사람들이었다.

## 칡 캐는 아이들

아이들이 괭이를 들고 마을회관 앞에 모였다. 구럭을 걸메고 온 아이도 있었다. 마을 왼편에 가파르게 누워 있는 '공동산'으로 칡을 캐러 가자고 약속한 날이다. 아이들은 자기들 키보다 긴 괭이를 어깨에 걸치고 전쟁터에 나가는 꼬마병정들처럼 줄을 지어 들판을 가로질러 갔다. 혹여 타지 사람들이 보면 무슨 행렬인지 감을 못 잡고 서로 물어보느라 가던 걸음을 멈췄을 것이다. 한낮인데도 쌀쌀한 꽃샘바람이 불어 아이들은 몸을 웅크리며 걸었다. 들에는 군데군데 연녹빛 보릿잎들이 잔설을 뚫고 올라와 새봄의 속살을 드러냈다. 밭두렁을 지나는 아이들의 재잘거리는 소리가 들판을 울렸다. 먹이를 찾던 담갈색 종다리 무리가 부릿짓을 하다가 놀란 듯 꽁지깃을 세우고 하늘로 치솟아 날았다.

공동산은 주인이 없는 산이다. 언제부터인가 사람들이 묘소를 써, 산자락 아래에는 봉긋봉긋 공동묘지가 형성되었다. 이장移葬을 해 온 윗대 할머니 한 분의 묘소도 언덕 위쪽에 있었다. 해변을 향해 내려앉은 공동산 야방모퉁이에는 절벽을 따라 아슬아슬한 신작로가 나 있고 그 길은 해안을 휘돌아 변산반도가 끝나는 격포까지 이어졌다. 옛날에 원님들이 타고 다니는 마차나 수레가 다닐 수 있도록 만들어진 길이라 했다.

야방모퉁이는 본래 바람을 막아 주는 곳이라 해서 바람모퉁이라 했다. 예전엔 해안 기스락에 배가 닿았다. 상인들이나 뱃사람들이 공동산 모퉁이의 해안으로 드나들었는데 외진 곳이라 산적들이 자주 나타났다. 때문에 고을 원님이 파수꾼을 보내 밤에도 지키도록 했고, 야방夜防하는 곳이라 해서 야방모퉁이라 부르게 되었다고 전해져 왔다. 공동산 왼쪽에는 가파르게 솟아오른 바위들이 응달 골짜기를 이루고, 창창한 소나무와 잎이 진 잡목들이 우거져 어둑했다. 여름에 더덕을 캐거나 머루나 으름, 다래, 때왈을 따 먹으러 오는 곳이었다.

아이들은 콧노래를 부르며 산에 올랐다. 사방에는 진달래꽃 작은 봉오리들이 봉올봉올 맺혀 금방이라도 터질 것 같았다. 건너편 산비탈에는 나무를 하는 두어 사람이 허리를 구부리고 산짐승처럼 기어 다녔다. 골짜기에 다다른 아이들은 저마다 칡이 있을 만한 곳을 찾느라 이리저리 흩어졌다. 가시 돋친 맹감 넝쿨이 발길을 가로막곤 했지만 바위 아래 그늘진 기슭이나 후미진 둔덕 밑에 엉켜 있는 마른 칡넝쿨들을 아이들은 용케도 찾아냈다.

곳곳에 옛날 무덤이라는 이끼 낀 고인돌이 제각각 기울어진 모습으로 산허리에 기대고 있었다. 산비탈에서 괭이질하는 아이들의 콧

등에는 송골송골 땀방울이 돋았다. 문기는 벌써 제 팔뚝만 한 칡뿌리와 씨름을 했다. 뿌리가 제대로 뽑히지 않는지 다른 아이가 돕느라 온 힘으로 끙끙대었다. 험준한 기슭 아래 저런 생물체가 살고 있다니. 땅속에 몸을 박고 있는 칡뿌리가 괴물 같았다. 칡뿌리는 빠져나오지 않으려고 아이들을 잡아 끌며 뻗대었다. 그렇다면, 저 아래 공동묘지 땅속엔 무슨 생명체가 살고 있을까. 혹여 귀신들이 살고 있지 않을까 하는 엉뚱한 생각이 들었다. 오싹했다. 그때 고인돌 근처에서 누군가 외치는 소리가 들려왔다.

"엽전이다!"

칡을 캐다 말고 아이들이 우르르 몰려들었다.

"와! 보물이다."

땅을 헤적이던 윤석이 고인돌 아래에서 엽전 무더기를 발견했다. 녹슬지 않은 크고 작은 검푸른 엽전들이 쏟아져 나왔다. 가운데에 네모 구멍이 뚫려 있고 한자가 양각된 동그란 옛날 돈이었다. 자세히 보니 우리 집에서도 뒹굴어 다니던 엽전(常平通寶, 상평통보)과 같은 거였다. 나는 집에 있던 엽전으로 제기를 만들어 차고 놀았다. 제기에 감싸 끼운 백지 술은 옛날 서책을 찢어서 만들었다. (골방에는 겉장이 시커멓게 변질된 서책들이 수북이 쌓여 있었다. 선대 할아버지들이 공부하던 책이나 손수 붓글씨를 써 만든 서책들이었다. 깨알만 한 글씨로 쓰여진 책자도 많았다. 아무도 사용하지 않는 책자들은 유품의 가치를 잃은 채 방치되어 있었다. 나는 서책을 찢어 제기 술을 만들거나 물감을 들여 방패연을 만들어 날리곤 했다. 집에서는 도배할 때 밑지로 쓰거나 구멍 난 창호지 문을 바르기도 했다. 댓개비 부채를 만들어 부치면 윗대 할아버지들의 멋스런 붓글씨가 부슬부슬 튀어나와 새털처럼 흩날렸다.)

예전에 고인돌 밑에서 그릇 같은 부장품이 발견되었다는 이야기를 들은 적이 있지만 엽전이 나왔다는 사실은 놀라운 일이었다. 아이들은 혹시나 하고 주위를 파헤쳐 봤다. 더 이상 엽전은 나오지 않았다. 우리들은 엽전을 나누어 갖기로 했다. 엽전을 땅에 늘어놓고 숫자를 세어 갈랐다. 아이들의 셈이 둔하여 숫자를 나누느라 한바탕 소란이 일었다.

"잘 시아려 봐."

윤석이 미덥지 않은지 쪼그려 앉아 다시 세었다. 나눔의 비율이 쉽게 맞춰지지 않아 엽전 몇 닢이 이쪽 저쪽으로 왔다 갔다 했다. 가까스로 복잡한 셈이 끝나자 아이들은 분배의 결과에 만족하고 고개를 끄덕였다. 그때까지 칡 캐는 것을 잊었다.

엽전을 발견한 윤석이 코를 훌쩍이며 입을 열었다.

"왜 이런 곳에 엽전이 묻혀 있지?"

아이들이 묵묵부답하고 있을 때, 한 말을 들으면 두 이야기를 보태는 성국이 나섰다. 성국은 나보다 세 살이나 많은데 아직 학교에 들어가지 않았다.

"내가 알아."

아이들이 괭이를 땅에 박아 놓고 귀를 세웠다.

"옛날에 상인들이나 뱃사람들이 해안으로 내려갈 때 저 모퉁이를 지나다녔는데 산적들 때문에 돈이나 귀한 것들을 이 산에 묻어 두고 출행했대. 그런데 배가 갱번에 빠져 돌아오지 못한 사람들이 많았다는 거야. 그래서 엽전들이 여기서 나오게 된 거지. 일제 시대에도 일본놈들이 그걸 알고 다 캐 갔대."

성국의 이야기에 아이들은 마을의 역사에 흥미 있어 하며 고개를 끄덕였다. 마을에는 전해 오는 이야기들이 많았다. 신라와 당나라가 연합하여 백제를 침노할 때 당나라 소정방이 가까운 고군산군도古群山群島에 진을 치고 있다가 건너 마을 장신포長信浦로 들어왔다는 이야기며, 심산궁곡마다 절이 많았는데 임진왜란 때 승병들이 일어나 대적하고, 의병들의 근거지 역할을 한 탓에 모두 불타 버렸다는 이야기도 전해졌다. 빨치산 토벌 때 종래 삼촌이 숨을 거두었던 떡국재도 사연이 있는 이름이었다. 조선시대에 비득치 고개 너머 바닷가에 규모가 큰 해창海倉이 있어서, 부안, 고창, 고부 3개 군에서 세금으로 받은 나락을 그곳에 모은 다음 배에 실어 인천, 서울로 보냈는데, 그때 떡국 장사가 있었던 곳이라 해서 떡국재라 불렀다고 했다. 나주 임씨 효자와 부안 김씨 열녀를 기리도록 임금이 하사해 지었다는 정문旌門터 효열문, 땅속에서 솟아오른 문수보살을 모신 절이 있었던 곳이라 해서 문수제, 가마소 위에 퉁소처럼 생긴 계곡의 퉁소골, 선녀들이 옥피리를 불며 놀았다는 가락골, 신과 인간이 함께 살았다는 신인동, 예전에 배가 사기沙器를 싣고 오다가 파선되어 사기가 쏟아진 곳이라 하는 사기봉, 그 외에도 매가 앉아 있는 형상이라는 매봉재, 치마를 두른 듯하다는 치마바위 등, 명승도 아닌 산간 마을에는 수많은 희비의 역사와 전설이 서려 있고 흥미롭게 붙여진 이름들이 산재했다. 무심히 스치면 평범한 산촌이지만 오랜 역사와 문화와 조상들의 얼이 묻혀 있는 역사 현장이었다. 나는 구전으로 전해지는 마을의 역사와 전설을 마을 어른들로부터, 또 아이들로부터 저절로 듣고 익혔다. 사람들의 이야기는 흔적 없이 사라지는데, 수십, 수백 년을 이어 온 민화와 전설은 흘러 흘러 구비로 전해졌다.

해가 뉘엿뉘엿 수평선으로 내려앉을 무렵 아이들은 괭이와 칡뿌리를 어깨에 메고 슬렁슬렁 산을 내려왔다. 질겅질겅 칡을 씹는 아이들의 입이 멧돼지 주둥이마냥 지저분했다. 다른 아이들은 큼직한 칡뿌리를 캤는데 내가 캔 것은 그중 제일 작았다. 하지만 토실토실한 알칡이었다.

귀한 엽전보물을 얻은 것은 수지맞은 행운이었다. 아이들은 엽전에 대한 의문이 하나 풀리지 않았다. "얼마나 오래된 거지?", "이백 년은 되었을 거여.", "백 년도 안 됐을 건디?" 아이들은 초승달이다, 그믐달이다 우김질할 때처럼 각자의 주장을 굽히지 않고 으그대며 좁은 밭두렁을 걸었다. 서로 자기 말이 맞을 거라 우기느라 발을 헛디디곤 했다. 주머니 속에서 달그랑거리는 엽전 소리가 발걸음을 가볍게 했다. 기껏해야 제기나 만드는 데 쓸 뿐이지만.

괭이를 헛간에 던져 놓고 우물가에 가서 칡뿌리를 씻었다. 그런 다음 형에게도 줄까, 누나에게도 줄까 하며 톡톡 토막을 내었다. 단지 땅속 식물에 불과한 생명체를 자르는 야릇한 오싹함, 나는 엉뚱한 골몰로 궁금증을 키우는 버릇이 있었다. 아궁이에 불질하는 어머니 옆에 쪼그려 앉았다. 칡을 내밀며 궁금증을 더듬었다.

"어머니, 땅속에도 귀신이 사는가?"

"무슨 귀신 씻나락 까먹는 소리냐?"

어머니는 눈꺼풀로 연기를 쫓으며 부지깽이를 탁탁 털었다.

"땅속에 쥐도 살잖여."

"그렇게 보믄 그렇지. 귀신만 살것냐? 하찮은 미물 중생도 살고, 초목도 심지 박고. 사람도 땅 파먹고 살고. 아, 그렇게 나무랑 산신령한티 빌고 땅으다 고개를 숙이는 거 아니것냐?"

아작아작 어금니에 씹히는 알칡 뒷맛이 씁쓸, 달콤했다. 그러고 보니 땅 위나 공중, 물속에만 생명이 있는 게 아니었다.

# 서당

마을 어른들 중에는 서당에서 한학을 공부한 사람은 더러 있지만 신교육을 받은 사람들은 손에 꼽을 정도였다. 고장 이십 리 안팎에는 신교육을 받을 수 있는 학교나 교육기관이 전무했고 그나마 국민학교가 생긴 지도 몇 해 되지 않았다. 일제 치하에서 일본어를 국어로 하고 우리말은 조선 언문으로 천대받다 보니 한글을 제대로 아는 사람도 그리 많지 않았다. 부모님도 종종 일본어를 섞어 말하곤 했다. 해방 당시 열두 살 이상의 국민 천만 명 중 한글 문맹자가 팔백만 명이었다니 우리 같은 시골 마을은 오죽했겠는가. 양반이니 상놈이니 하는 신분 가름이 없어져 누구에게나 교육 기회가 균등하게 주어졌지만, 농사를 지으며 근근이 살아가는 그들이 학교에 다닌다는 것은 구름 타고 유람 다닐 일이었다.

전쟁이 끝나고 정부가 기틀을 잡아 가면서 문맹 퇴치 운동이 일어나자 마을 어른들도 농사일을 마치고 돌아오면 고단한 몸을 가누며 흐릿한 호롱불 아래서 한글을 배우기 시작했다. 여름방학 때나 겨울 농한기가 되면 도시에서 대학생들이 내려와 마을회관에 어른들을 모아 놓고 글을 가르쳤다. 아직 학교에 들어가지 않은 나는 어머니를 따라가 함께 앉아 가갸거겨 나냐너녀, 하며 한글을 배웠다. 국민학교에 다니는 자녀를 둔 사람들은 자식들로부터 읽고 쓰는 법을 배우기도 했다. 외갓집 고장에는 국민학교가 있었는데 어머니는 여자라고 학교에 보내 주지 않았다고 했다. 어머니는 종종 학교에 몰래 숨어들어 교실 밖에서 창문으로 엿보며 공부를 훔쳐 깨친 적이 있다고 했다.

아는 게 힘이고 배워야 산다는 열풍이 몰아쳤다. 자녀들의 교육 여건은 매우 열악했다. 너나없이 빈곤한 처지였기에 국민학교를 졸업해도 도시에 있는 상급 학교에 진학을 못 하는 소년들이 대부분이었다. 대신 그들은 낮에는 농사일을 하고 밤에는 마을 서당에서 한문 공부를 했다. 아직 한문을 중시하던 시절이라 한문만 잘 배워 두면 면사무소에서 서기도 할 수 있었다. 학비라고 해 봐야 반년 '학채'가 보리 한 말 정도였으니 경제적으로 부담도 적고 낮에는 농사일도 할 수 있어 생활이 어려운 집에서는 대부분 그리했다.

서당은 우리 집과 이웃하고 있는 작은집이었다. 훈장이 아버지의 사촌 형님, 나에게는 당숙이 되는 분이었다. 당숙은 고장에서 알아주는 학자로 시재詩才에 능하고 붓글씨는 명필로서 이름을 떨쳤다. 봄이 되면 입춘대길立春大吉 건양다경建陽多慶 입춘첩을 써서 큰방 문 양편이나 부엌문에 붙이도록 온 마을에 나누어 주고 마을에 초상이 나면 만장이나 명정은 대부분 당숙이 썼다. 『시경』, 『서경』, 『주역』 등

오경도 통달하여 관상이나 사주를 봐 주고 이름도 지어 줬는데, 내 이름(漢玉)도 당숙이 지었다. '강이 흐르는 큰 땅에 곱고 흠 없이 빛나라.' 라는 뜻이었다. 한의에도 조예가 깊어 마을 사람들이 병이 나면 한약 처방도 했다. 누나가 오랫동안 중병으로 사경을 헤맬 때 당숙이 처방한 화제 덕분으로 기적적으로 살아난 적도 있었다. 술과 한시 짓기를 좋아하고 안분지족을 본으로 삼는 풍류 훈장이었지만 제자들을 가르칠 때는 매우 엄격하여 서당 방 한쪽에는 실팍한 회초리가 수북이 놓여 있었다.

당숙은 나를 무척 귀여워했다. 아직 국민학교에도 들어가지 않은 나를 서당에 오게 하여 한자를 가르쳤다. 백수문白首文이라는 구 『천자문』은 어렵고 쓰지 않는 글자가 많다고 하며 『신천자문』 한 권을 내어 주어 하루에 몇 자씩 쓰고 외우게 했다. 우리말은 거의가 중국 한자이므로 한문은 반드시 공부해 두라고 했다. 훗날 『명심보감』을 공부할 때는 중국 상고 시대와 은나라 시대의 역사나 중국의 문학, 현자들의 철학에 대해서도 쉽게 풀어 주고 어떤 고사성어는 외우게 했다.

동지 무렵 농한기가 시작되면 서당은 다시 문을 열어 학생들로 가득 찼다. 여자 학생은 없었다. 낮에는 일하고 밤이 되면 서당으로 모였다. 주경야독이다. 학생들은 졸린 눈을 비비며 밤늦도록 공부하고 서당에서 잠을 잤다. 그날 배운 구절은 낡은 신문지 위에 잉크 펜으로 글씨를 써 가며 외우고 종이가 귀한 까닭에 먹을 갈아 그 위에 덧대어 붓글씨를 연습했다.

"먹을 가는 일은 정신을 가다듬는 수련이다. 붓을 들기 전에 손과 벼루와 먹이 하나가 되어 잡념을 털어내야 한다. 천천히, 부드럽게,

때론 강하게 먹물의 농도가 제대로 익을 때까지 정갈한 심신으로 먹을 갈아야 한다. 마음이 흔들리면 붓도 흔들린다."

훈장은 내게 그 점부터 일러 주었다.

첫닭이 울면 학생들은 잠시 눈을 붙였던 선잠에서 깨어나 퇴침을 구석으로 밀어 놓고, 몸을 이리저리 흔들며 저마다 우렁찬 소리로 새벽 글을 읽었다. 글 읽는 소리가 온 마을을 깨우고 그 소리에 잠을 깨는 나는 어뚝새벽 어둠을 헤치고 서당으로 가 그들과 함께 글을 읽고 글씨를 썼다. 펜 글씨도 쓰고 긴 붓대로 내 손바닥만 한 글씨를 썼다. 훈장은 긋고, 내리고, 삐치고, 찍고, 흘리는 붓놀림은 만물을 새기는 것이며, 획을 다루는 맵시는 곧 자신의 성품을 드러내는 것이라 했다. 갓 여섯 살이었던 나는 한글보다 한자를 먼저 배우게 되었다.

한 글자를 배우면 다음 글자도 외워 버리는 영특한 형이 있는가 하면, 하루 종일 읽고 쓰고도 다음 날이면 틀리거나 헷갈려 하는 형도 있었다. 『천자문』은 하루에 넉 자씩 또는 여덟 자씩 외우고 썼다. 병규 형은 봉두머리에 언제나 꾀죄죄한 차림이었지만 기골이 크고 글 읽는 목통 소리가 유난히 컸다. 그러나 중간쯤 가서는 앞의 글자를 절반은 까먹었다. 대개 일 년이면 『천자문』을 떼고 다음 과정인 『동몽선습』이나 『소학』으로 진입하는데, 병규 형은 이듬해에도 하늘~ 천 따~ 지 했다. 뜻을 새기지 못하니 제대로 음을 입에 달지 못했다. 이를테면, 훈장이 바담 풍 하면 그는 바담 풍 하며 그대로 따르는 식이었다. '바람 풍'으로 길들여 주느라 회초리를 몇 개나 갈아 치웠는지 몰랐다.

설한에 눈이 쌓이면 서당의 형들은 하던 공부를 멈추고 뒷산에 올라 꿩몰이, 토끼몰이를 했다. 둘로 패를 나누어 산의 양쪽 끝자락에서 소리를 지르며 가운데로 몰면 날다 지친 꿩은 꼼짝없이 눈 속에 묻힌 채 잡혔다. 토끼는 발자국을 따라가면 영락없이 눈에 띄었다. 녀석은 앞다리가 짧고 뒷다리가 길어서 오르기는 빠르고 내려가기는 더디어 위에서부터 아래쪽으로 몰아 잡았다. 어느 날은 운이 좋게도 노루 한 마리를 잡았다. 노루에게는 재수 없게도 삶이 끝나는 날이었다. 산 채로 노획되어 온 녀석을 보러 마을 사람들이 모여들었다. 놀란 눈으로 사람들에게 에워싸여 헐떡거리는 모습이 나의 눈에는 여간 불쌍해 보이지 않았다. 그냥 놓아주었으면 하는 생각이 들었지만 사람들은 군침을 흘리며 밤 잔치를 기대했다.

서당에는 단계별 과정이 있었다. 『천자문』을 떼고 나면 『동몽선습』, 『사자소학』, 『명심보감』, 『소학』, 『통감』, 『대학』, 『논어』, 『맹자』, 『중용』 순으로 공부를 해 나갔는데 매 과정이 끝날 때마다 마침의 책거리를 하였다. 세책례洗冊禮라고 하여 한 권의 책을 다 배웠다는 공인을 받는 책거리 날에는 송편이나 국수를 장만해 와 훈장에게 감사의 뜻을 표하고 동문수학하는 벗들에게 음식을 대접하며 기쁨을 나누었다. 몇 과정을 마친 형들은 서로 운을 띄우며 사행이나 칠언절구 시를 지어 즐겨 읊곤 했다. 짓궂은 어느 형들은 음과 뜻을 기묘하게 조합하여 김병연(김삿갓)의 「욕설모서당」* 같은 음담 섞인 욕시辱詩와

* 「辱說某書堂(욕설모서당)」

書堂乃早知(서당내조지) 서당을 일찍부터 알고 와 보니

房中皆尊物(방중개존물) 방 안에는 모두 귀한 물건들일세

生徒諸未十(생도제미십) 학생은 전부 열 명도 채 안 되고

先生來不謁(선생내불알) 훈장은 와서 만나 주지도 않네

풍자시를 만들어 낄낄대며 읊곤 했다. 훈장 몰래 넉 자로 된 『사자소학』 문체에 맞춰 남녀 간의 사랑놀이를 낯 뜨겁고 입에 담기 민망한 음담시로 지어 놓고선 몸을 비틀며 웃어댔다. 얼마나 노골적인지 여인들의 알몸을 훔쳐보는 문도둑들 같았다. 나도 그러한 형들의 시놀이에 성큼 놀라며 재미있게 듣곤 했는데, 김병연이 세상을 유랑할 때 어느 마을 인심을 풍자했다는 「숫자 시」를 뜻도 모르고 그때 배워 외웠다. 형들이 재미 삼아 읊기를 일삼았기에 배웠다기보다 솜털도 안 난 귀에 저절로 못이 박혔다.

이십수하삼십객 二十樹下 三十客
스무나무 아래 서른(서러운) 나그네에게
사십가중오십식 四十家中 五十食
마흔(망할) 집에선 쉰 밥을 주네
인간기유칠십사 人間豈有 七十事
사람이 어떻게 일흔(이런) 짓을 하리요
불여귀가삼십식 不如歸家 三十食
집에 돌아가 서른(설익은) 밥 먹느니 못 하도다

서당은 한자라는 학문을 통해 만물의 이치와 역사, 사람의 도리를 깨우쳐 주는 학당이었고, 해학과 세상의 움직임에 조금씩 눈을 뜨게 하고 이해를 넓혀 주던 첫 배움터였다. 하지만 외우고 쓰는 것도 힘들고 이야깃거리만 많았지 인내심이 부족한 어린 내게는 결코 즐거운 곳이 아니었다.

날리는 웃음

움돋는 생생한 소리

연둣빛 머금은 붉은 열매

수줍게 영글고

# 여선생

도배 작업이 벌써 사흘째다. 도배를 잘하는 일꾼들이 도와주고 있었지만 반자 없이 서까래가 보이는 광방뿐 아니라, 안방, 건넌방, 사랑방, 뒷사랑까지 천장을 도배하는 데에만 꼬박 이틀이 걸렸다. 낡은 천장을 걷어 내고 초벌을 바른 다음 꽃무늬가 있는 정방형 문양을 맞추어 나가는 작업이 여간 녹록지 않아 도배꾼들은 진땀을 뺐다.

화사한 모란꽃 무늬의 벽지 도배가 끝난 다음, 방바닥이 기울어진 곳엔 구들장을 바로잡아 닥종이 장판을 바르고 다음 날에는 그 위에 들기름을 먹였다. 이틀 동안 군불을 때어 마르게 하는 마무리 작업까지 놓치지 않고 지켜봤다. 장판과 벽지 사이의 굽도리 마감까지 세심한 손매와 정성을 들이는 도배는 내 어린 눈으로 봐도 여간 어려운 일이 아니었다. 수년 동안 묵은 낡음을 씻어 내고 새 단장을 하는 도배 작업은 도배를 하는 사람이나 구경하는 나에게도 신나는 일이었다.

새 단장이 끝난 집은 꽃밭에 앉아 있는 듯 화사하고 둘러만 보아도 즐거움이 새록새록 솟았다. 밖에 있다가 집 안에 들어서면 노란 장판에서 올라오는 들기름 냄새가 정겹고 벽지에서 우러나는 신선한 종이 냄새가 꽃향기처럼 향긋했다. 탱탱해진 창호지 문으로 스며드는 햇살도 예전보다 밝고 넉넉하고 온화했다. 문풍지를 두터이 대어서인지 휘잉휘잉 휘돌던 외풍도 웃바람도 없어졌다. 가족들의 표정도 새집에 들어선 양 한결 밝아졌다.

도배를 하게 된 데에는 다른 이유가 하나 더 있었다. 신학기가 되어 국민학교에 새로 부임하는 여선생 한 분이 우리 집에서 하숙을 하기로 했기 때문이다. 마을은 대부분 대가족이 함께 살았기에 가옥 구조상 외인을 머무르게 할 별도의 독방이 있는 집이 많지 않았다. 도시에서처럼 하숙을 치러 본 사람도 없고 대부분 농사를 지으며 힘겹게 사는 처지라서 선생이라는 직업인에게 걸맞은 식사를 제공하거나 뒷바라지를 해 줄 사람도 없었다. 학교에서 이곳저곳 알아보다가 우리 집을 택하여 부탁했는데, 마을에서 처음 있는 일이었다.

냉기 서린 섯바람이 잦아들고 풋풋한 봄기운이 대지를 넘나들던 날, 긴 머리를 곱게 풀어 내린 여선생 한 분이 우리 집에 나타났다. 어머니는 서투른 예절 인사를 구사하느라 쩔쩔매며 여선생을 뒷사랑으로 안내했다. 누나보다 나이가 조금 들어 보였지만 홀쌱한 몸매는 여리여리하고 얼굴은 애젊고 인사하는 자태는 단아했다. 꼬질꼬질하고 조신하지 못한 동네 누나들 맵시와는 사뭇 다른 모습이었다.

낯선 외인과 한 가족처럼 지낸다는 것은 어색하고도 불편한 일이었다. 어떠한 연유로 여선생 하숙을 받아들이기로 했는지 모르지만 어머니에게는 어려운 상전을 모셔야 하는 처지가 된 셈이었다. 그렇지 않아도 가사와 농사일로 할 일이 태산인데 귀객을 대하듯 여선생을 뒷바라지한다는 것은 또 한 살림 꾸리는 일이나 마찬가지였다. 조석으로 독상을 차려 앞마당을 지나 뒷사랑까지 날라야 하고 여선생의 점심 도시락 반찬이며 안팎 청소까지 예삿일이 아니었다. 마주칠 때마다 예를 갖추어 인사를 해야 하는 일도 은근히 버거운 일상이었다. 어머니는 마당에 흩뿌리던 개숫물도 담장 밑 시궁까지 들고가 튀지 않도록 끼얹으며 조심스레 버렸다. 아버지는 밤마다 군불을 때서 방을 덥히고 새벽이면 뒷사랑 마당까지 정갈하게 비질을 했다. 기척을 내는 아버지의 공연한 헛기침 소리도 잦아졌다. 하지만 우리 집에 선생님이 있다는 것은 자랑스러웠다. 그것은 나에게만 해당되는 일이었다.

온종일 흙 속에서 털털히 살아가는 우리 가족은 옷 매무새나 행동거지가 깔끔한 여선생과는 분명한 이질감이 있었다. 말을 주고받을 때에도 조심스러웠다. 누나와 가깝게 지낼 수 있을 것 같았지만 공통의 화제가 없는 탓인지 그리하지 못했고, 형은 내외하는 듯 뒷사랑 쪽에는 얼씬도 하지 않았다. 나만이 유일한 친구가 되어 뒷사랑 앞 댓돌에 앉아 여선생과 이야기를 나누며 가까이 지냈다.

뒷사랑 앞에는 툇마루 대신 토방 위에 커다란 댓돌이 있었다. 나는 여선생과 이야기하고 싶어 틈만 나면 댓돌 위에 앉아 얼쩡거렸다. 모퉁이 둔덕에서 노란 민들레꽃이 먼저 봄을 맞으러 올라왔다. 낯선 세상에 얼굴을 내민 첫 햇꽃이다. 여린 꽃들을 보며 심심한 오후를 보내는데 여선생이 방문을 열고 웃으면서 가까이 오라 손짓을 했다. 여선생은 빨래를 해서 말려 둔 옷가지들을 차곡차곡 개키어 방바닥에 쌓아 놓고 맨발로 자근자근 밟으며 다듬질을 했다. 옷가지들을 밟고 서서 다듬질하는 여선생의 긴 다리가 잘 자란 무처럼 예뻐 보였다. 입술 연지도 불그레했다. 나는 여선생의 웃는 모습과 은근히 풍기는 분 냄새에 묘한 끌림을 받았다. 누나의 분 냄새와는 사뭇 향기가 달랐다. 여선생은 다듬질을 멈추고 댓돌 위에 앉아 있는 나를 내려다보며 말을 걸어왔다.

"몇 살이지?"

"일곱 살이요."

나는 냉큼 대답했다.

"학교에 다녀야겠네?"

"며칠 있으면 학교에 들어갈 거고요, 저도 국민학생이 돼요."

"오, 그래? 말도 잘하고 잘생겼구나. 멋진 학생이 되겠네?"

부끄럼과 자긍심이 한꺼번에 다가와 가슴이 뛰고 숨이 막혔다. 애벌레가 허물을 벗듯 어린 코흘리개가 어엿한 소년으로 변하는 날이었다. 비록 짧은 대화였지만 그것은 낯선 대상과 내 인생의 시작에 대해 생각을 나누는 첫 경험이었다. 여선생은 어디서 구했는지 뜻밖에도 마른 갑오징어를 꺼내 왔다. 내게도 나눠 주며 더 가까이 오라 했다. 나는 댓돌 위 문턱까지 다가가 몸을 기댔다. 대화는 이어졌다.

"한글은 읽을 줄 아니?"

"예, 쓸 줄도 알아요. 그리고요, 서당에 다녀서 한문도 조금 알아요. 저기 우리 작은집이 서당인데 당숙이 훈장님이어서 거기서 배워요."

대답을 하는 도중 내친김에 자랑도 했다.

"대단한 아이구나!"

여선생은 놀라는 표정을 지으며 거듭 칭찬을 했다.

여선생의 관심을 받기 위해 걸핏하면 향기 찾는 꿀벌처럼 뒷사랑 앞을 들락거렸다. 여선생의 다정한 미소와 분 냄새, 부드러운 음성은 마법처럼 끌리는 세상의 첫 꿈이었고, 마른 오징어 생각으로 댓돌 앞을 어정거리는 동심은 결코 지루하지 않았다.

국민학교에 입학하여 어엿한 학생이 되는 날이다. 나는 앞서고 어머니는 뒤따랐다. 나는 더 이상 어머니의 등을 보고 졸졸 따라다니는 아이가 아니었다. 학교를 향하는 발걸음은 설레는 마음보다 더 둥실거렸다. 온화한 봄기운이 아른대고 어디선가 나타난 노랑나비 한 마리가 주위를 맴돌며 따라왔다. 내 또래 아이들이 벌써 운동장 양지바른 곳에 올망졸망 모여 있었다. 저마다 책보와 신주머니를 옆구리에 끼고 털갈이하는 병아리들처럼 삐약거렸다. 가슴에 이름표 대신 큼직한 콧수건을 단 아이, 어미의 치맛자락에 붙어 엄지 손가락을 입에 물고 있는 아이도 보였다. 잠시 후 우리를 맡아 줄 담임 선생이 나타났다. 학부모들 사이에서 놀라는 소리가 들려왔다.

"어, 용구 선생이네!"

담임인 김용구 선생은 같은 고장 장신리 출신으로 학교가 설립될 당시부터 줄곧 재직하여 왔기 때문에 고장 사람들은 거의 다 알고 지냈다. 키가 작고 인자한 모습의 용구 선생은 공부뿐만 아니라 학생들의 예의범절도 잘 가르쳐 학부모로부터 존경을 받았다. 그러나 학생들에게는 무섭게 매를 가하기로 소문난 선생이었다.

교실에 들어가기 전 우리는 줄을 맞춰서는 법을 배웠다. '앞으로 나란히'였다. 줄을 맞추는 훈련이 계속되는 동안 대열을 벗어나 떠드는 아이들은 벌써 머리통에 매를 맞았다. 교실에 들어서도 자리 배치를 하는 동안 앞으로 나란히는 계속되었다. 다섯 분단으로 나누어 키 순서대로 앞에서부터 앉았다. 앉고 보니 남자 분단이 셋, 여자 분단이 둘이었다. 긴장되고 흥분된 첫날, 용구 선생은 아이들의 이름을 부르며 일일이 얼굴을 익혔다. 아이들도 서로를 익히며 끼리끼리 친구를 만들어 갔다.

용구 선생은 어미 오리처럼 아이들을 이끌고 다니며 학교를 소개했다. 복도를 따라 학년별 교실과 교무실을 알려 주고 밖에 나와서는 남녀로 구분된 변소와 교구실도 보여 줬다. 쓰레기장과 퇴비장, 느티나무가 기울어 있는 우물을 돌아올 땐 이것은 이래야 하고 저것은 그리하면 안 된다며 준엄한 명령을 자상하게 내렸다. 밤잠을 못 잤는지 그사이 하품하는 아이도 있었다. 용구 선생은 아이들에게 교과서를 나누어 주었다. 국어, 산수, 사회, 자연, 싱그러운 책 냄새가 물씬 났다. 처음 맡아 보는 새로운 세계의 냄새다. 선물처럼 받은 책을 쓰다듬는 아이들의 얼굴에 상기가 가득했다. 수업이랄 것도 없는 오전의 시간이 어느새 어영부영 흘렀다. 책보를 가져온 아이들은 교과서를 둘둘 싸서 등에 엇메어 묶고 집으로 향했다. 여자아이들은 책보를 허리에 찼다. 아이들은 무엇이 급한지 잠자리처럼 휘익 내달렸다. 교무실 근처를 지날 무렵 하숙 여선생이 눈에 띄었다. 반가운 마음에 들어가 인사하고 싶었지만 용기가 나지 않았다. 아이들에게 여선생이 우리 집에서 하숙하며 같이 산다고 자랑하고 싶었지만 비밀로 남겨 두기로 했다.

초록이 무성한 날 여선생은 떠났다. 여선생은 사범학교를 마치고 교사 실습을 위해 임시로 우리 학교에 와 있었다는 이야기를 나중에 아버지를 통해서 들었다. 그때까지도 여선생이 어디에서 왔는지 이름이 무엇인지 몰랐다. 혹시나 하고 뒷사랑을 기웃거리던 버릇은 그 후에도 한동안 계속되었다. 꽃벽지 향기에 배어 있는 여선생의 분 냄새가 오랫동안 뒷사랑에 남아 있었다.

## 새내기

국민학교에 입학하기 전까지 나의 일상 행동 반경은 마치 육지와 단절된 섬에 사는 것처럼 마을에서 십 리 밖을 벗어나지 못했다. 내가 바깥세상을 경험한 것은 어린아이였을 때 부역자로 누명을 쓰고 경찰서에 잡혀간 아버지를 면회하기 위해 어머니의 등에 업혀 읍내에 한 번 가 본 일과 외갓집 나들이를 해 본 것이 전부였다. 학생이 되었다는 것은 그 작은 반경을 벗어나 알을 깨고 나온 병아리처럼 새로운 세상을 만나는 생의 첫 변곡점에 선 것이었다. 새로운 동무와 우정을 나누고 집단의 일원이 되어 사회적 기능을 배우며, '나'라는 개체를 독립적으로 성장시켜 나가는 낯선 세상에 들어선 것이다.

우리 학급에는 나보다 두세 살 많은 아이들이 대부분이고 나처럼 일곱 살짜리 아이는 몇 명이 되지 않아 자주 놀림감이 되었다. 그러나 나와 그런 아이들 사이에 징검다리 노릇을 해 주는 아이들이 있어 그나마 어울리며 지냈다. 아이들 중 나이가 네 살이나 많은 종철이 급장이 되었는데 나를 동생처럼 대하며 뒷배 역할을 해 주었다. 다행이 믿는 구석이 생겼고 나는 그를 가까이 따랐다. 종철은 내게 길을 터 주는 앞잡이였다. 그가 밟고 간 자리만 따르면 무사했다. 친구들과의 관계를 잘 짚어 가는 요령도 학교 생활이었다. 나는 한글을 깨치고 입학한 터라 다른 아이들보다 공부를 잘하는 축에 들었다. 용구 선생은 그런 나를 기특히 여기며 지켜보았다. 내게 공부하는 것은 흥미로운 일이었다. 서당에서 한문을 공부할 때처럼 필사적인 정신 노력을 쏟지 않아도 되니 지루함이 없고, 그림이 많은 책 냄새가 좋았다. 책 속에 있는 그림 동물이나 나만 한 그림 아이들도 친숙한 동무가 되었다.

그런데 한 가지 혼란이 생겼다. 학교에서 선생님이 가르치는 말과 집에서 쓰는 말이 달랐다. 교과서에 있는 글은 표준어라 하고 우리가 쓰는 말은 사투리란다. 마치 한자를 우리말로 풀 듯이 두 언어를 잘 가려서 써야 하는 말의 혼돈이 시작된 것이다. 어쩌다 표준어를 쓰면 어울리지 않는 옷을 입은 것 같아 나 자신이 낯설어졌다. 선생님도 교실에선 표준어를 쓰고 밖에 나오면 나와 같은 말을 썼다.

이를테면, 교실에서는 "너희들 왜 그랬니?" 하는 말도 밖에서는 "느그들 워찌 그랬다냐?" 했다. 교실에서 야단칠 때도 "조용히 해!" 하다가도 밖에 나오면 "조용히들 히라잉?" 하는 가락이 낀 말투로 바뀌었다. 다른 선생님들도 그랬다. 학교에만 오면 어머니, 아버지, 형제들, 친구들, 마을 사람 모두가 쓰는 말이 은연중 '낯선 말'*에 밀리

* 훗날, 두 언어를 분석하며 토론할 기회가 있었다. 서울말이라는 표준어의 구성과 억양은 일방적이며 자기 중심적 말투고, 우리 고장의 토속어는 상대적이고 포용적인 말투로, 개인 사회와 공동체 사회의 정서를 드러내는 근간의 차이를 보였다.

고 짓눌리는 것 같았다.

어느덧 오월, 학예회를 여는 날이 다가왔다. 그동안 준비한 학습과 재량을 뽐내고 일등을 하면 상도 받는 경연대회 날이다. 며칠 전부터 학교는 대청소를 했다. 먼지를 털고, 유리창을 닦고, 쓸고 걸레질을 했다. 오륙 학년 상급반 학생들은 토막 양초와 하얀 백랍을 가져와 마루에 광택을 냈다. 백랍은 아이들이 산에 있는 물푸레나무 가지에서 채취한 납질蠟質이다. 광택이 잘 나고 나무 바닥에 문지르면 양초보다 미끄러웠다. 아이들이 발을 굴려 미끄럼을 탈 정도여서 자칫하면 선생님들도 고무 슬리퍼를 날리며 넘어졌다. 타이어를 잘라 만든 슬리퍼였다.

다음 날은 교실 세 개의 가림막을 터서 큰 강당을 만들고 책상을 모아 붙인 무대를 설치했다. 게시판과 벽 곳곳에는 학생들이 그린 그림들을 붙여 전시했다. 전교 학생 삼백여 명이 모두 참가하는 축제에 학생들뿐만 아니라 교사들의 얼굴에도 긴장과 설렘이 가득했다. 학부모들이 상기된 모습으로 강당을 가득 메웠다. 학부모들은 자기 자식들을 찾느라 까치발을 하고 아이들은 부모를 찾느라 두리번거리며 눈을 굴렸다.

학급별로 개인별로 솜씨 자랑이 시작되었다. 구연 동화를 시작으로 춤과 노래가 이어지고 우발적인 웃음을 자아내는 촌극도 공연되었다.

아나 농부야 말 들어, 아나 농부야 말 들어.

서 마지기 논배미가 반달만큼 남았네.
네가 무슨 반달이냐 초생달이 반달이로다.
에헤 에헤 어루 상사디야.

무엇보다 〈농부가〉를 부르며 모내기하는 농부들의 모습을 표현한 오륙 학년 선배들의 합동 공연은 우레 같은 박수갈채를 받았다. 사학년이던 나의 종형인 용준 형의 서예 솜씨는 압도적인 인기를 한 몸에 받았다. 단숨에 초서로 흘려 써 내려가는 한자 시를 보고 학부모들이나 교사들이 명필이라며 찬탄했다. 마침내 우리 일학년 꼬마들의 합창 순서가 되었다. 그동안 연습한 〈어린 음악대〉를 부르는 순서였다.

따따따 따따따 주먹손으로
따따따 따따따 나팔 붑니다.
우리들은 어린 음악대 동네 안에 제일 가지요.

바로 그 노래였다. 그때, 나에게 한 가지 큰 사건이 일어나고 말았다. 내가 학급 대표로 나팔을 입에 대고 노래를 하기로 되어 있어 합창대 맨 앞줄 가운데에 섰다. 마치 주인공이 된 것처럼 의젓해 보이려고 몸을 꼿꼿이 세웠다. 강당에 있는 모든 사람들의 시선이 나를 향하고 있는 듯했다. 내 키만큼이나 큰 종이 나팔을 들고 풍금 반주 시작을 기다릴 무렵, 눈 아래에서 나를 바라보는 수백의 눈동자를 보고 나는 겁에 질리기 시작했다. 강한 공포감과 부끄러움이 동시에 밀려왔다. 손발이 떨리고 얼굴이 달아올라 숨을 제대로 쉴 수 없었다. 그 많은 대중의 시선을 받는 순간 내 존재는 사라져 버리고 노래는커녕 제대로 서 있기조차 힘들었다. 결국 풍금 반주 시작과 동시에 나는 커다란 울음을 터뜨리고 말았다. 관중들은 약속이나 한 듯 나를 바라보며 천둥 같은 소리로 웃으며 박수를 쳤다. 조롱을 받는 느낌마저 들어 어디론가 숨고 싶었지만 어찌할 수 없었다. 울음소리만 더 커질 뿐이었다.

지휘를 하려던 용구 선생이 당황스런 순간을 어떻게 모면할 것인가 잠시 생각하더니, 나를 맨 뒷줄에 서게 하여 키가 큰 아이들 틈에 숨겨 주었다. 대신 노래를 잘하는 종성이 나팔을 넘겨받고 내 대신 가운데에 서서 노래를 불렀다. 종성은 평소에도 잇새로 휘파람 소리도 내고 노래도 멋지게 지어내는 소리 재간이 뛰어났다. 노래 앞잡이도 배짱이 두둑해야 하는 거였다.

학예회 때 톡톡한 창피를 경험한 이후로 한동안 아이들 앞에서 고개를 들고 다니지 못했다. 여자아이들 앞에서는 더욱 기가 죽었다. 가끔 용구 선생이 내 어깨를 두들기며 격려해 줬지만 용기를 회복하기에는 많은 시간이 흘러야 했다. 용구 선생은 연약해 보이는 아이들의 기가 죽지 않도록 챙기는 게 보였다.

운동장의 플라타너스 잎들이 녹음을 이루기 시작했다. 교실 앞 화단에는 향기 어지러운 꽃들이 다투어 피어나 아이들 웃음과 어우러지고 〈어린이 날〉 노래가 온 교정에 울려 퍼졌다.

여름방학이 끝나고 2학기가 되었다. 그런데 몇몇 아이들이 보이지 않았다. 급장이던 종철도 눈에 띄지 않았다. 어찌된 일인지 궁금했지만 이유를 알 수 없었다. 며칠 후, 용구 선생은 종철 집을 방문하여 알아낸 안타까운 소식을 우리에게 전했다. 한참 농사일이 바쁜 때에 일손을 보태야 하고 전쟁 중에 여윈 아버지를 대신하여 집안일을 도와야 하기 때문에 학교에 나올 수 없었단다. 사실 그동안 종철과 몇몇 아이들이 가끔 결석을 했는데 그제서야 까닭을 알았다.

며칠 후 용구 선생은 종철이 결석이 잦아 급장을 계속할 수 없으므로 새로운 급장을 발표하겠다고 했다. 그때 내 이름이 불렸다. 나이도 가장 어리고 부끄럼도 많던 내가 급장이 된다는 것은 뜻밖이었다. 얼결에 급장이 되고 나니 나의 위상이 그렇게 달라질 줄 몰랐다. 운동장에서 조회할 때는 맨 앞에 나서서 줄을 맞추고, 선생님에게 인사할 때에 "차려엇!" 하면 아이들 모두가 내 구령을 따랐다. 분단장들에게 책상 정돈이나 청소, 칠판 지우기를 나누어 하자고 하면 흔쾌히 협조했다.

아이들이 떠들 때 내가 "조용히 하자!"고 하면 모두 '합죽이 합' 하고, 어리다고 업신여기며 놀려 대던 덩치 큰 아이들도 급장의 위상을 인정했다. 교단에 올라 큰 소리로 학급 공지 사항을 전달할 때에도 아이들 앞에서 의연해지는 자신감이 생겼다. 은연중 어린 급장을 시기하는 눈빛이 보이면 두려움 없이 다가가 타협하는 기지도 터득했다. 눈빛이 강렬해지고 시야가 넓어졌다. 아이들의 주장에 대해 세심하게 균형을 맞추는 지도력도 조금씩 몸에 익혀 갔다. 새내기 일학년 어린 소년은 학예회에서 잃어버린 용기를 되찾고 어느덧 대나무 겉대처럼 단단해지고 있었다.

# 복수

학급 동무지만 나이 차이가 많아서인지 대부분의 아이들이 친구라기보다 형들처럼 느껴질 때가 많았다. 함께 어울려 키를 대보면 멧갓 나무들처럼 들쭉날쭉하고 그중에 나는 항상 가려진 쪽에 있었다. 서너 살이나 많은 녀석들은 패거리로 몰려다니며 나이 어린 아이들을 놀리거나 우롱하는 데에는 이골이 났다. 해가 지나도 놀림의 대상 첫째는 나였다. 가장 어린 내가 급장이어서 시기하는 탓도 있었을 것이다. 나는 그들 앞에 서면 덩치로 보나 목소리로 보나 상대가 되지 않아 언제나 위압감에 시달렸다.

방과 후에 놀기 좋아하는 아이들은 곧장 집으로 가지 않고 떼뭉쳐 산야를 배회하다 느지막이 돌아갈 때가 많았다. 운동장에서 회전그네를 타거나 늑목肋木 오르기 경주를 하고, 냇가에서 물고기를 잡으며 놀았다. 산에 올라 과실을 따거나 나무를 탔다. 놀음에 빠져 뛰어다니느라 등에 멘 책보가 들썩들썩했다. 발길이 닿는 대지가 놀이터였고 손에 잡히는 자연이 놀이동무였다. 운동회가 끝난 다음 주였다. 청 백 띠를 이마에 돌라매고 만국기 아래서 함성을 지르던 기마전의 흥분이 아직 남아 있어 아이들은 편을 나누어 수류탄 놀이를 하자고 했다. 뭐니 뭐니 해도 사내아이들에겐 전쟁놀이가 최고였다. 집에 조금 늦게 간다 해도 나무랄 사람도 없었다. 학교 뒤 솔밭의 소나무 두 그루를 정해 놓고 누가 먼저 올라가느냐 하는 경기였다. 오른 다음 솔방울을 따서 일정한 시간에 땅에 그려 놓은 둥근 원 안으로 많이 던지면 이기는 게임이다. 솔방울이 수류탄이었다. 규칙은 기마전 때처럼 몸집이 작은 아이가 나무에 올라가고 키가 큰 녀석들이 밑에서 떠받쳐 주기로 했다. 우리는 두 패로 나눈 다음, 나와 상렬이 나무에 오르는 선봉장 역할을 각각 맡았다.

경기가 시작되었다. 소나무에 오르기가 쉽지 않았다. 아이들이 밑에서 받쳐 주어도 내겐 힘에 부쳤다. 소나무 껍질이 날카롭게 부서지며 몸을 파고들었다. 솔잎이 살갗을 찌르고 송충이가 아직도 스멀스멀 기어 다녔다. 솔방울을 잡히는 대로 따서 아래로 집어 던졌다. 벙거지를 쓴 상대편 상렬은 "나는 장군이다!" 외치며 내게 겁을 주었다. 녀석은 힘도 세고 민첩하여 내게는 버거운 상대였다. 나무 아래서는 여자아이들도 둘러서서 응원을 했다. 남자아이와 붙으면 힘으로도 말발로도 상대가 안 되는 영님이 나를 응원했다. 영님은 여간내기가 아니었다. 불의를 보면 못 참고 남자애고 여자애고 머리끄덩이를 잡고 잡도리해 버렸다. 걸핏하면 다리를 올려 차고 시늉만 여자지 성깔이 사내아이 뺨쳤다. 덩치가 큰 녀석들이 "요놈의 계집애 두고 보자." 하며 인상을 찌푸리면서도 감히 대들지 못했다. 하지만 내게는 동생을 대하듯 살갑게 굴었다. 운동회 때 달리기 일등을 했던 순애도 완전히 내 편이었다. 순애는 얼굴에 파리똥 같은 주근깨가 점점이 있고 가무잡잡해서 세수를 안 하고 다니는 애처럼 보였다. 이름과는 달리 선머슴처럼 덤벙대고 다녀서 아이들은 덤벙이라 불렀다. 운동장 전체 조회 시간에 청결 검사를 할 때 손때 검사에 걸려 으레 조회대 앞에 나가 무릎을 꿇고 두 손을 들고 벌서는 아이로도 유명했다.

몇 개를 던졌는지 생각할 겨를도 없이 솔방울을 계속 따서 아래로 던졌다. 치열한 수류탄 전쟁이 끝나고 나무를 쪼르르 내려왔다. 던진 솔방울 숫자를 세어 보니 원 안에 양편 모두가 아홉 개씩 똑같았다. 질 것으로 생각했는데 의외의 결과에 놀랐다. 감나무에 올라 홍시를 따던 실력이 은연중 발휘되었던 모양이다. 아이들은 소리지르며 박수를 쳤다. 마침내 대장 역할을 맡은 나이 많은 녀석이 무승부를 선언했다. 그런 다음 장수끼리 마지막 결판을 내야 한다며 상렬과 나에게 씨름을 하도록 임기응변의 규칙을 만들어 냈다. 말이 씨름이지 몸싸움을 시키는 거였다. 호랑이 개 어르듯 어린 녀석들을 골탕 먹이려는 의도적인 악질적 행짜였다. 아이들은 그게 좋겠다며 대장 녀석의 규칙에 동의하고 박수를 치며 몰아 부쳤다. 녀석은 군데군데 징거맨 해진 옷을 입고 다녔지만 덩치가 망아지만 해 아이들을 휘어잡고 쥐락펴락했다. 나는 상렬과 싸우고 싶지 않았다. 질 것도 뻔하거니와 다치는 것이 싫었다.

상렬은 자신만만한 태세로 괴춤을 움키고 벌써 덤빌 기세였다. 분위기로 봐서 기권을 하거나 물러나면 패배하는 것이고, 용기 없는 옹졸한 녀석이라 낙인찍힐 것이 뻔했다. 자존심이 발끝에서부터 들썩였다. 두 주먹을 약 오른 솔방울처럼 단단히 움켜쥐고 이판사판 씨름에 동의했다. 녀석은 젖니가 빠진 맨질맨질한 잇몸을 드러내고 씨익 웃었다. 이빨을 실에 묶어 문고리에 잡아매고 우두둑 뽑아 지붕에 던졌더니 까치가 잽싸게 채물어 갔다며 으쓱거리던 웃음꼬리였다.

씨름의 규칙은 간단했다. 주먹질을 해서 얼굴을 때리면 안 되고, 상대를 쓰러뜨려 항복을 받아 내는 것이었다. 이를 윽물고 필사적으로 덤벼들었다. 상렬은 보통 녀석이 아니었다. 생각보다 힘이 세어 나는 꼼짝 못 하고 녀석의 공격에 쓰러지고 말았다. 패배는 예상했지만 싸움은 너무 쉽게 끝나 버렸다. 나는 항복을 했다. 자존심이 무참히 무너지는 순간이었다. 구경하던 아이들은 깔깔대며 좋아했다. 그 순간 분하고 억울한 치욕이 울컥 가슴을 후볐다. 씨름에 져서만이 아니고 덩치 큰 녀석들에게 떠밀려 또다시 우롱의 함정에 빠졌다는 게 분통이 터졌다. 영님과 순애도 씩씩거렸다.

녀석들에게 합당한 복수를 하지 않으면 분이 풀리지 않을 것 같았다. 하지만 어떻게 복수를 해야 할지 생각이 떠오르지 않았다. 은밀하게 해코지할 수도 없고 시비를 걸거나 맞붙어서 힘으로 꺼꾸러뜨릴 수도 없었다. 선생님에게 이르거나 형에게 도움을 청할 일도 아니었다. 마침내 녀석들에게 당한 치욕을 설욕할 비장의 힘을 쓰기로 했다.

다음 날, 마지막 수업 시간을 남겨 둔 쉬는 시간이었다. 아이들이 티격태격 떠들고 있을 때 나는 교단에 올라가 분필로 칠판 오른쪽에 몇 명의 아이들 이름을 적었다. 대장 노릇하던 녀석과 평소에 눈에 거슬렸던 복수 대상의 녀석들 이름이었다. 여자아이 중에 그날 박수를 제일 크게 치며 치맛자락을 흔들던 경자 이름도 적었다. 맨 위에는 '떠든 사람'이라고 크게 썼다. 급장인 내게 그 정도의 무소불위 권한은 있었다.

수업이 끝나고 칠판에 이름이 적힌 녀석들은 오후 늦도록 변소 청소를 했다. 경자는 혼자서 침을 퉤퉤 뱉으며 신문지로 유리창을 닦았다. 그 후에도 영님과 순애의 이름은 한 번도 적지 않았다.

# 원술랑

아이들의 앞니가 빠지고 새 이빨이 나고, 맞붙어 툭탁거리는 소리도 커졌다. 공부를 잘하든 못하든 귀는 더 열리고 연필 잡은 손마디는 굵어져 갔다. 연필이 귀하여 새끼손가락만 하게 몽똑해질 때까지 쓰고, 종이도 귀하여 학습장을 다 쓰면 겉표지까지 글씨를 채워 썼다. 지우개가 없는 아이들은 잘못 쓴 글씨를 손가락에 침을 묻혀 종이 위를 문질러 벗겨낸 다음 다시 덧대어 썼다. 그럴 땐 종종 그 자리에 구멍이 났다.

수업 시작 전 조회 시간이다. 낯선 사람이 담임 선생과 함께 교실에 들어와 교단에 섰다. 아이들은 고개를 갸우뚱하며 서로에게 물었다.

"누구지?"

그는 가져온 커다란 가방을 열고 뭔가를 꺼내 보였다. 끝머리에 지우개가 달리고 빨간색, 초록색이 빛나는 연필들이었다. 돌려 누르면 연필심이 저절로 조금씩 나오는 자동 연필도 보여 줬다. 나무 연필처럼 매번 깎지 않아도 되는 연필에 아이들의 눈이 별똥처럼 번쩍하며 휘둥그레졌다. 설명은 장황했다. 아이들은 새로운 연필에 신기해하며 모두 갖고 싶어했다. 선생님이 보충해서 설명해 주자 절반 이상의 아이들이 한두 개씩 샀다. 물론 나중에 지불하면 되는 외상이었다. 학교 측에서는 교육과 관계되는 일이고 학생들에게 편리를 봐 주는 일이므로 자연스럽게 학교 방문 판매를 인정했다. 상거래에 대한 이득의 유무를 따지지 않고 외상 대금도 교사들이 걷어 지불해 주었다. 학교 앞 점방에서 문구를 팔긴 했으나 구색을 제대로 갖춰 놓진 못했다. 그래서인지 붓과 먹, 펜이나 잉크, 크레용이나 공책을 팔러 다니는 문구 장수가 이따금씩 학교를 방문했다. 학생 고객을 상대하는 황아장수 같은 행상들도 드나들었다.

어느 날 조금 특별한 사람이 방문했다. 학교를 찾아다니며 그림 동화극을 보여 주러 다니는 사람이었다. 시골 학교에는 시청각 교육 여건이 빈약했기에 아이들은 연극이나 영화 같은 문화를 접해 본 적이 없었다. 처음으로 그림 동화극을 본다는 것은 아이들에게 더없이 신나는 일이었다. 전교생이 수업을 중단하고 운동장 조회대 앞에 모여 앉았다. 흙바닥이었지만 나중에 일어나 훌훌 털면 되므로 상관이 없었다. 조회대보다 넓고 큰 장막이 조회대 위에 세워졌다. 아이들은 긴장과 설렘으로 동화극이 시작되기를 기다렸다.

이야기를 풀어 주는 변사가 왼쪽에서 손잡이를 돌리자 장막이 위로 감겨 올라가며 동화극 제목이 나타났다. 『피리 부는 사나이』였다. 그는 깔때기처럼 생긴 커다란 확성기를 입에 대고 큰 소리로 제목을 읽어 준 다음, 다시 손잡이를 돌려 다음 장면을 보였다. 사내아이가 언덕 위에서 피리를 불고 있었다.

"평화로운 마을에, 피리를 잘 부는 착한 젊은이가 있었습니다."

변사의 구성진 구연이 시작되었다. 장막이 다시 감겨져 올라갔다. 마을 곳곳에 쥐들이 들끓고 있는 장면이 나타났다.

"마을에는 쥐들이 많아 떼 지어 다녔습니다. 곡식을 훔쳐 먹고 농가에 큰 피해를 주었습니다…."

이야기는 계속되었다. 화면이 감겨 올라갈 때마다 놀라운 장면들이 이어졌다. 변사는 목소리를 자유자재로 바꿔 가며 혼자서 이야기를 주고받았다. 그림에 나오는 사람들의 음성을 그럴듯하게 흉내 내었다. 찍찍찍 하며 쥐가 짖는 소리도 내고 피리 소리도 내었다. 마침내 피리 부는 사나이와 쥐들과 마을 어린이들이 모두 산언덕 동굴로 사라져 버리고 영영 돌아오지 않았다는 이야기였다.

동화극을 보는 동안 애달픈 이야기와 감동적인 변사의 구변에 넋을 잃었다. 동화극이 끝났지만 아이들은 '끝' 자가 나온 마지막 장면에 시선을 멈춘 채 자리에서 일어설 줄 몰랐다. 그 후에도 한동안 내 머릿속에는 생생한 그림이 살아 움직이고 마을 사람들의 함성과 피리 소리가 귀에 쟁쟁거렸다. 재미와 충격의 장면이 오랫동안 눈앞에 어른거렸다. 그러나 추석 다음 날 밤에 겪은 또 다른 감동에 비하면 아무것도 아니었다.

고장에 처음으로 가설극장이 들어왔다. 학교 운동장에서 영화를 상영한다는 것이다. 읍내에 극장이 있어 가끔 영화가 들어온다는 말은 들었지만 우리 마을에서 영화를 볼 수 있다는 것은 대사건이었다. 마을 사람들은 공연히 들떴다. 청년들은 끼리끼리 모여 영화에 대한 화제로 온종일 쑥덕거렸다.

자그마한 트럭 한 대가 먼지를 일으키며 마을로 들어왔다. 오늘 밤 학교에서 영화를 상영한다는 선전을 하러 다니는 차였다. 트럭은 영화배우들의 얼굴이 그려진 광고판을 매달고 다녔다. 확성기를 통해 들려오는 소리가 마을을 흔들었다. 아이들은 흥분을 감추지 못하고 왁자그르르 소리 지르며 트럭 뒤를 따라다녔다.

어둠이 채 내리기도 전에 형은 친구들과 함께 벌써 학교를 향해 사라졌다. 나도 누나와 함께 학교에서 들려오는 확성기 소리를 들으며 걸음을 재촉했다.

"금일 밤 상영하는 영화는 다시 못 볼 명화로…."

쩌렁쩌렁하게 들렸다. 달빛을 받으며 삼삼오오 학교로 향하는 사람들의 무리가 보였다. 어둠 속 오른쪽 동산 위에 예배당이 어른어른 보였다. 그 아래 가시덤불 비탈의 도깨비 소굴도 희미하게 눈에 띄었다. 나는 재빨리 누나의 왼쪽으로 옮겨 서서 걸었다. 고개를 왼쪽으로 돌리고 오른쪽 얼굴은 누나의 치맛자락을 당겨 가렸다.

운동장에는 하얀 장막을 두른 커다란 가설극장이 설치되었다. 사람들이 꾸역꾸역 몰려들었다. 멀리에 사는 학급 친구들도 눈에 띄었다. 그처럼 많은 남녀노소가 한밤에 모이는 일은 처음이었다. 갑자기 나타난 도깨비처럼 마을에 새로운 문화 하나가 화들짝 들어와 커다란 소동을 일으켰다. 멀리서 발전기 소리가 들리고 희누런 전등불이 곳곳을 대낮처럼 밝혔다. 전등불을 처음으로 보았다. 기어 다니는 벌레들도 보일 것 같았다. 장막 입구와 모퉁이에는 건장한 사람들이 서서 장막 밑으로 몰래 기어 들어가는 사람들을 지키느라 눈을 번득였다. 입장료를 못 내는 몇몇 사람들이 장막 밖에서도 보인다며 뒤로 몰려갔다.

줄을 서서 장막 안으로 들어섰다. 하늘은 휑하니 열려 있고 사람들은 보자기나 종이 깔개를 깔고 화면을 향해 앉았다. 어떤 사람은 자기 고무신을 벗어 엉덩이 밑에 깔고 앉았다. 얼마 전 학교에서 그림 동화극을 볼 때 아이들이 한곳을 향해 앉았던 모습과 흡사했다. 열려 있는 하늘에는 은하수 별들이 쏟아져 내릴 듯 제 빛을 흩뿌리고 장막 너머에 둥실 떠 있는 한가위 보름달은 휘영청 밝았다.

이윽고 불이 꺼지고 영화가 시작되었다. 〈원술랑元述郎〉이라는 영화였다. 흑백 화면에 비치는 배우들 모습이 얼마나 크고 사실적인지 영화를 보는 내내 두려움에 떨었다. 옛날 역사 사극이었다. 장군도 나오고 어여쁜 공주도 나왔다. 군사들이 칼싸움을 하면서 죽이고 죽고 했다. 쓰러지는 군사들을 보니 저 사람들은 영원히 살아나지 못할 것이라는 생각이 들었다. 늠름한 장수와 선녀처럼 아리따운 처녀가 손을 잡고 마주보는 장면에선 가슴이 콩닥거렸다. 어디선가 남자 둘이서 속닥이는 소리가 들려왔다.

"자가 최무룡 아녀?"

"맞어. 자는 김지미고."

"근디 저 고구려 처녀는 누구여?"

"글씨…."

"조미령이여!"

여자의 카랑카랑한 목소리가 들렸다.

영화가 끝나 갈 무렵 둘러친 장막이 스르르 내려와 걷혔다. 화면이 있는 장막 뒤쪽에도 사람들이 있었다. 그들은 입장료를 못 내고 희밋하게 역으로 비치는 화면을 본 사람들이다. 누군가가 날카로운 휘파람 소리를 냈다. 어떤 사람은 주먹 나팔로 괴성을 질렀다. 여자들은 아쉽게 박수를 치다가 몸을 오싹 움츠리며 우중우중 밖으로 나갔다.

그림 동화극의 감동에 견줄 바가 아니었다. 낯선 세상에서 날다 온 기분이었다. 화면에 나오는 무시무시하게 생긴 사람들이 어쩌면 화면 밖으로 걸어 나올 것 같았다. 무서운 감동을 못 이겨 누나의 손을 다시 잡을 때까지 나는 얼이 빠져 있었다. 어느덧 보름달은 장군봉 어깨 위로 내려오고 북두칠성과 삼태성도 그 옆으로 비스듬히 누웠다. 별똥별 하나가 깜박 눈짓하고 빗선을 그으며 지나갔다.

다음 날 학교에 가니 가설극장이 있던 운동장엔 아무런 흔적이 없었다. 허공에 띄워졌던 사실 같은 허영虛影의 세상이 번개처럼 사라졌다. 어젯밤 꿈을 꾸었나 싶었다. 영화를 처음 본 나는 며칠 동안 얼떨떨했다. 아이들은 영화의 재미에서 묻은 흥분을 감추지 못하고 말끝마다 원술랑, 원술랑 하며 주문을 외우듯 입에 달았다.

# 자전거

여느 때처럼 맴생이 두 마리를 끌고 들로 나왔다. 얼마 전 아버지가 암컷 맴생이 한 마리를 사 와 맴생이 친구가 하나 더 늘었다. 산과 들이 기지개를 펴고 응달진 비탈의 잔설이 스르르 녹아 파릇한 새싹들 틈으로 스며들었다. 우리에 갇혀 있던 맴생이들은 밖에 나오자 껑충껑충 뛰며 좋아서 어쩔 줄을 몰라 했다. 아버지는 내게 맴생이가 새끼를 쳐서 늘어나면 팔아서 송아지를 사 준다고 했다. 송아지가 크면 중학교 갈 때 학자금이 될 것이라고 했다. 맴생이는 동무이기도 하고 미래의 희망이며 든든한 후원자였다.

냇가에 이르렀을 때 마을 어귀 쪽에서 누군가 자전거를 타고 왔다. 깜짝 놀랐다. 아버지였다. 우리 집에는 자전거가 없었는데 웬 자전거? 부리나케 맴생이들을 꼴밭에 매어 놓고 집으로 달려갔다. 아버지는 자전거를 헛간 앞에 세워 놓고 장갑을 벗으며 환하게 웃었다. 은빛 자전거는 햇빛을 받아 번쩍거렸다.

"네 형 거다."

새 자전거는 내 눈을 황홀케 했다. 바퀴가 내 가슴까지 올라왔다. 만지기만 해도 스르르 굴러갈 것 같았다.

"형! 아버지가 자전거 사 왔어."

팔을 휘두르며 소리치자 형이 방문을 열고 뛰쳐나왔다.

온 가족이 자전거 앞에 모였다. 형은 좋아서 입을 함박만큼 벌리고 몸을 배배 꼬았다.

"어른들이 타는 7호 자전거네?"

형이 금방 알아봤다.

"7호가 제일 큰 거여?"

나는 궁금했다.

"아녀, 8호도 있어."

형은 자전거에 대한 상식이 있었다.

"우리 아들 좋겄다?"

어머니도 덩달아 흐뭇해했다. 누나는 샐쭉 토라졌다. 샘이 났는지 시퉁한 얼굴로 옷고름을 꼬며 비죽거렸다. 자전거는 중학교에 들어가는 형의 통학용이었다. 학교는 읍내 북쪽에 있어 통학길이 삼십 리가 넘었다. 버스가 있긴 했지만 등교와 하교 시간을 맞추기 어렵고 버스 차비도 만만치 않아 자전거는 있어야 했다. 아버지는 형을 가까이 오게 하여 자전거 차대에 붙어 있는 자물쇠 사용법을 보여주었다. 바퀴에 걸리도록 밀어 끼우는 사각 자물쇠였다. 잠금 장치라 해 봐야 부엌문 빗장밖에 없는 집에 열쇠라는 게 생겼다. 형은 핸들에 달려 있는 동그란 종을 찌릉찌릉 울리며 나에게 감히 손댈 생각을 말라는 눈빛을 쏘았다.

언제 배웠는지 형은 이미 자전거를 잘 탔다. 바람같이 내달리더니 자전거 타는 실력을 뽐내려는 듯 금세 동네 한 바퀴를 돌아왔다. 쓰윽 하고 멈추면서 내게 부러워하라는 것처럼 빼겼다. 나도 중학교에 들어가면 자전거를 가질 희망으로 맴생이를 더욱 잘 돌보기로 했다. 새끼를 쳐서 다섯 마리만 되면 자전거를 살 수 있으리라는 계산도 뽑아 봤다.

느지막이 맴생이들을 데리러 갔다. 녀석들은 나를 봐도 모르는 척 풀만 뜯었다. 나는 암컷 맴생이에게 말했다.

"야, 네가 새끼를 많이 쳐야 내 자전거가 생겨."

나의 희망을 알아들었는지 녀석은 내 발 밑까지 와서 야물야물 풀을 뜯으며 주둥이를 오물거렸다. 수염 갈기가 제법 자란 수놈은 못 들은 척 딴청을 부렸다. 나는 녀석을 가랑이 밑에 끼워 누르고 머리통을 쥐어박았다.

"너도 알아들었지?"

녀석이 아픈 만큼 알아들었을 거라 여겼다.

형은 자전거를 함부로 손대지 못하게 하면서도 기분 좋은 날은 타는 법을 가르쳐 줬다. 자전거 바큇살까지 깨끗이 닦아 놓는 조건이었다. 뒤에서 붙들고 중심을 잡도록 유도하며 밀었다 멈췄다 했다. 핸들은 비틀배틀하고 눈앞은 어질어질했다.

"넘어지는 쪽으로 핸들을 틀어야!"

형이 소리를 지르면 나는 더 쩔쩔맸다.

형이 없을 땐 혼자서 몰래 끌어다 중심 잡는 요령을 연습했다. 자전거 안장에 앉으면 키가 작아 페달이 발에 닿지 않으므로 안장 밑으로 오른발을 넣고 변칙적인 자세로 페달을 돌렸다. 감나무 아래서 마당을 가로질러 대밭까지 눈 깜짝할 순간에 다다랐다. 걸으면 오륙십 걸음은 족히 되는 거리다. 몇 번을 자전거와 함께 넘어졌는지 모른다. 그러다 자전거 타기 실력은 곧 한 손으로도 탈 수 있을 정도가 되었다. 페달을 밟을 때에는 내 궁둥이가 좌우로 오르락내리락 춤을 추었다. 한번은 휘파람을 불며 자갈길을 달리다가 벌쭉 올라온 돌부리에 걸렸다. 핸들을 놓치는 바람에 하필 냇가로 이어진 도랑에 풍덩 빠져 버렸다. 하늘이 기울고 도랑물이 얼굴을 덮쳐 죽는 줄 알았다. 그러는 순간에도 내 몸보다 자전거에 흠집이 생겼는가 싶어 벌떡 일어났다.

자전거는 우리 집에 재봉틀이 들어왔을 때만큼이나 획기적인 생활의 변화를 가져왔다. 이웃 마을이나 잿등에 가야 하는 심부름도 금방 갔다 올 수 있고 멀리 사는 친구들도 쉽게 찾아갔다. 웬만한 짐들도 거뜬히 운반했다. 아버지가 걸어서 반 시간이 넘게 걸리는 논을 살피러 갈 때 자전거를 타면 언제 갔나 싶은데 이내 돌아왔다. 느릿느릿한 걸음의 생활에서 속도의 시대로 접어들었다. 형은 사정이 생긴 친구를 뒤에 태우고 학교에 가는 경우도 있었다. 그런 날은 타이어에 바람을 더 넣고 책가방을 핸들에 걸고 더 신나게 페달을 밟았다. 수업이 끝나면 읍내에서 장을 보아 싣고 오기도 했다.

상쾌한 바람을 가르며 자전거 위에 앉아 달리면 세상의 풍경은 더 넓어 보였다. 높은 눈으로 사람들을 내려다보는 묘한 쾌감도 있었다. 아이들은 자전거를 타고 달리는 나를 만나면 무심결로 앞길을 비켜 줬다. 하지만 동네 어른을 만나면 내려서서 인사하는 법도를 지켜야 했다. 인사를 받은 어른은 새 자전거를 보고 부러워했다.

"어디 가냐?"

공연히 말을 걸며 자전거를 살폈다.

"예, 심바람 가요."

나는 마음에도 없고 사실도 아닌 말로 대답하고 페달을 눌렀다.

성격이 활달한 형은 자전거를 타고 쏘다니기를 좋아했다. 학교가 끝나고 돌아오는 길엔 외갓집에 들르기도 하고 멀리 있는 고모 집에도 다녔다. 틈만 나면 이웃 마을 친구 집에도 눈깜짝할 사이에 갔다 왔다. 단 두 개의 문명의 바퀴 위력은 대단했다. 시간을 늘려 주고 힘을 덜어 주었다. 세상을 넓혀 주고 먼 곳도 데려다주었다.

아아, 이런 요물이! 자전거는 어느 날 갑자기 형을 업고 사라져 버렸다. 바람을 가르고 쌔앵, 어디론가로.

자전거와 형이 사라진 것은 단순한 사건이 아니었다.

## 쌈줄

갑자기 집안이 소란스러웠다. 앞집 문기 어머니가 달려와 안방으로 들어가고 작은집 상동 할머니와 아짐이 팔을 휘두르며 뛰다시피 왔다. 누나는 부엌에서 불을 지펴 물을 끓이고 아버지는 며칠 전 씻어 말린 볏짚단을 방으로 들여 깔게 했다. 할머니는 방문을 닫으며 다른 식구들을 모두 집 밖으로 나가게 했다. 어머니의 해산이었다. 한바탕 소동이 일고 모두가 다급히 움직였다. 나는 그러한 긴박한 상황을 익히 보아 왔던 터라 그리 놀라지 않았다. 지난 수년 동안 여동생이 셋이나 생겼기 때문이다. 동생들과 함께 밖에서 초조히 기다렸다.

볏짚이 깔린 댓돌 위에 어머니의 하얀 고무신이 마당을 향해 거꾸로 놓여 있었다. 고무신 코를 밖으로 향하게 놓아야 살아서 나올 수 있다는 속설은 무탈한 출산을 바라는 기원이었다. 아버지는 사랑방

툇마루에서 외약 새끼줄을 꼬아 쌈줄*을 만드느라 쉬지 않고 손바닥을 비볐다.

누나는 김이 나는 세숫대야를 들고 문간에 서 있고 방에서는 부산한 소리들이 계속해서 들려왔다. 얼마 후 어머니의 고통 소리가 멈추고 새 생명의 울음소리가 들렸다. 방문이 열리고 아짐이 나왔다. 땀에 젖은 쪽머리는 비녀가 빠질 듯 헝클어지고 소매를 걷어붙인 저고리 매무새는 빨래를 하다 온 것 같았다. 아짐은 민망한 표정을 지으며 툇마루에 있던 아버지에게 다가갔다.

"딸이오."

"아, 예."

아버지는 하던 일을 멈추고 낮은 소리로 답했다.

"섭섭지 않은갑소?"

아짐이 옷소매로 이마의 땀을 훔치며 아버지의 눈치를 살폈다.

"괜찮소. 고생하셨소. "

"애기와 산모 모두 무사허요."

아버지는 대답 대신 꼬아진 새끼줄을 엉덩이 뒤로 당겼다.

"삼시랑 할미가 주는 대로 받읍시다."

"그래야지요."

아버지는 쌈줄을 들어 두 팔로 길이를 몇 번 잰 후 마루를 내려왔다. 연거푸 딸 셋을 보았던 아버지는 내심 아들이기를 기다린 듯 섭섭한 표정이 역력했다. 아짐이 새 생명의 탄생을 가족들에게 알리고

* 굿을 하는 굿청이나, 아이를 낳았을 때 등 신성 영역을 나타내고자 할 때는 부정이 타는 것을 막는다는 의미로 새끼줄을 왼손 바닥으로 비벼 꼬아 금줄로 치고 사람들의 접근을 막았다.

다시 방으로 들어가자 아버지는 말없이 쌈줄을 들고 담장 밖으로 나갔다. 곧게 선 은행나무에 쌈줄을 동인 다음 건너편 담장 지붕에 가로로 걸쳐 매었다. 쌈줄에는 소나무 가지와 검은 숯덩이가 꽂혀 있고 길쭉한 창호지 조각이 듬성듬성 매달려 나풀댔다. 붉은 고추는 보이지 않았다. 이내 우리 집은 외부 사람들의 출입이 금지되고 금줄 하나로 금단의 성소가 되었다. 은행잎들이 금줄 아래로 떨어지며 새 생명이 오는 길을 단장하듯 황금빛 주단을 이루었다.

막내 여동생이 태어남으로 해서 우리는 이제 2남 5녀의 칠 남매가 되었다. 위로는 누나와 형, 그리고 나와 여동생 넷, 모두 일곱 자식을 둔 아버지 나이는 사십을 넘긴 언저리였고, 어머니는 하나 아래였다.

대가족의 우리 집은 끼니마다 밥상을 둘이나 셋을 차렸다. 아버지 밥상엔 형과 내가 마주 앉아 겸상하고, 딸들 밥상은 따로 차렸다. 어머니는 부엌문 쪽 방바닥에 음식을 놓고 들기도 했다. 부엌 가까이 있어야 국이나 숭늉 심부름이 쉬웠다. 어머니는 밥을 풀 때 후우후우 김을 불어 내며 습관처럼 입맛을 쩝쩝 다셨다. 국을 뜰 때는 더 크게 입김 부는 소리를 냈다. 음식이라는 생명체에게 '더 맛있어라.' 하는 혼을 불어넣는 언어였다. 어머니의 입김은 생명에게 맛을 치는 양념이었다. 어머니는 젓가락 대신 손가락으로 김치를 쭉쭉 찢어 들었다. 길쭉한 싱건지를 치켜들고 먹을 땐 목을 젖히고 얼굴을 위로 향했다. 나는 어머니로부터 그런 밥상머리 태도를 배웠다. 마치 유전자를 물려받듯이. 음식은 존귀한 것, 맛있게 먹어야 한다는 것. 내 어린 생명은 어머니의 혼이 깃든 생명체를 먹고 자랐다.

어머니는 몸이 부실한 나를 습관처럼 눈여겨보았다. 밥을 풀 때 내 밥그릇에는 쌀밥을 더 섞어 펐다. 닭을 잡았을 때에도 뒷다리 하나를 남겨 두었다가 밤에 몰래 부엌으로 불러내어 먹였다. 다른 식구들에게 미안했지만 그런 마음이 없는 체하며 맛있게 먹는 것으로 어머니의 정성에 보답했다. 나는 스스로 크지 못했고 어머니의 유난스런 보살핌을 받았다. 일곱 남매를 거두는 부모의 시름은 놓일 날이 없었다. 이런 일은 이래서 걸리고 저런 일은 저래서 걸렸다. 먹이고 입히고 씻기고 가르치고, 행여 앓을까 다칠까 노심초사가 그칠 날이 없었다. 빨랫줄에 널린 빨래도 줄 끝까지 넘쳐나 바지랑대를 더 높이 받쳐 괴었다. 키우는 기쁨은 자식들 귀 빠진 날 미역국을 끓이거나 배불리 먹일 때, 설잠에 뒤채며 걷어차는 이불을 덮어 줄 때뿐이었다. 이십여 년의 칠 남매 자식 농사, 그보다 더한 인고의 고비고비가 어디 있을까.

농경 사회에서 농사 지을 일꾼을 많이 생산하는 일이 자랑스런 풍속이었기에 우리 집뿐만 아니라 대부분의 마을 사람들은 대가족을 이루고 살았다. 남아 선호 사상도 그대로여서 아들을 낳으면 아낙이 치마말기 사이로 젖가슴을 드러내고 득남을 자랑하는 풍습도 여전했다. 여름에 드러내는 젖가슴은 햇볕에 타 거무튀튀한 조롱박 같았다. 남자 어른을 보면 내외하느라 옆 걸음으로 비켜서던 아낙들도 보란 듯이 아무 데서나 늘어진 젖을 꺼내 물렸다. 따지고 보면 우리 자식들은 모두가 어려서 노동력 보충에 도움은커녕 학비며 뭐며 애물단지들이었다. 부모 대신 첫째가 둘째를 돌보고, 둘째가 셋째를 돌보고, 셋째는 또 넷째를…. 언니가 동생들을 내리 돌봐야만 가족의 고리를 잇고 버텨 나갈 수 있었다.

내가 부모와 누나의 유난스런 보살핌을 받는 데에는 단지 유약한 귀염둥이 아들이어서만은 아니었다. 내 위로 두 살 터울 형이 있었고, 지금의 형과 누나 사이에 큰형이 있었다. 그러나 둘 다 두 돌을 넘기지 못하고 아주 먼 곳으로 가 버렸다. 누나와 형의 나이 간극이 오 년이고 형과 내가 오 년 터울이 진 것은 그 때문이었다. 그러니까 무쇠 같은 어머니는 아홉의 자식을 생산했고 알토란 같은 아들 둘을 잃은 것이다.

언제이던가. 형이 자전거를 타고 사라진 얼마 후였다. 잠자리에 들었을 때 어머니의 자지러질 듯한 한숨과 넋두리가 내 귀에 쏟아졌다. 내가 몰랐던 사연이었다. 큰형은 돌이 지나 단독[丹毒]에 걸려 목숨을 앗겼고, 바로 위의 형은 영문도 모르는 사고로 먼저 갔다는 사연이었다. 새근새근 잠든 아기가 우는가 싶어 방에 가 보니 딸꾹딸꾹 보채다가 파르르 한 번 떨고 영영 잠에서 깨어나지 못하더란 거였다. 한숨 뒤의 절통한 절규가 이어졌다.

"무슨 무슨 고통 해도 인간사에 산모가 치르는 고통에 비할까. 살이 헤어지고 뼈가 으스러지며 오장육부가 갈가리 뒤틀리는 고통은 차라리 죽음이 아니던가. 거기에다 살점을 뭉텅 잘라내듯 생 핏덩이를 쏟아내는 순간에는 오호라, 절식해 버리지 않던가. 삼시랑도 천지신명도 야속하고 서방이라는 원수는 쥐어뜯어도 분이 풀리지 않을 만큼 원망스럽지 않던가. 그리하여 낳은 금쪽 같은 새끼가 옹알대고 엉금 기고 아장 걸을 때, 그 산통 잊을 만할 때, 젖비린내도 떼기 전에 그것도 둘이나 앞세워 저세상으로 보냈으니.

번뜩이는 비수로 피멍 든 심장을 조각조각 도려내야 하는 심정을 무엇으로 달랬으랴. 천 갈래 만 갈래 심장을 찢는 원통한 애곡을 누가 들을까 서방은 권속을 집 안에 가두었도다. 그러고선 싸늘해진 어린 새끼를 아무도 모르게 제가 두르던 강보에 싸서 지게에 지고 문밖을 나섰느니, 오밤중 시커먼 공동산을 오르던 아비의 애간장은 어떠했으랴. 짐승도 제 새끼 죽으면 몇 날을 식음 전폐한다는데 하물며 사람이 제 새끼를 싸늘한 구덩무덤에 봉분도 없이 애장하니 그 심정 어찌 가누었으리.

흠도 티도 없는 너희는 캄캄한 지하에 있고 갈퀴처럼 갈라진 어미는 풀밭에 앉았구나. 땐대땐대 곤지곤지 잘도 따라 했지. 도리도리 쥐암쥐암은 얼마나 사랑스러웠느냐. 이리 뒹굴고 저리 기고, 까꿍 하면 뱅그레 웃던 어린 새끼들 눈에 밟히는구나."

쉬쉬하며 묻어 두었던 이불 속 비밀이 어머니의 장탄식으로 쏟아져 나왔다. 철모르던 아이는 먼저 간 두 형의 사연을 알고 말았다. 나는 어머니의 땅이 꺼질 듯한 한숨과 이따금 소리 없이 흘리는 눈물의 정체를 그때까지 헤아리지 못했다. 내가 애지중지 키워지는 까닭이 그랬고, 약질인 나 또한 습관처럼 주위를 신중히 살피며 무심결에 몸을 사렸다.

학교 동무들이 두서너 살 많은 이유가 있었다. 어린 것이 홀로 문밖에 나설 때까지 무슨 일이 생길지 모르고, 전쟁 난리통에 언제 앞서갈지 몰라 호적을 늦게 신고한 탓이다. 대개 참 나이보다 낮으니 취학 연령에 맞추느라 학교도 늦게 들어갈 수밖에 없었다. 형의 호적 나이도 세 살이나 아래고 나 또한 한 살 뒤에나 사람 취급 받았다.

호적에 오르기 전까진 알 속에 있는 병아리처럼 단지 생명이지 사람이 아니었다.

외약 새끼를 꼬아 만든 쌈줄을 은행나무에 매달 때 아버지는 그리 소원하였을 것이다.

"그래, 여식은 다 살았다. 부디 앞서 가지 말아라. 아들이면 어떻고 딸이면 어떻드냐. 다 내 피붙이인 것을."

스무 하루 쌈줄이 걷히고 해가 지나자 어김없이 제비가 제 고향인 양 찾아들었다. 제비들은 지난해 옛집을 놓아 두고 그 옆 처마 밑에 새집을 지었다. 흙을 물어 오고 검불을 부지런히 날랐다. 알이 갈라지고 부화한 뒤 어미 제비가 먹이를 구해 오면 새끼 제비들의 짹짹거리는 소리로 집 안이 시끌시끌했다. 어미 제비는 해가 져서야 빨랫줄에 앉아 쉬었다. 우리 집이 그랬다. 울고, 야단 맞고, 다치고, 병들고, 시끌시끌했다. 아버지의 한숨은 더 잦아졌고 어머니는 자식들이 잠든 다음에야 베개를 당겨 머리를 뉘였다.

자장자장, 자장자장……. 한이 서린 자장가, 목이 메곤 했다.

## 관심

아이들은 쑥쑥 자랐다. 방학이 끝나고 새 학기에 다시 만나면 몰라볼 정도로 훌쩍 커 버렸다. 여자아이들도 옷소매나 치마 끝이 생뚱 짧아진 키꼴에 맞지 않는 옷차림으로 나타났다. 의젓한 소년으로 자라는 만큼 아이들의 감성도 어른 꼴로 여물어 갔다. 생각과 말이 용감해지고 신나는 일보다 고민거리가 더 많아졌다.

예쁜 여자아이를 좋아하는 사내아이들의 본능적 심성도 드러나기 시작하여 누가 누구를 좋아하는지 알았다. 그중에도 제일 예쁜 문영숙을 좋아하는 아이들이 많았다. 영숙은 단정한 차림에 도시 아이처럼 얼굴이 하얗고, 오뚝한 코에 웃을 때는 볼우물이 살짝 보였다. 치켜뜨는 눈빛은 알 수 없는 마술사의 비밀처럼 신비로웠다. 공부도 여자아이들 중에 으뜸이고 말할 때도 사리 판단이 뛰어나 남자아이들이 쉽게 다가가지 못하는 똑똑한 아이였다. 나도 영숙을 좋아했다.

월말고사나 학기말 고사 시험을 치르면 선생님은 공부 잘하는 아이들 몇을 뽑아 채점을 시키곤 했다. 남자아이들 중에는 키가 땅딸막한 심규석과 나, 여자아이들 중에는 문영숙과 육판순이 뽑혔다. 방과 후에 남아 채점을 하면서 영숙과는 자연스레 친해졌다. 영숙은 나보다 두 살 위였고 판순은 네 살이나 많았다. 우리 넷은 나름의 동지적 친분이 생겨 따로 의기투합하는 식의 우정을 나누었다. 쉬는 시간에 함께 논다거나 어려운 숙제도 서로 도왔다. 시샘하는 녀석들도 있었지만 개의치 않았다.

영숙과 판순은 가락골이라 부르는 삼산마을에 이웃하여 살았다. 어느 토요일, 수업이 끝나고 판순의 제의에 따라 그들이 사는 삼산마을에 놀러 갔다. 마을은 학교에서 꽤 멀리 떨어져 있었다. 판순은 마치 누나처럼 다정하게 마을의 여기저기를 데리고 다니며 구경시켰다. 우리는 돌무지 길 건너편 늙은 소나무들이 우거진 메숲으로 향했다. 부들밭을 따라 실개천이 흐르고 새들의 우짖는 소리가 귓전을 간질였다. 비탈진 길섶엔 이끼 낀 비각들이 기웃 서 있고, 산딸기가 익어 가는 둔덕엔 색색의 들꽃 무리와 진분홍 패랭이꽃들이 요요히 살랑댔다. 사방에서 솔잎 향기가 진하게 풍겼다. 앞서 가던 영숙이 사뿐 걸음을 멈추었다. 호젓한 숲속에 기와를 올린 커다란 회색 건물이 나타났다. 마치 도회지 집 같은 건물이 산간 초가 마을에 있다는 것이 신기했다. 건물 입구엔 '천주교 등룡 공소'라는 나무 표식이 걸려 있고 지붕 꼭대기에 십자가가 우뚝 선 경당이었다. 판순은 그곳이 자기들이 다니는 교회이며 대부분의 마을 사람들이 천주교 신자라 했다.

열린 문 안으로 사붓이 들어섰다. 높은 천장에 학교 교실보다 큰 공간이 한눈에 들어왔다. 경당 정면에는 나무로 조각된 벌거벗은 사람이 팔을 벌리고 고개를 숙인 채 십자가에 매달려 있고, 한쪽에는 내 키보다 작은 흰 너울을 쓴 여인 동상이 침묵으로 서 있었다. 동상의 표정이 얼마나 사실적인지 말을 걸면 눈을 치뜰 것 같았다. 바닥에는 등받이 없는 나지막하고 기다란 널빤지 민걸상이 줄지어 놓여 있고, 양쪽 벽에 나란히 걸려 있는 색 바랜 그림 장식들이 오래된 책 속에서 보았던 사진 같았다. 작은 채광창을 통해 들어오는 알록달록한 무늬의 햇살은 오묘한 신비감을 자아냈다. 아무런 기척이 없는 경당 안은 동굴 속처럼 고요했다. 들리는 건 나와 두 아이의 숨소리뿐이었다. 나는 무아지경에 빠져 한동안 넋을 잃었다. 공연히 숙연해지고 맞잡은 손바닥엔 땀이 배었다. 내가 보지 못했고 알지 못했던 새로운 세계가 그곳에 있었다. 모든 것이 궁금했다. 판순에게 물었다.

"여기는 뭐 하는 곳이야?"

"천주님을 믿는 교회야. 우리 군에 처음 생긴 곳이래."

"천주님이 누군데?"

"하느님."

"하느님? 애국가 부를 때 하느님?"

"그렇다고 볼 수 있지."

"학교 뒤에 예배당 있잖어? 거기서도 하나님 그러드라."

나는 언뜻 떠오르는 생각으로 판순의 말에 토를 달았다.

"맞아. 다 같은 분이라고 보면 돼."

판순의 대답은 학급 동무가 아니라 선생님처럼 명쾌했다. 하느님을 믿는다는 말을 들으니 영숙과 판순은 내가 모르는 어떤 다른 세계에 사는 아이들처럼 느껴졌다. 판순의 이야기는 거기서 그치지 않았다. 교회의 역사를 설명하는 모습에서 자부심조차 엿보였다.

그곳은 공소[公所]라 하여 읍내에 있는 천주교 성당의 분소 같은 곳이라 했다. 옛날에 나라에서 천주교 신자들을 무참히 학살할 때 도망친 신자들*이 숨어 들어와 살았는데, 외국에서 온 신부가 그것을 알고 가끔씩 들르면서 공동체를 이루었다는 것이다. 원래는 갈대밭이었고 우리 군에 처음으로 생긴 천주교 본당이었는데 신자 수가 적어 공소가 되었다고 했다. 지금도 일요일이면 신자들이 모여 기도와 예절을 행하고 읍내 성당에 있는 신부가 한 달에 한 번씩 수녀와 함께 방문하여 미사를 드린다는 이야기였다. 판순은 많은 것을 알고 있었다. 나는 이해가 되는 것도 있었지만 대부분 알쏭달쏭했다. 판순에게 다시 물었다.

"미사가 뭐여?"

"하느님께 제사 드리고 기도하는 거야."

"여기서 제사를 드린다고?"

"응. 죽은 사람 제사 말고 하느님께 소원을 비는 제사."

"그럼 고사 지내는 거 아녀?"

"아이쿠! 그냥 기도드리는 거여."

영숙이 옆에서 푸웃 하고 웃었다. 여전히 아리송했다.

"근디, 나라에서 왜 사람들을 그렇게 죽였어?"

* 충남 공주에 살던 김양배 등 조선 최초의 천주교 사제, 김대건 신부 집안의 직계 후손과 몇몇 신자들.

"나도 자세히는 몰라. 천주쟁이라고 다 역적으로 몰았다나 봐."

경당 옆 여울목을 건너서 마을로 돌아오던 중 문득 한 가지 지난 날의 일이 떠올랐다. 몇 해 전 예배당에 처음 갔을 때 아버지가 왜 나에게 혼을 내며 예배당에 못 가게 했는지 이유를 어렴풋이 알 것 같았다. 아버지는 교회에 다니는 사람들이 죄 없이 무수히 죽어 갔다는 무서운 역사를 알고 있었던 것이다.

문영숙의 인기는 여전했다. 아이들은 영숙과 친해지려고 주위에서 얼쩡거리거나 장난을 핑계 삼아 치근거렸지만 영숙은 적절한 자존심과 지나치지 않은 오만함으로 가까운 접근을 용납하지 않았다. 그런 중에 문제가 터졌다. 친하게 지내던 심규석 녀석이 내게 장난을 걸어왔다. 팔을 맞잡고 밀치락거리다가 내가 중심을 잃고 걸상 밖으로 쓰러졌다. 하필 넘어진 곳이 문영숙의 자리였다. 내 몸이 영숙의 무릎 위에 꼬꾸라졌다. 나는 영숙의 품에 안긴 꼴이 되어 버렸다. 나는 녀석이 일부러 저지른 것임을 알았다. 자기를 빼놓고 삼산마을에 갔다 온 것에 대한 시기심이 발동한 거였다. 아이들이 우와 하며 집단의 힘을 날리는 소리로 놀렸다. 날벼락을 맞은 영숙은 당황하여 몸 둘 바를 몰라 했다. 거기서 그치지 않았다. 녀석은 질투의 쾌감을 즐기며 문영숙과 내가 연애한다는 소문을 만들어 냈다. 노골적인 시기심이 드러나 보였다. 소문은 일파만파 퍼지고 며칠 후엔 나와 문영숙이 신랑 각시가 되어 버렸다. 딱 좋은 입길거리를 만난 녀석들은 끼리끼리 모여 이죽거렸다. 나만 보면 히죽히죽 웃으며 야릇한 눈빛을 굴렸다. 앞잡이 노릇은 규석이었다. 놀림감에게 수난이 닥쳐왔다.

"야, 가락골양반. 너 문영숙 집에 갔었다며?"

대놓고 놀리는 녀석도 있었다.

"처갓집에 갔다고? 언제 혼인했는디?"

대장 노릇을 하는 녀석은 깝신대며 한 술 더 떴다.

아이들 모두가 갑자기 적이 되었다. 한 녀석도 내 편이 없었다. 터무니없는 소리 말라며 대들었지만 소용이 없었다. 우길수록 녀석들에게 즐거움만 더해 줄 뿐이었다. 영숙은 고개를 들지 못했다. 어느 때는 창피하고 분하다며 펑펑 울었다. 여자아이들도 놀림을 은근히 즐기는 걸 보니 얄밉기 짝이 없었다. 아이들의 시기심과 질투심이 합세했다. 나보다 두세 살 혹은 네 살이나 많은 아이들이니 이미 그들은 어른 흉내를 내는 사춘기 소년이었다. 그런 면에서 나는 상대가 되지 못했다. 겉잡을 수 없는 사태가 계속되자 영숙은 학교에 나오지 않았다.

며칠 후, 영숙의 어머니가 학교에 나타났다. 햇볕에 그을린 낯빛이 거무스레하고 키가 컸다. 교실문을 드르륵 열고 들어와 선생님에게 인사를 하는 표정이 사뭇 심상치 않았다. 교실을 둘러보더니 얼굴을 잔뜩 찌푸리고 아이들을 쏘아봤다. 영숙이 함께 서 있는 모습을 보고 아이들은 그가 누구인지 금방 알아봤다. 갑자기 교실에 싸늘한 기운이 돌았다. 선생님과 영숙의 어머니가 소곤소곤 나누는 소리를 아이들은 듣지 못했지만 사태는 짐작했다. 심규석은 고개를 숙이고 안절부절못했다. 나는 공연히 죄를 지은 것 같아 눈길 둘 곳을 찾지 못했다. 그때 맨 뒤에 있는 육판순이 일어나 팔을 걷어붙였다.

판순은 나이도 제일 많고 체격도 다 큰 처녀꼴이었다.

"느그들 한 번만 더 줘뎅이 놀리고 아갈대면 디질 줄 알어?"

치뜨는 판순의 눈빛이 서릿발처럼 날카로웠다. 순애와 영님이 즉시 고개를 끄덕였다. 아이들은 달팽이 제 몸 숨기듯 자라목을 하고 잔뜩 몸을 움츠렸다. 사태는 어찌어찌 수습되었다. 방과 후에 담임 선생이 나를 불러 세웠다. 내 어깨에 슬며시 손을 얹으며 말했다.

"놀림 받은 사람이 나중에 절 받는단다."

그러면서 두 눈을 끔적해 보였다. 잘 참으면 약이 될 거라는 격려였다. 그 후로 영숙과 얼굴을 마주치지 않고 피해 다녔다. 서로 말도 걸지 못했다. 놀림을 당한다는 건 자존심이 찢기고 참담한 일이었다.

용모 검사 때마다 아무리 선생님이 주의를 줘도 아이들은 여전히 땟국이 질질 흘렀다. 대개 콧등과 볼때기에만 물을 묻히는 고양이 세수를 했기에 목과 손등은 언제나 때가 끼어 더러웠다. 그러다 보니 매 맞는 게 일이었다.

"이거, 이거 모가지 때꼽재기 좀 봐라! 까마귀가 보면 아저씨 아저씨 허겄다."

선생님은 매질하다 말고 목도 쿡쿡 찔렀다. 손톱이 길거나 불밤송이 같은 머리도 손바닥 맷감이었다. 어떤 아이들은 머리를 제때 안 감아 늘 지저분하고 냄새가 났다. 주로 껍죽대며 뒤까부는 아이들이었다. 서캐 때문에 매맞는 새집머리 여자애들은 맞기도 전에 입을 비쭉 내밀고 얼굴이 빨개졌다. 맞고 나선 매맞은 손을 뒤로 감추고 수치심을 뱉어 내려는 듯 혀를 날름 했다. 떠들다가 맞고 숙제를 안 해 와 맞고, 싸운다고 맞고 시험이 빵점이라고 맞고, 선생님은 조회 시간부터 매를 끼고 다녔다. 돈이 없어 도화지나 크레용, 공작 준비물을 못 가져온 아이들은 눈물을 머금으며 손바닥 매로 체벌을 때웠다. 월사금을 못 내는 아이는 매를 맞는 게 창피해서 아예 결석해 버리는 경우도 있었다.

매 맞을 일 없는 새로운 여자아이가 전학을 왔다. 첫 수업 시간, 담임 선생은 여자아이를 교단에 세우고 인사를 시켰다. 아이는 고개를 꾸벅 하고 나서 조해룡이라며 자기소개를 했다. 아이들은 조해룡을 보고 모두가 입을 벌렸다. 차림새부터가 자기들과는 너무도 달랐기 때문이다. 두 가랑이로 갈라 땋은 갈래머리에는 분홍색 리본을 달고, 레이스가 달린 꽃무늬 원피스에 반짝거리는 구두를 신었다. 무명 치마, 꾀죄죄한 저고리에 먹고무신을 신고 다니는 여자아이들과는 비교할 수 없었다. 얼굴도 문영숙보다 예쁜 것 같고 마치 그림책에 나오는 어린 공주 같은 모습이었다. 도회지에서 전학 온 아이임을 금방 알 수 있었다. 더욱 놀란 것은 해룡이 새로 부임한 교감 선생의 딸이라는 것이었다.

아이들은 공연스레 마음이 들떠 해룡을 힐끔힐끔 쳐다보느라 공부에 집중하지 못했다. 여자아이들은 자기들의 모습과 너무나 달라서인지 시샘의 눈빛으로 샐쭉거리기도 하고 저희들끼리 뭐라 뭐라 시시닥거렸다. 주눅이 들어 머리를 수긋하고 곁눈으로만 훔쳐보는 아이도 있었다. 하지만 해룡은 아이들과 잘 어울렸고 영숙처럼 자존심을 세우거나 오만스럽지도 않았다. 교감 선생의 딸이라는 티도 안 내고 누구와도 스스럼없이 어울리는 명랑하고 소박한 아이였다. 공부도 제법 잘하는 편에 들었다. 문영숙을 좋아하던 남자아이들의 관심이 해룡에게 쏠리기 시작했다. 해룡을 향하는 시새움의 눈빛이 여자아이들 속에서 번뜩거렸다.

## 벌 사냥

학교 뒤에는 교육 자재나 여러 비품을 보관하는 커다란 교구실이 있었다. 사방이 나무 널빤지로 지어진 창고였다. 운동 기구나 학습 도구, 등사기뿐만 아니라 농기구나 연장도 보관되어 있는 곳이다. 가마솥이 걸린 넓은 부엌 시설도 있었다. 미국에서 원조한 옥수수 전분이나 분유와 같은 유엔 구호품도 그곳에 보관했다. 학교에서는 매주일 한두 번씩 그곳에서 옥수수 죽을 끓여 점심때 급식을 하고 책보나 자루를 가져오게 하여 아이들에게 분유를 배급했다. 많은 아이들이 기아와 빈곤에서 벗어나지 못했기에 그런 날은 잔칫날처럼 들떴다.

교구실에서 옥수수 죽을 나누어 주는 날이다. 옥수수 죽을 끓이는 일은 교감 사모와 학교 시설을 관리하는 소사 아저씨, 몇몇 교사 사모들이 주관하였고 학생들도 학급별로 한두 명씩 차출되어 일을 도왔다. 그날 나는 죽 급식을 맡아 교감 사모와 해룡 옆에서 식기 씻는 일을 거들었다. 우물에서 물을 길어 오는 일도 내가 맡은 임무였다.

삼백여 명의 전교생에게 급식하기 때문에 식기가 모자라 일학년이 다 먹고 나면 그릇을 씻고, 다음에는 이학년, 삼학년, 사학년…. 학년별 순서로 배급을 했다. 해룡은 이따금 나와 눈이 마주칠 때마다 알 수 없는 미소를 짓곤 했다. 교실 안에서 마주치던 학급 친구가 아니라 색다른 장소에서 만난 또 다른 여자아이의 미소였다.

급식 일이 끝나고 아이들이 모두 돌아갔다. 식기 씻는 일을 마무리하고 나설 무렵 오락가락하던 비가 교구실 양철지붕을 두드렸다. 처마 밑에서 비가 그치기를 기다렸다. 잔뜩 찌푸린 먹장구름이 몰려오고 장대비가 쏟아질 기세였다. 교감 사모가 자기 집에 있다가 비가 그치면 가라며 해룡에게 나를 교감 사택으로 데려가도록 했다.

버드나무들로 에워싸인 교감 선생의 사택은 교구실 너머에 있었다. 채소를 키우는 텃밭은 대나무를 구부려 만든 울타리로 둘러싸여 마치 정돈된 꽃밭 같았다. 담장 밑을 차지한 국화 떨기들이 빗물을 머금으며 봉오리를 여는 중이었다. 기와지붕의 사택은 소박하면서도 안팎이 정갈했다. 곳곳마다 정성스런 손길이 닿은 흔적이 역력했다. 마루에 앉아 있던 나에게 해룡이 다가왔다.

"야, 너는 왜 맨날 아이들한테 놀림을 당하니?"

"내가 언제?"

"교실에서도 그렇고, 놀 때도 그렇고 아이들이 널 놀려먹잖아."

해룡의 뜬금없는 말에 나는 순간 자존심이 상했다. 사실 나는 나이도 가장 어리고 덩치도 작아 누구와 다투거나 따질 일이 생기면 선뜻 대들지 못했다. 마음 또한 강직하지 못해 누가 압박해 오면 기가 죽어 버리는 연약한 아이였다. 팀을 이루어 놀이를 할 때도 항상 뒷전에 서거나 후보 역할밖에 하지 못했다. 나의 적나라한 모습을 들킨 것 같아 은근히 화가 났다. 하지만 내심 걱정해 주는 다정한 마음을 해룡의 말투에서 헤아릴 수 있었다.

“야, 그건 내가 너그럽게 참고 봐줘서 그러는 거여.”

자존심을 지키려는 궁색한 변명을 하려니 자존심이 더 깎였다.

“그런데 네가 공부 잘하는 건 인정해.”

해룡과 별로 이야기를 나눠 본 적이 없는데 나에 대한 관심이 그렇게 구체적일 줄 몰랐다. 어쨌든 그 말 한마디에 으쓱해진 나는 상했던 자존심을 조금이나마 회복했다. 후드득후드득 세차게 지붕을 때리는 빗소리가 귀에 거슬려 우리는 이야기를 멈췄다. 해룡은 내 가까이 마루에 걸터앉아 발을 건덩거렸다. 나는 움찔 비켜 앉았다. 앙증스런 구두를 신은 종아리가 귀여워 보였다. 해룡은 흐리터분한 담장 너머 허공을 바라보다가 나를 바라보다가 공연스레 웃기만 했다.

빗발이 잦아들 무렵 어디서 왔는지 새끼 오리 두 마리가 아장아장 걸으며 마당을 가로질러 갔다. 나는 감나무 주위의 풀밭 사이로 사라지는 오리들을 살그머니 뒤쫓았다. 어미 오리는 어디 있을까하고 둘러보는 동안 새끼 오리들은 어느새 사라지고 없었다. 감나무 아래 떨어진 감꽃들이 눈처럼 희었다. 주섬주섬 감꽃을 주웠다. 굵직한 띠풀을 꺾어 감꽃을 끼운 꽃팔찌를 만들었다. 해룡에게 건네자 해룡은 건덩거리던 발동작을 멈추고 흠칫했다. 어색한 나의 긴장과 해룡의 주춤하는 눈빛이 순간 마주쳤다. 해룡은 새끼손톱을 가볍게 깨물면서 꽃팔찌 받기를 주저했다. 주저하는 마음 뒤에 일렁이는 해룡의 감정을 나는 알지 못했다. 그 순간의 나는 꽃밭에 물을 주면 꽃들이 좋아할까 싫어할까 고민하는 아이가 아니었다.

옥수수나 분유를 배급하는 일 외에도 시험지나 학습 교재를 등사하는 일로 교구실에서 해룡과 함께하는 경우가 종종 있었다. 철필로 긁어 쓴 등사 원지를 망판 위에 붙인 다음, 잉크를 묻힌 롤러를 굴려 인쇄하는 일이었다. 그중 시험지 등사는 비밀로 하기 때문에 특별히 차출된 학생이 했다. 전체급장과 나, 그리고 해룡이 그때마다 불려 가 감독교사의 지시 아래 일을 도왔다. 우리는 교실이 아닌 다른 장소에서도 더러 함께하면서 점점 친해졌다. 나는 해룡에게 감동을 주거나 눈길을 끌게 할 일이 없을까 자주 궁리를 했다. 아이들과 겨룸을 해서 이기거나 땅재주로 몸을 날려 곤두짓을 해 보이는 방법도 있긴 하지만, 몸이 약한 내겐 가당치 않아 특별한 재밋거리를 보여주기로 했다. 벌 사냥이었다.

방과 후 등사 일을 마치고 교구실을 나왔다. 수업을 파한 교정은 새벽 바다처럼 고요하고 초가을의 하늘은 시리도록 푸르렀다. 나는 해룡에게 보여 줄 것이 있다며 코스모스와 맨드라미가 흐드러지게 번져 있는 학교 뒤뜰로 데리고 왔다. 내가 벌을 잡아 키우는, 하늘을 나는 새도 찾기 힘든 한갓진 곳이었다. 작은 유리판에 갇혀 땅속에서 노닐고 있는 벌들을 보여 주자 해룡은 눈을 동그랗게 뜨고 흥미로운 듯 다가왔다.

나는 벌을 잡아 가두는 방법을 보여 주겠다며 꽃 숲 가장자리에 섰다. 꽃잎 위를 날고 있는 목표 벌을 정한 다음, 고무신을 벗어 뒤축을 단단히 잡고 벌이 신발 앞코에 잡혀 들어가도록 잽싸게 낚아챘다. 그런 다음 신발을 몇 바퀴 원을 그리며 휘둘러 돌리다가 짧은 순간에 땅바닥에 내리쳤다. 벌은 여지없이 기절했다. 땅에 파 놓은 작은 구덩이에 재빨리 벌을 가두고 그 위에 유리판을 다시 덮었다. 싱싱한 꽃잎을 따다 넣어 주면 기절했던 벌은 다시 살아나 꽃술에 정신을 팔았다. 해룡은 나의 기발한 행동에 감탄하며 땅속 감옥에 갇힌 벌들을 신기한 눈으로 바라봤다. 그 순간 나는 우러러볼 만한 특별한 존재가 되었다. 나는 해룡에게 벌들이 살고 있는 집을 비밀로 해달라고 당부했다. 해룡은 코스모스 꽃잎들을 건드리며 고개를 끄덕였다.

자존감이 낮았던 나는 해룡의 관심을 받고 싶었다. 공연히 해룡의 주위를 얼쩡거리며 보잘것없는 것도 크게 내세우고, 관심을 끌도록, 감탄을 자아내도록 짓궂은 짓도 서슴지 않았다. 여자아이들이 노는 곳에 가서 헤살질을 하거나 성가시게 자드락거리는 일도 자존감을 돋우기에 효과적이었다. 벌 사냥 같은 호기심을 당길 만한 일을 계속 궁리하고 만들었다. 해룡은 그런 나를 멀찍이서 바라보곤 했다.

# 소풍

소풍 가는 날은 기분이 붕붕 떴다. 들뜬 마음으로 훨씬 일찍 일어났다. 어머니는 벌써 하얀 쌀밥이 잔뜩 섞인 도시락을 준비해 두었다. 김치와 멸치볶음, 콩자반이 들어 있는 특급이었다. 아버지는 사탕을 사 먹으라며 지폐 한 장을 내 주머니에 넣어 주었다. 산길 원족을 갈 땐 비탈이 위험하니 조심하라며 허리춤도 단단히 매어 주었다. 누나가 만들어 준 노란색 멜가방에 도시락을 넣고 인사를 하는 둥 마는 둥 뛰는 걸음으로 학교를 향해 달렸다.

학교 앞 점방에 들러 사탕 몇 개와 비과, 누가 과자를 사서 주머니에 넣었다. 그동안 사고 싶었던 딱총 화약도 샀다. 아이들이 이것저것 사느라 몰려들어 점방 앞은 울레줄레 문전성시였다. 주먹만 한 고무공이나 말린 오징어 뒷다리를 사는 아이들도 있었다. 어떤 아이들은 꼬깃꼬깃한 지폐를 펴 들고 어떻게 계산해야 할지 몰라 쩔쩔맸다. 돈과 숫자와 물건의 상관관계를 따지느라 허둥댔다. 운동장에는 벌써 학급별로 줄을 서서 출발을 준비하느라 웅성웅성했다. 챙이 둥그런 모자를 쓰고 나타난 해룡을 보고 손을 들어 보이며 눈인사를 했다. 모자가 앞을 가려서인지 나를 못 본 척했다. 보자기로 싼 도시락을 하나씩 꿰찬 아이들은 즐거운 흥분으로 들떠 있었다. 양은 '벤또'가 없는 아이들은 제가 먹던 밥그릇으로 도시락을 싸 들고 왔다. 깔끔한 나들이 옷차림을 한 아이도 있었지만 대개가 평소에 입던 차림이었다. 아이들은 출발 대열 앞에 먼저 서려고 은근히 밀치락달치락했다. 그래 봤자 가는 시간, 가는 곳은 같은데 아이들의 마음은 조급했다.

학교를 나와 능선을 벗어났다. 먼 들판에는 아지랑이가 아물아물 피어오르고 온화하게 흩어지는 햇빛은 눈이 부셨다. 힘차게 발을 뻗어 내딛는 발걸음에 맞춰 아이들은 목청이 터지게 노래 부르며 벼락폭포가 있는 벼락소[沼]로 향해 갔다.

산골짜기 다람쥐 아기 다람쥐, 도토리 점심 가지고
소풍을 간다…, 고기를 잡으러 바다로 갈까나…,
푸른 하늘 은하수 하얀 쪽배에…, 아가야 나오너라
달맞이 가자…, 금강산 찾아가자 일만이천봉…, 깊
은 산속 옹달샘 누가 와서 먹나요…, 고향 땅이 여
기서 얼마나 되나…, 무찌르자 공산당 몇 천만이냐….

해안의 절벽 길을 따라 두어 시간을 걷는 동안 수평선 끝에서 날아온 바닷새들이 길동무를 하고 아이들의 노랫소리는 끊이지 않았다.

꽃바람은 감미롭고 은빛 바닷물은 잔잔히 일렁였다. 앞에서는 인솔 교사의 호루라기 소리가 간간이 들려왔다. 야방모퉁이를 돌아 박재 고개를 넘자 비득飛得치 어촌이 나왔다. 포구에는 크고 작은 고깃배들이 분주히 드나들었다. 바다와 맞닿은 강을 건너 계곡을 따라 벼락소로 올라가는 길은 비탈이 심했다. 선생님들은 조심하라 경고하며 앞뒤를 살폈다. 어디선가 밭두렁을 태우는 연기가 바람결에 쓸려왔다.

가까운 곳에 선산과 조상들의 산소가 있어 전에도 와 본 적이 있지만 벼락소는 볼수록 기이한 곳이었다. 맑고 푸른 폭포수가 하얀 포말과 함께 용소 아래로 세차게 떨어졌다. 떨어진 물기둥이 다시 솟구치다가 어디론가 빨려 들어가는 소용돌이는 아이들의 정신을 뺐다. 산등성이를 따라 솟아오른 바위들이 풍채를 겨루며 주위를 감싸고, 평평한 바위와 굽이를 탄 계곡이 어우러져 전교 학생이 놀기에도 안성맞춤이었다. 온 산엔 진달래꽃이 난만하여 불타는 듯 울긋불긋 휘장을 두르고, 초목에 돋아난 연푸른 잎들은 샛노란 개나리의 손을 잡고 한들한들 춤을 추었다. 바위틈 사이의 갯버들이 흐늘거리고 양지 바른 비탈에는 시절 모르고 피어난 보라색 할미꽃들이 꾸벅거렸다.

저마다 즐거운 시간을 보내는 동안 계곡 위에서 반짝거리는 보물 하나를 발견했다. 하얀 수정과도 같은 주먹만 한 산돌이었다. 살아서 자라난다는 활석이다. 동그란 모양에 송곳니처럼 삐죽삐죽한 모서리가 돋아나 기묘한 조화를 이루고 햇빛에 비추면 무지개 색깔이 조각조각 부서지며 반짝였다. 옆에서 어정거리던 해룡이 다가와 고개를 갸웃하며 신기한 듯 바라봤다.

"어디서 주웠니?"

"예쁘지. 좋으면 너 줄게."

나는 해룡에게 성큼 건넸다. 해룡은 받지 않겠다는 듯 머리를 흔들며 쳐다보기만 했다. 그러나 몹시 갖고 싶어하는 눈치였다.

"너 가져도 돼. 나는 또 찾을 수 있어."

다시 해룡에게 가까이 내밀었다.

"괜찮아."

해룡은 자기의 관심은 거기까지라는 듯 돌아서서 아이들 무리 속으로 사라졌다. 공연히 건넸나 싶었지만 기회가 되면 꼭 선물로 주고 싶었다. 아이들은 풀어 놓은 토끼처럼 흩어져 산과 바위와 나무와 꽃들과 하나가 되었다. 폭포에서 말갛게 흘러온 냇물이 작은 물줄기들을 불러 모으며 갈 길 바쁜 듯 바위를 휘돌아 흘렀다. 선생님들은 널찍한 반석 위에 다리를 펴고 앉아 껄껄대었다. 턱을 괴고 모잽이로 누운 담임 선생은 신선 놀음 시늉을 하며 다른 손을 엉덩이에 대고 까딱까딱했다.

해룡과 같이 놀고 싶었지만 어디에 있는지 눈에 띄지 않았다. 점심때가 되었는데도 계곡이나 산 언덕 어디에도 보이지 않았다. 은근히 걱정이 일었다. 웅기중기 모여 앉아 점심을 마친 아이들은 산짐승처럼 냇물에 머리를 박고 물을 마시며 입을 가셨다. 보물 찾기를 시작한다는 선생님의 호루라기 소리가 났다. 계곡 위 숲에서 한 무리의 여자아이들이 진달래꽃을 한 아름씩 안고 우르르 내려왔다. 그 속에 해룡이 있었다. 나는 공연한 걱정을 했구나 싶었다.

"야, 조해룡! 너희들 점심도 안 먹고 어디 갔었냐?"

"왜?"

"안 보여서 한참 찾았지."

"야, 그럼 소풍인데 계곡에만 앉아 있니?"

나는 다음 말이 궁해져 말끝을 내렸다.

"산돌 나중에 줄게."

해룡은 아무런 대꾸도 하지 않았다. 대신 살포시 웃음을 지은 다음 갈래머리를 팔랑거리며 다시 아이들 속으로 사라졌다. 부드러운 햇살과 싱그러운 산내음이 아이들 웃음소리와 함께 산천을 휘돌았다. 산새들이 휘익휘익 아이들 머리 위로 날고 떨어진 진달래 꽃잎들이 청량한 계곡물을 타고 흘렀다. 나는 딱총 화약을 꺼내 열 방이나 돌로 터뜨려 아이들을 놀라게 하고 다녔다. 나머지는 동네 친구들에게 써먹으려고 아껴 두었다. 아이들에겐 배고프지 않고, 사탕도 먹고, 숙제도 없고, 야단도 안 맞고, 보물도 찾고, 들뜨는 즐거움을 마음껏 누리는 날이었다.

뜻밖의 일이 벌어졌다. 계곡 아래서 시퍼런 연기가 솔솔 피어올랐다. 육학년 형들 여럿이 둘러 앉아 낄낄거리며 소란을 떨었다.

"산불이다!"

누군가 외쳤다. 아이들이 몰려가고 선생님들도 달려갔다. 연기가 점점 짙어졌다.

"무슨 일이냐?"

둘러앉은 아이들이 고개를 돌렸다.

"웬 불질이여? 이 산속에서. 빨리 끄지 못허여?"

육학년 담임 선생이 양 허리에 손을 걸치고 버럭 소리를 질렀다.

"형들이 깨구락지 구워요."

마른버짐이 듬성듬성 핀 아이가 당당하게 말하는데 일러바치는 소리였다.

"뭐라, 깨구락지? 예끼, 이 녀석들. 소풍 와서 맛있는 거 먹고 이게 무슨 짓들이냐?"

누군가 봄 개구리를 잡아 구워 먹는 법을 가르쳐 주는 중이었다. 다른 쪽 아이는 어디서 주워 왔는지 관솔 쏘시개에 삭정이를 얹어 불을 지피느라 코를 박고 입바람을 불어댔다. 송진 타는 냄새가 물씬 풍겼다. 개구리 머리와 몸통은 보이지 않고 살점 붙은 뒷다리만 여기저기 널려 있었다. 여자아이들과 여선생은 찡그린 얼굴로 아연실색하며 웅숭그렸다. 불을 끄는 아이, 코를 벌름거리는 아이, 히죽거리는 아이, 마냥 서서 굽어보는 아이, 도망가는 아이, 아수라장이었다. 여자아이들은 꽃잎을 따고 사내아이들은 먹거리를 찾고, 나는 신기한 것들을 찾아다녔다.

집에 돌아와 산돌을 어디에 숨겨 놓을까 궁리를 했다. 딱히 누가 관심을 두지도 않겠지만 소중하게 다루고 싶었다. 집 안팎을 뒤지다가 간신히 한 곳을 찾아냈다. 장독대 뒤 돌담장이었다. 틈이 벌어진 어둑한 담장 사이에 밀어 넣고 다른 돌을 가려 눈에 띄지 않게 했다. 여름에도 응달이 지는 곳이다. 학교에서 돌아오면 아무도 몰래 들여다보고 산돌이 얼마나 자랐나 보며 물을 뿌려 주었다. 조금 더 키워서 해룡에게 주고 싶었다.

그런데 산돌엔 이끼만 끼고 도대체 자라는 기색이 안 보였다.

## 혁명

방과 후 집으로 돌아오는 길이다. 예배당이 있는 언덕 아래서 왁자지껄한 소리가 들려왔다. 입씨름이 아닌 큰 싸움판이 벌어졌다. 동네 형들과 낯선 청년들이 범 떼같이 덤벼들며 몽둥이를 휘두르는 무지막지한 싸움이었다. 동네 형들은 빨치산 토벌 때 아버지를 잃은 성국, 일재, 홍규와 우리 집 일꾼이던 종하였고 낯선 두 사람은 '대한반공청년단'이라는 완장을 팔에 차고 있었다. 그중 한 청년은 중머리처럼 배코를 쳤는데, 술에 취했는지 지게미 낀 눈을 부라리며 대드는 행태가 범상치 않아 보였다.

예전부터 마을에 낯선 사람들이 나타나 목을 뻣뻣이 세우고 다니거나 껍죽대면 동네 젊은이들로부터 싸개통 맞는 일이 종종 있었다. 외세로부터 마을을 지키려는 일종의 자치권 행사고, 파가 다른 문중을 따지는 배척 문화의 잔재였다. 싸개질은 타 동네에서 왔으면 마을 사람들에게 넙죽 인사하고 공손하게 신분을 밝힌 다음 안면을 트라는 경고성 텃세였다. 싸움판의 사태는 심상치 않았다. 싸개통 정도가 아니었다. 욕설이 거칠어지고 금방이라도 사달이 날 지경으로 치달았다. 마을 사람들이 몰려왔다. 밭에서 일하던 사람들도 하던 일을 멈추고 난투 현장을 지켜봤다. 상황이 험악해지자 쉽게 나서서 말리려는 사람이 없었다.

"저러다 사람 하나 잘못되는 거 야녀?"

"그러게, 쟈 홍규 성깔한질라 엥간치 않은디."

이러지도 저러지도 못하고 사람들은 쩔쩔매며 두려움에 몸을 사렸다. 예배당 안에서 목사 부부가 뛰쳐나와 난투를 뜯어말리려 했지만 역부족이었다.

"이 배라먹을 싹들이 눈깔이 삐었나, 뒤통수에 달렸나? 여기가 어디라고 술 처먹고 타 동네에 와서!"

삿대질과 욕설과 어기찬 고성이 계속되었다. 금방이라도 피를 볼 것처럼 서로 멱살을 쥐어 틀고 풀세게 을러멨다. 이내 사태의 불리함을 알았는지 청년 둘은 벌집을 건드린 것마냥 뒤도 돌아보지 않고 내뺐다. 홍규는 팔을 걷어붙이고 그들의 뒤통수를 노려보며 식식거렸다.

"이 후레자식들이……."

그의 적대적인 시선과 욕설에는 빨치산에게 산속으로 끌려가 억울하게 죽은 아버지에 대한 원한이 깊게 사무쳐 있었다.

반공청년단이라는 두 젊은이는 타지에서 온 사람들이었다. 고장을 돌며 혹시 숨은 간첩이 있는지, 반공 정책을 반대하는 사람들이 있는지 감시하러 다닌다고 하였다. 그렇지 않아도 빨갱이 자식이라며 손가락질당하며 움츠리고 사는데 성국과 일재, 홍규는 그들의 거들먹거리는 감시가 몹시 눈에 거슬렸다. 그들이 눈에 띄어 시비가 일어난 것은 정작 그 때문만은 아니었다. 명칭만 반공청년단이지 다가오는 대통령 선거를 위해 조직된 일원으로 이승만을 찍지 않으면 빨갱이로 몰겠다는 포악질을 하고 다닌다는 소문을 들었기 때문이었다. 아무리 시골 무지렁이라 해도 젊은이들의 정의감은 그들의 기고만장한 만행을 그냥 보고 넘길 수 없었다.

민주 주권을 난도질하는 권력의 아부꾼 깡탱이들이 조용한 시골 마을까지 휩쓸고 다녔다. 사람들은 이구동성으로 자유당 못된 놈들이라며 혀를 찼다. 한바탕 마을을 뒤숭숭하게 뒤집어 놓은 싸움은 주권 강탈에 대한 울분과 저항이며 하나의 봉기였다. 당시 노령의 이승만은 이른바 사사오입이라는 위헌적 3선 개헌을 통해 3선 대통령이 되고, 그의 욕망은 그치지 않아 영구 집권을 위한 독재 정치와 탄압과 부정부패가 난무했다. 권력 집단의 장막에 가려진 채 민심은 멀어지고 흉흉했다. 독재 권력은 보안법을 도구 삼아 정적들을 빨갱이로 몰아세웠다. 야당 탄압, 언론 봉쇄, 공무원과 정치 깡패 동원, 부정 선거 등 온갖 계략과 술수로 4선의 대통령이 되고자 했다. 그러한 실상들을 시골 마을 사람들도 익히 알고 있는 터였다. 반공청년단은 사실상 정치 깡패 조직으로 자유당으로부터 비밀리에 선거 자금을 받고 불법 부정선거에 조직적으로 개입하는 선거전위대였다. 도회지뿐만 아니라 시골 마을까지 청년들을 사주, 동원하여 그 조직이 전국적으로 결성되었고, 이름만 허울뿐인 대한반공청년단은 독재 정권의 하수인 역할을 톡톡히 했다.

몇 해는 가물어서 흉년이고, 지난해에는 태풍과 폭우로 흉년이 들어 마을 사람들의 생활은 더 궁핍해졌다. 끼니만 거르지 않아도 다행이었다. 일주일에 한두 번씩 학교에서 배급해 주던 옥수수 가루와 분유도 더 이상 구경할 수 없었다. 외국에서의 원조가 끊어졌기 때문이라 했다. 울창했던 산들은 몇 년 사이에 민둥산이 되어 가고, 걸식하며 떠도는 사람도 눈에 띄었다. 권력에 부복하는 자들에게 민초들의 고난은 안중에도 없었다.

학교에는 심상치 않은 소문이 파다하게 퍼졌다. 마산에서 학생들이 들고 일어나고 서울에서도 고등학생, 대학생들의 데모가 걷잡을 수 없이 번지고 있다는 것이다. 이른바 4·19 혁명이었다. 피폐해진 산야를 팽개치고 굶주리는 백성들의 원성에 쫓겨나야 하는 이승만의 비극적인 운명도 점점 다가왔다. 얼마 후 민의원 누구, 참의원 누구 하는 국회의원 선거 벽보가 학교 앞 점방 벽에 나붙었다. 사람들은 새 세상이 와야 한다며 학교 투표장으로 몰려들었다. 간밤에 막걸리를 얻어먹고 이장으로부터 새 고무신을 받은 사람들이었다. 마침내 민심은 다른 쪽으로 기울어 새 정권이 들어섰다. 사람들은 이제 좀 살판나겠나 싶었다. 그러나 그것도 잠시, 느닷없이 나타난 군인들이 총을 치켜 겨누고 신작로를 오가는 차량들과 사람들을 검문하기 시작했다. 계엄령이 내려져 밤에도 마을 어귀에서 불을 피우고 지켜 서서 지나는 사람들을 감시했다. 마을엔 평화가 사라지고 두려움과 공포가 덮쳤다. 아이들에게 멋져 보이던 군인들은 어느덧 무서운 감시자가 되었다. 핏발을 세운 군인들은 학생들도 쏘아봤다. 나도 아이들도 학교를 오가면서 군인들을 슬슬 피해 다녔다. 이번에는 군인들이 혁명을 일으켰다고 했다. 사람들은 또다시 전쟁이 일어나나 싶어 부들부들 떨었다. 혁명이 무엇인지 모른 채 그저 피바람이 일 거라 했다. 아버지는 누가 무슨 말을 물어보면 함부로 대답하지 말라며 식구들에게 단단히 입단속을 시켰다. 말 한마디 비끗하면 애고 어른이고 혁명군이 모두 잡아간다고 했다.

# 부적

지리산 너머 함양으로 시집간 육촌 누나가 아들 종재와 함께 서당이 있는 작은집 친정으로 나들이를 왔다. 누나가 온 이유는 단순한 친정 나들이가 아니었다. 종재가 불치의 병을 얻어 마지막 방편으로 당숙에게 의탁하여 치료 방법을 찾기 위해 온 것이었다.

종재는 나와 같은 학년이고 동갑내기여서 처음 만났는데도 금방 친해졌다. 학교에서 돌아오면 대부분의 시간을 종재와 함께 지냈는데 중한 병에 걸려 있는 기색은 찾아볼 수 없었다. 놀이를 할 때는 힘도 세고 손발 놀림도 민첩했다. 함양 말투로 말도 또박또박 잘했다. 하얀 얼굴에 행동거지가 야무지고 오히려 나보다 튼튼했다. 셈을 할 때도 얼마나 계산이 빠른지 머릿속 산술을 따를 수 없고, 어른들처럼 유식한 말에 논리가 정연하여 나는 상대가 못 되었다. 그런 종재가 마음에 들었다. 형들은 종재가 보통 아이들과는 다르게 총기가 명석한 천재라 했다.

학교에서 돌아오자 종재는 우리 집 토방에 앉아 나를 기다렸다. 책보를 풀어 마루에 내려놓자 종재는 내 가슴 쪽을 유심히 바라보며 고개를 갸우뚱했다.

"니 학교도 그 리본을 단데이?"

나는 하얀 천에 '반공 방첩'이라고 쓰여진 작은 리본을 왼쪽 가슴에 달고 있었다.

"응, 리본을 안 달면 손 들고 벌서."

나는 우리 학교의 규율을 설명했다.

"니는 반공 방첩이 무슨 뜻인지 아노?"

그가 다시 물어왔다.

"공산당이랑 간첩을 막는 거지."

"그라믄 공산당은 뭐꼬?"

"북한에 있는 나쁜 놈들 아녀? 그놈들이 전쟁을 일으켜서 우리나라에 쳐들어 왔잖어."

"공산당 사람들 봤나?"

"봤지. 옛날에 빨치산 잡을 때 봤어. 우리 삼촌도 경찰대였는디, 공산당 잡다가 죽었어. 그놈들을 무찔러야 우리나라가 통일된대."

종재는 그랬냐는 듯 입을 벌렸다.

"통일? 그거는 안 된다. 절대로 될 수가 음따."

"왜?"

"북한에 있는 사람들은 형제들이기 땜에 무찌를 수가 없다. 미국은 남한 편이고 소련은 북한 편이라 우리끼리 싸우믄 그 사람들도 덤벼들끼다. 그라믄 문제가 더 커진다."

종재는 어디선가 자세한 얘기를 들은 것 같았다. 과연 천재다운 식견으로 보였고 알 듯 모를 듯한 이야기에 흥미가 끌렸다.

그에게 뭔가를 주고 싶었거니와 배가 출출했다. 부엌에 들어가 깜밥 뭉치를 들고 나왔다. 어머니가 가마솥 바닥의 눌은밥을 달챙이로 긁어 간식용으로 살강에 얹어 둔 것이다. 절반을 떼어 나눠 먹는 동안 참새들이 날아와 마당에서 얼쩡거렸다. 종재는 일어나 나무 꼬챙이 하나를 주워 와 마당에 천천히 그림을 그리며 와서 보라고 손짓을 했다.

"내 예언이다."

"예언?"

"응. 잘 보래이."

마치 선생님이 학생을 가르치듯 이해하기 어려운 그림을 그려 보였다. 버선 모양을 그린 후에 위쪽에 또 하나의 버선 모양을 거꾸로 붙여 그렸다. 영락없는 우리나라 지도 모양이었다. 그런 다음 위쪽 버선코에 긴 선을 붙여 그리고, 아래쪽 버선코에도 긴 선을 그렸다.

종재의 예언이 이어졌다.

"아래 버선은 남한이고 위 버선은 북한인데, 소련에서 북쪽 끈을 잡아댕기고 미국에서 남쪽 끈을 잡아댕기고 있다. 그래서 우리나라가 갈라진 기라. 미국하고 소련이 붙들고 있는 끈을 잘라내지 않으믄 통일을 할 수가 없다. 공산당이 원수니까 쳐부숴야 된다는데 그게 잘못된 기다. 탐욕에 눈이 먼 어른들이 만들어 낸 획책이다. 서로 화해하지 않으믄 절대 통일할 수가 없다. 내 예언이 그렇다."

그는 나와 동갑내기였지만 나와 같은 어린 국민학생이 아니었다.

종재의 어른스런 말과 혜안에 말문이 막히고 감탄이 절로 나왔다.

문득 궁금한 생각이 떠올랐다.

"그러면 서로 화해하면 될 거 아녀?"

"그건 불가능하다. 전쟁했던 어른들이 모두 죽고 난 담에야 가능할 끼라."

누구에게도 들어 보지 못한 우리나라의 미래를 논리 정연하게 이야기해 주는 천재 친척을 두었다는 것이 자랑스러웠다.

죽음으로 맞섰던 4·19 혁명 정신은 군인들의 무력 앞에 사라지고, 학생들은 민주 수호라는 미명으로 반공이라는 국시[國是]를 강요받는 사상적 기형아가 되어 갔다.

'공산당은 원수이며 용서할 수 없다. 멸공만이 우리가 살 길이다.'

우리는 「혁명공약」이라는 군인들이 만들어 낸 구호 6개 항을 매일 아침 조회 시간에 외쳤다.

> 일. 반공을 국시의 제1의로 삼고 지금까지 형식적이고 구호에만 그친 반공 태세를 재정비 강화한다.
> 이. 유엔 헌장을 준수하고 국제협력을 충실히 수행할 것이며….

선생님은 매를 들어 달달 외우게 하고 의미를 깊이 아로새기라 했다. 두 동강이 나 버린 금수강산은 원한의 나라로 변했고 예의지국 후예들의 전통은 산산이 부서져 갔다. 사람들은 보이지 않는 리본을 가슴에 새기고 다녔다. 리본은 단지 반공 방첩만이 아니었다. 자유로운 생각과 말과 표현을 억누르는 족쇄였고 충성의 도구였다. 선량한 민초들의 마음은 온갖 상처로 멍울지고 누세를 이어 온 민본 사상은 그 빛을 잃어 갔다. 「혁명공약」을 외칠 때마다 어른이고 아이고 억압과 공포에 익숙해지도록 길들여져 갔다. 더불어 살아야 한다는 상식이 조롱당하며 누구 하나 저 북녘과 진솔한 화해를 천명하는 사람 없이 분단의 폐해는 점점 심화되었다.

어디선가 가랑잎들이 날려 와 버선 그림을 덮었다. 종재는 마당에서 일어나 탁탁 손 먼지를 털며 중얼거렸다.

"내는 곧 죽을 끼란다. 내 뇌에 벌레가 있단다."

나는 뜻밖의 소리에 놀랐다. 종재는 말을 계속했다.

"그런데 개안타. 천재는 일찍 죽는다 카드라."

종재는 죽는다는 것을 외갓집에 다녀오는 정도로 여기는 듯했다.

"야, 그런 소리 하지 마. 무섭다."

종재가 곧 죽을 거라는 말에 나는 정말 무서웠다. 많은 죽음을 보았고, 죽어 버리겠다는 사람들도 보았다. 종재는 들고 있던 나무 꼬챙이를 담장 너머로 던지며 내게 훈계하듯 말했다.

"그 리본 떼 버리그라. 벌레 같은 부적이다."

나는 고개를 숙여 가슴에 있는 리본을 물끄러미 바라봤다. 붉은 글자가 거꾸로 보였다. 어찌 보니 부적 같았다.

## 산토닌

늦잠 자기 글러 버린 일요일 새벽이다. 아직 먼동이 트기 전 마을 정문터에서 "학교 가자아! 학교 가자아!" 하는 아이들의 함성이 들려왔다. 교장의 특별 지시로 전교 학생이 구충제인 산토닌을 먹기 위해 모두 굶고 가야 하는 특별한 날이었다. 일찍 일어난 부지런한 아이들이 늦잠을 자는 아이들을 깨워 함께 가자는 배려의 함성이었다.

잠에서 덜 깬 아이들이 눈을 비비며 학교 운동장에 모여들었다. 유난히 개구멍으로 들어오는 아이들이 많았다. 잠기가 남아 하품을 하거나 아랫배를 긁어대는 아이도 있었다. 산토닌은 공복에 먹어야 하므로 강제로 새벽에 모이게 한 것이다. 교장 선생의 구령에 따라 전교생은 운동장에 서서 일제히 산토닌을 입에 넣었다. 산토닌은 점방에서 파는 네모난 캐러멜처럼 부드럽고 맛도 달았다. 씹고 말 것도 없이 목으로 넘어갔다. 영양분을 빼먹는 기생충을 박멸시키려면 산토닌을 먹은 다음에 아침을 꼭 굶어야 한다는 특별 지시도 받았다.

무지스럽게도 어른 아이 할 것 없이 사람들은 배 속에 기생충을 키우고 살았다. 인구의 절반이 결핵 환자이고 나병이나 천연두, 홍역, 성병 등 망국의 병이 만연했다. 도시에서는 장소를 가리지 않고 디디티 같은 방충제나 전염병 방제약을 뿌린다고 했다. 백성들의 건강은 걷잡을 수 없는 위태로움에 노출되어 있고 농촌 아이들은 더더욱 그랬다.

여명이 밝아 오고 산토닌을 받아먹은 아이들은 집으로 돌아갔다. 나는 아침 새를 쫓으러 논으로 향했다. 추수를 앞둔 즈음의 새 쫓기는 내가 맡은 임무였다. 산토닌을 먹은 나는 어차피 아침을 굶어야 하므로 집에 갔다 올 필요가 없었다. 불그레한 아침 햇귀가 노을로 번지며 낮은 안개를 걷어 천지에 흩뿌리는 조화를 부렸다. 황금빛으로 여물어 가는 벼들은 고개를 숙인 채 아직 잠에 취해 있었다. 겉대가 실한 올벼들은 까끄라기를 세우고 허리까지 굽혔다. 들녘은 하얀 김을 모락모락 뿜으며 밤새 참았던 숨을 토해 내고 참새들은 아침 먹이를 찾느라 이리저리 떼 지어 날았다. 마른 푸새 사이의 거미줄은 이슬에 젖었고 논두렁을 지나는 동안 개구리들이 폴짝폴짝 뛰며 숨어들었다. 거무스레한 우렁이들이 볏줄기 아래서 쌍쌍이 노닐고 겨울잠 갈 길을 놓친 붉으락 푸른 너불대기 한 마리가 앞을 스치며 지나갔다. 하마터면 밟을 뻔했다. 소롯길이 끝나는 끝머리 다랭이 논에는 허수아비 둘이 눈을 부릅뜨고 제 앞에서 거드럭대는 왜가리 떼를 노려봤다.

참새들은 아침이든 저녁이든 시도 때도 없이 몰려와 잔치판을 벌였다. 녀석들은 영리하기 짝이 없어 움직이는 물체에는 놀라 피하지만 아무리 소리를 질러도 꿈쩍하지 않는 영악한 습성을 지녔다. 매끼에 매달아 놓은 소리통을 흔들어도 못 들은 척하는 녀석들이다.

새막에 다다랐다. 비를 피하거나 쉴 참의 그늘용으로 논둑에 지은 볏짚 거적 움막이다. 나는 녀석들을 쫓아내기 위해 새막 안에 놓아둔 비장의 무기, 대총을 꺼냈다. 대총은 굵은 대나무를 잘라 십자 모양으로 위쪽 부분만 쪼갠 다음, 그 사이에 나뭇가지를 끼우고 노끈으로 묶어 만든 새를 쫓는 무기였다. 총알은 논두렁의 흙이다. 쪼개어진 부분을 논두렁에 힘껏 누르면 흙덩이가 묻어 나오고 그 흙덩이를 쏘아 팔매질을 하면 참새들은 날 살려라 하며 도망을 쳤다. 가을 아침 나의 임무는 그렇게 대총을 쏘아 참새와의 일전을 치르는 일이었다.

농촌의 아이들은 저마다 농사일을 돕는 것을 당연하게 여기고 웬만한 집안일도 스스로 찾아 했다. 꼴을 베거나 가축을 돌보는 일도 대부분 아이들 몫이었다. 낫이나 호미, 괭이, 삽, 소스랑 같은 농기구 사용법은 기본이고, 톱질이나 칼질, 도끼질도 잘했다. 생존을 위한 노동이 오히려 학교 생활보다 중요하다는 인식이 농촌 아이들에게는 깊게 배어 있었다. 논밭에 갈 땐 습관적으로 지게를 지고 괭이나 삽을 챙겼다. 주어진 노동을 해야 할 몫으로 여겼고 어른들처럼 지긋지긋한 의무라 여기기지 않았다. 아이들은 날짐승, 길짐승들이 살기 위해 몸부림치는 삶의 방편을 보고 자랐다. 노동을 통해 육체적 고통의 한계, 끈덕진 인내와 근면을 익히며 비바람, 눈보라 속에서 강골로 커 갔다.

학교에선 이따금 야외 노역도 학습이나 수업으로 쳤다. 그런 날은 책상 앞에 매달리는 것보다 더 신바람이 나고 즐거웠다. 아이들은 화단을 꾸미기 위해 해변에 나가 조약돌을 모았고, 어깨에 메고 머리에 일 만큼 책보에 싸서 날랐다. 학교 앞 신작로 양편 아득한 곳까지 코스모스 모종을 심는 날엔 호미를 하나씩 들고 왔다. 수풀이나 방천, 야산 묘지 근처에서 잔디 씨를 훑어 모으고 운동장의 움펵패인 곳엔 흙을 퍼다 골랐다. 잔솔밭 송충이를 잡고 솔방울을 모았으며 등굣길엔 손수 베어 묶은 풀단을 메고 와 퇴비를 쌓았다. 누구 하나 불평하거나 꾀를 부리지 않았다. 오히려 공부보다 더 신나게 몸을 놀리고 마음을 키웠다.

밭에서 괭이질을 하거나 산에 올라 나뭇짐을 지게에 져 나르는 일에 비하면 나의 새 쫓기 일은 노동이라기보다 놀이에 가까웠다. 밭일을 하고 추수 일을 돕고, 꼴을 베고, 땔감 나무를 해 오고 맴생이를 거두고 새를 쫓는 일은 시간이라는 품을 들여 삶을 여물게 하는 학습이었다. 나는 지금 아버지가 내어 준 새 쫓기 과목 숙제를 하고 있다. 그것도 혼자서 독학 중이다. 대총으로 새를 쫓으며 논두렁을 걷는 나는 개구리와 우렁이가 있고, 너불대기가 있고, 왜가리가 목을 빼고 끄악대며, 허수아비 친구가 있어 외롭지 않았다. 참새들이 떼 지어 다니며 약을 올리지만 녀석들은 나의 말 상대이기도 했다.

"훠-이 훠-이. 저리 가!"

대총을 휘두르며 지르는 고함 소리를 녀석들이 알아들었나 보다.

"짹짹! 짹짹! 총알이다. 피해라!"

참새들은 나를 놀리기라도 하듯 지저거리며 이리저리 헤집고 다녔다. 허수아비 위에 앉아 흘레질하는 녀석들은 기분 좋은 소리를 찢어지게 내며 꽁지깃을 까딱거렸다.

다랭이 논 건너에 밀짚 모자를 쓴 농부 한 사람이 볏줄기 사이로 보였다. 그는 대총 대신 긴 파대를 휘감아 둘러치며 딱딱 태질을 했다. 참새들이 놀라며 사라지자 자식들을 보살피듯 벼 머리를 쓰다듬은 다음 뒷짐을 지고 사라졌다.

풀잎이 시들어 누운 들판은 고요의 세상이다. 하늘은 높고 가을 샛바람에 벼들이 고개를 흔들거리며 속삭일 뿐이다. 새막에 기대어 누웠다. 새벽잠을 놓친 탓인지 졸음이 밀려왔다. 허수아비도 팔을 늘어뜨리고 꾸벅꾸벅 졸았다. 배가 고팠다. 꼬르륵 소리가 났다. 심한 공복감과 뒤틀리는 복통의 소리다. 산토닌이 배 속에서 녹는 동안 웅크리고 있던 배 속 거위들이 핥아 먹느라 요동을 치나 보다. 참새들은 아직도 배가 고픈지 논두렁에 숨어 떠날 생각을 안 했다. 달랑 몇 개 남겨 둔 까치밥 홍시를 따먹을 때, 어머니가 야단치던 말이 생각났다.

“새들도 공중에서 나느라 얼마나 고생허는 줄 알어? 가들은 먹을 걸 쟁여 놓지 않는단 말이여.”

나를 우습게 여겼는지 참새들이 다시 우르르 날아들었다. 나는 새총을 만지작거렸다. 그러다가 머리 밑으로 깍지를 끼고 드러누워 참새들에게 말했다.

“그래, 아침 배라도 많이 채워라!”

다음 날 아침, 학교에서는 한바탕 소동이 일었다. 버러지가 몇 마리 나왔느냐며 서로 확인하느라 깔깔대었다. 다른 교실에서는 회충이 살려고 목구멍으로 바둥대며 넘어와 간신히 손으로 잡아당겨 게워 냈다는 이야기도 돌았다. 교실마다 엑엑거리고 키득거리느라 시끌벅적했다. 짓궂은 녀석들은 여자아이들에게 다가가 거위가 몇 마리더냐고 물어보며 호들갑을 떨었다. 여자아이들은 징그러운 소리 말라며 눈을 흘기고 어떤 녀석은 다섯 손가락을 펴 보이기도 했다. 나는 시치미를 떼고 누가 물어볼까 봐 슬그머니 밖으로 나왔다.

산토닌은 회충을 몰아내는 대총알이었다.

# 상처

학교 앞을 지나는 잿등 신작로에는 점방이 하나 있고 나일론 옷이 보급되면서 생겨난 양장 맞춤집과 막걸리집, 고장에서 유일한 대장간이 살림집 안에 있었다. 우리 집도 그 대장간에서 쟁기 보습을 고치거나 호미나 낫을 재생시켜 오곤 하였다. 대장간은 온몸에 상처를 달고 다니는 동수라는 학급 친구 집이었다. 아버지를 돕다가 쇳덩이에 다치거나 풀무질을 하다가 불에 덴 자국이 많고 머리에 기계총까지 있어 볼 때마다 안쓰러운 모습의 아이였다. 행동은 야무졌지만 말을 할 때는 자기 아버지를 닮아서인지 어눌했다. 동수 아버지는 쇠질하다 한마디, 풀무질하다 한마디, 돌아서서 한마디, 종작없는 말투였는데 표현도 더디어 시작과 끝을 알아듣기가 어려웠다. 부전자전인지 동수의 말투도 한참을 기다리거나 귀를 종그려야 할 만큼 답답했다. 그래서 아이들은 말을 붙이거나 잘 섞으려 들지 않았다.

"그렁게 그거이…, 거시기 안 된다. 그거여."

하고 싶은 말을 쉬이 꺼내지 못하고 말더듬이처럼 토막 잘린 말로 버벅거렸다. 스스로 성냥간 불무쟁이 아들이라 여기는 천격이 몸에 밴 탓인지 수업 시간이나 아이들 앞에서 자기의 뜻을 당당하게 내보이지 못했다. 쇠정으로 두들겨 맞듯 대를 이어 신분 가름으로 얕잡혀 살아온 마음의 상처가 있었다. 그러나 누구보다 심성이 유순하여 나는 동수와 친하게 지냈다. 동수는 '상처 대장'이란 별명답게 손이나 무릎, 얼굴까지 상처투성이 아닌 날이 없었다. 어느 날은 손등과 팔에 진물이 나는 상처가 심하게 도드라져 보였다. 학교 뒷산에서 단체로 송충이를 잡는 날 송충이한테 쏘여 가려움을 참지 못하고 긁어서 덧난 것이라 했다.

동수뿐만 아니라 아이들은 저마다 생채기를 달고 사는 것이 예사였다. 농사일을 돕다 보면 낫이나 칼에 베이는 것은 물론이고 찧거나 넘어지거나 사고로 다치기 일쑤였다. 취약한 위생 환경으로 눈병이나 피부병으로 고통받는 일도 비일비재했다. 나 또한 머리끝에서 발끝까지 흉터가 많았다. 어느 때는 누가 흉터가 많은지 세어 보며 아이들과 흉터 자랑을 하기도 했다. 흉터가 많은 것은 그만큼 용감한 일을 많이 경험했다는 자부심거리였다.

하지만 농촌의 어린 학생들에게는 굶주림의 고통을 이겨 내야 하는 마음의 상처가 더 컸다. 대부분의 아이들이 싸 오는 점심은 꽁보리밥에 김치 몇 조각이 전부였다. 양은으로 된 도시락 통이 없어서 집에서 먹던 사기 밥그릇에 점심을 싸 오는 아이도 있었다. 보릿고개가 되면 그나마 꽁보리밥마저도 싸올 수 없는 아이들은 탈탈 굶었다. 클로로칼키 소독약 냄새가 진동하는 학교 우물물을 두레박째 들이켜며 허기를 달랬다. 허리띠를 졸라맨 주린 배를 움켜쥐고 학교 모퉁이 한갓진 곳에 꺼부정히 숨어 점심시간이 끝나기를 기다리며 덜덜 떨었다. 그런 아이들은 농번기가 되면 일손을 돕느라 결석하는 경우도 허다했다.

농번기엔 어린 아기의 울음소리도 학교에서 들렸다. 아기 동생을 업고 와 돌보는 아이는 마루 바닥에 앉아서 공부했다. 한 아이는 아기 때문에 결석을 한 적이 있는데 그 사연이 눈물겨웠다. 아기를 업고 학교에 오던 중 비가 몹시 내렸다. 비를 피할 곳이 없어 허둥대는데 하필 배가 아파 오며 똥이 마려웠다. 아기는 등 뒤에서 울기 시작했다. 똥을 누려 했으나 허리띠가 비에 젖어 풀리지 않았다. 빗물과 눈물과 땀에 흠뻑 젖은 채 아기를 추키며 늘어진 똥바지 차림으로 집으로 돌아가야 했다. 겨드랑이와 목을 둘러 앞가슴에 엇멘 책보는 비에 쫄딱 젖었다.

운동장에서 뛰놀 기력조차 없는 아이도 있었다. 영양 부족으로 낯빛이 누릿하고 각기병에 걸려 잘 걷지를 못하던 아이는 바닷가에서 조개와 게 껍질을 주워 와 날콩과 무를 함께 맷돌에 갈아 먹고 나았다고 했다. 점심을 굶느라 학교 뒤 잔솔밭에 자주 숨는 아이였다.

육체적 상처, 전쟁으로 부모를 잃은 상처, 질병으로 형제를 잃은 상처보다 굶주림으로 고통받는 마음의 상처는 서러움을 넘어 비참한 일이었다. 굶주림의 동심, 상처의 눈물을 몰래 삭이는 동무가 하나둘이 아니었다. 다만 위안이 되는 것은 모두가 가난의 평등 속에 살았고 가난하다고 업심을 당하거나 깔보는 사람이 없다는 것이다. 우애를 존중하는 사회적 관습이 강하여 서로가 함부로 대하지 않았다. 빈부의 처지를 가리지 않고 인격의 존중과 상식이 있는 공동체 안에서 나는 고맙게도 굶주림의 고통은 겪지 않았다.

학교에서 돌아오는 길에 아버지가 맡겨 놓은 호미를 찾으러 동수네 대장간에 들렀다. 마당에 들어서자 쇠질하는 소리가 귀를 때리고 커다란 화덕은 뜨거운 열기를 토해 냈다. 동수는 도제살이 아이처럼 화덕 앞에서 땀을 뻘뻘 흘리며 밀었다 당겼다 손풀무질을 하고, 동수 아버지는 힘줄 불거진 손으로 벌겋게 달아오른 쇳덩이를 두들겨 댔다. 동수의 풀지 않은 책보가 마루에 내던져져 있었다. 동수 아버지에게 다가가 인사하며 호미를 찾으러 왔다고 하자 크고 작은 호미 다섯 자루를 내게 내어 주었다. 동수 아버지는 왼쪽 집게손가락이 반쯤 잘려 나간 조막손이었고, 한쪽 눈을 잃은 외눈박이 반맹이었다. 쇠질을 하면서 손을 다치고 튀어 오른 불똥에 눈을 잃어버린 것임을 말해 주지 않아도 알 수 있었다. 나는 대장간을 나오면서 동수의 손등에 새겨진 커다란 흉터를 한참 동안 바라봤다.

외눈박이인 사람이 둘이 더 있었다. 하나는 나와 동갑내기 종기였는데, 우리 집 일꾼으로 일하던 종하의 동생이었다. 그는 아기였을 때 마마를 앓아 한쪽 눈을 잃었다. 얼굴마저 심하게 얽어 종종 곰보라는 소리를 들었다. 게다가 누런 뻐드렁이에, 주먹코에선 새똥 같은 희멀건 콧물이 쉴 새 없이 들락거렸다. 아버지는 술병으로 일찍 죽고 호락질이라도 할 만한 밭뙈기 하나 없어 집안 형편이 말이 아니었다. 하지만 사람들은 그를 천대하거나 부러 육체적 흠을 흉보지 않았다. 아이들도 애꾸라며 놀리거나 따돌리지 않았다. 종기는 자신에게 당당했고 힘이 세어 집안일도 거뜬거뜬 도왔다. 제 고추가 제일 클 거라며 꺼내 보이는 짓도 하고, 오줌도 멀리까지 쏘아 갈겼다. 자기는 강하다는 최면을 거는 행위였다.

종기 집은 정문터 언덕 아래에 조가비처럼 옴팍 누워 있었다. 돌담으로 둘러 쌓여 아늑하고 아이들이 놀기에 좋아 나는 자주 종기 집에 들렀다. 종기 집 안방은 장판이 닳아 군데군데 흙바닥이 드러났다. 다른 방들은 아예 흙바닥이었고 그 위에 멍석을 깔고 지냈다. 집 안엔 아무도 없었다. 종기가 돌담 곁에 기르는 단쑤시 한 대를 잘라 왔다. 우리는 마루에 나란히 걸터앉아 질겅질겅 씹었다. 무엇을 하고 놀까 궁리하고 있던 중 갑자기 장대비가 쏟아졌다. 종기는 처마에서 떨어지는 집시랑물을 손으로 받아 튀기다가 할 말이 있다며 내 쪽으로 고개를 돌렸다. 단물을 삼키면서 씁쓸한 표정을 지었다. 뚱딴지 같은 말이 내 가슴을 철렁 내려앉게 했다.

"나 죽고 싶어. 어머니 죽고 나면 나 죽을 거야."

어디서 주워들은 것 같은 말을 거리낌없이 내뱉었다. 죽음이라는 소리만 들리면 나는 무서웠다. 나는 종기의 젖은 손가락을 잡았다. 종기는 올챙이 같은 잿빛 눈알을 굴리며 빗물로 눈물을 씻었다. 눈을 끔벅거리더니 낯색을 펴고 다시 뇌까렸다.

"서울 가서 돈 벌면 안 죽을 거야."

그에게 죽느냐, 안 죽느냐는 우스갯소리가 아닌 것 같았다. 서울에 갔다는 그의 누나는 아직 소식이 없었다. 돈 벌어 동생을 고쳐 주고 나중에 서울 가서 함께 살자던 누나다. 애꾸에다 곰보에다 가난뱅이이며 천뜨기 자식으로 보이는 그는 어엿한 나주 임씨 양반집 둘째 도련님이었다. 아버지가 빨치산에게 인질로 잡혀가 폐인이 되기 전까진 사람들은 그를 '종기 도령' 하고 불렀다.

다른 한 사람은 학교 소사 아저씨였다. 전쟁 때 한쪽 눈을 잃고 외눈박이가 되었다. 유리알로 눈동자 하나를 대신하고 다니는 상이용사였다. 학교의 온갖 잡일을 도맡아 하는 그는 육학년 형들과 엇비슷할 만큼 키가 작고 다리마저 절었다. 하지만 온화한 낯빛에 눈에 띌 정도로 바지런했고 가만히 있는 법 없이 직분에 충실했다. 시간에 맞춰 종을 치고 걸상 수리며 화단 정리를 했다. 소각장에서 불을 지피거나 소독약을 풀어 우물물도 관리했다. 식목일이면 나무를 실어 오고 겨울이면 조개탄을 분배했다. 쥐 잡기 기간에 아이들이 쥐꼬리를 가져오거나 병충해 방지 기간에 나방을 잡아 가져오면 교실마다 다니며 걷어다 불에 태웠다. 운동장 청소를 하고 복도와 교무실의 타구唾具를 씻고 변소의 똥을 치우는 일까지 했다. 선생님들의 잔심부름은 기본이었다. 퇴비를 쌓는 일도 했다. 여름이 되면 아이들은 등교할 때 제 몸집만 한 퇴비용 풀단을 메고 왔다. 여자아이들은 머리에 이고 왔다. 그렇게 모아진 풀단을 탑을 쌓듯 흙을 섞어 가며 쌓았다. 학생들이 함께 하지만 힘에 부치는 중노동이다. 소사 아저씨는 자신의 책무에 대한 신념이 꿋꿋했다. 그가 없으면 학교는 비가 새고 들쥐들이 들끓고 학생들은 세균이 득실거리는 우물물을 마셔야 할 터였다. 외눈박이 소사 아저씨는 어쩌면 선생님들보다 더 훌륭한 교육의 천사였다. 그가 두 눈이 온전했다면, 다리에 상처를 입지 않았다면 그런 일을 했을까.

남다른 상처를 지닌 사람들, 누구보다 신념이 강했고 삶에 충실했으며 역경을 견디는 슬기와 겸손의 덕을 보였다. 굶주림의 서글픔을 삭이는 아이들과 언제나 겸손하기 짝이 없는 동수와 절망감을 떨치고 일어서려는 종기와 자기 신념에 의연함을 잃지 않는 소사 아저씨는 아프고 깊은 상처만큼 삶을 굳게 껴안았다.

대장간을 나섰다. 호미 다섯 자루를 들고 잿등을 지나 날듯이 달려 마을로 돌아왔다. 개울을 건너 야트막한 언덕을 뛰어오르다 그만 비죽한 돌부리에 발이 걸려 넘어지고 말았다. 사고는 어김없이 비켜가지 않았다. 무릎이 깨져 피가 보였다. 지난번에 다친 곳이었다. 더뎅이가 앉아 아무는 중인데 또 살갗이 벗겨지고 속살이 보였다. 어머니나 누나가 옆에 있었으면 한바탕 응석 울음보를 터뜨렸을 것이다. 손을 툴툴 털고 나뒹군 호미를 챙겨 절룩절룩하면서 집으로 돌아왔다. 어머니가 화들짝 놀라며 달려와 손을 붙잡고 토방 끝 석단에 앉혔다.

"어디서 이랬냐? 냇갈서 넘어졌냐?"

"아니, 뒷밭 올라오는 돌팍 깔끄막서."

"또 까불고 촐랑댔고만? 조심히야지. 노상 깨져 갖고 댕겨?"

어머니는 거품 나는 소독약을 가져와 발라 주며 내 종아리를 한 대 갈겼다.

"이 대렌님 놈아, 눈깔이 왜 두 갠 줄 아냐? 잘 보고 다니라고 그런 기여. 원래 큰 거이 한티는 안 다쳐. 찌깐헌 놈 한티 걸려 넘어지는 겨. 쫍쌀만 헌 돌멩이 때메 이빨도 바사지는 거 몰라? 두 눈깔로 꼽꼽하게 살피고 댕겨. 알것냐?"

"예에."

다친 데 또 다친 분함과 쓰라린 소독약이 범벅이 되어 눈물이 절로 나왔다.

"호맹이는 왜 넉 자리냐?"

"다섯 자리 가져왔는디?"

"정신 빼놓고 어따 빠쳐 먹었구만."

책보를 풀어 놓고 주위를 살펴봤지만 다른 한 자루는 보이지 않았다.

그때 허리가 더 굽어진 상동 할머니가 집에 들어섰다.

"이게 이 집 호맹이 아녀? 자리를 봉게 긴 거 같은디?"

"맞어요. 우리 거네요. 어디서 났디요?"

"뒷밭 가생이서 줏었어."

어머니는 나를 뚫어져라 바라보며 밤톨 주먹으로 쥐어박는 시늉을 하고 찌릿, 눈을 흘겼다. 나는 책보를 들고 방으로 들어갔다. 손등으로 눈물을 훔치다 보니 오른쪽 팔꿈치에서도 피가 찔끔 나는 게 보였다. 도도록한 상처가 하나 더 있었다. 큰 놈, 작은 놈, 찢긴 놈, 긁힌 놈, 베인 놈, 깨진 놈, 오래된 놈, 얼마 안 된 놈. 상처가 여남은 개가 넘었다. 누가 많은지 동수와 내기를 해도 될 것 같았다. 누가 더 강하냐는 내기.

## 뿌리

추석이다. 큰집, 작은집 형제들과 일가 어른들 모두 성묫길에 나섰다. 소풍 가는 것처럼 마음이 들떠 나는 앞장에 서서 어른들 걸음을 앞질러 갔다. 선산이 있는 묵정마을까지는 이십 리가량 되는 길이어서 구불구불한 해안가 신작로를 따라가면 두 시간은 족히 걸렸다. 우리는 힘이 들었지만 매봉재를 넘어 직방으로 가기로 했다. 다른 이유도 하나 있었다. 신작로를 가다 보면 떡국재가 있었다. 종래 삼촌이 빨치산 토벌 때 총을 맞고 쓰러진 곳이라 아버지는 그곳을 피하고 싶었다.

아직 가시지 않은 여름 열기가 산야를 휘돌고 갈대고개를 넘을 때는 걸음이 돌을 매단 듯 무거웠지만, 산천의 풍광을 보는 즐거움이 있고 산길을 넘나드는 산새들을 벗할 수 있어 좋았다. 강을 지나고 묵정마을 들판에 이르자 마을 입구에서 산지기 가족들이 마중을 나와 우리를 기다렸다. 산지기 가족은 고조할아버지가 이곳에 입향할 때부터 대를 이어 함께 살아온 사람들이다. 처음에는 하인으로 함께 살았지만 반상의 신분이 사라진 후 가족과 같은 관계가 되었다. 증조부가 세상을 떠나고 조부마저 마을을 떠나자 할아버지들이 살던 집에 살면서 농사를 지으며 선산을 관리했다. 선산 아래에는 산지기 가족이 부치는 사래밭이 예닐곱 마지기가량 되고 아그데아그데 열리는 대추나무며 오래된 밤나무, 감나무들이 십수 그루 있어 매년 소출이 끝나면 그중 일부를 우리 집에 보내 주곤 했다. 그곳에서 나오는 소득이 만만치 않아 생계에 문제가 없을 정도니 산소의 벌초를 하거나 선산을 관리하는 일은 당연한 것이었다.

그 집 할머니는 증조부 때부터 함께 살아온 분이라서 대대로 상전을 모시던 관습대로 매년 추석에 찾아가는 우리에게 대접할 음식을 준비해 놓고 흔연한 예를 다했다. 아버지도 선산을 관리해 주는 감사의 뜻으로 옷가지나 선물을 준비해 갔다. 할머니는 우리 가족사의 산 증인이었다. 생각이 나는 대로 옛 이야기를 들려줬다. 고조부가 그곳 궁벽한 산골에 처음 정착할 때 전답을 일구느라 고생이 심했고, 서울에서 쫓겨 온 벼슬 집 양반 후손이라 하여 토착 주민들이 많이 도와주었다고 했다. 고조부는 반상을 가리지 않고 사람들의 내왕을 좋아했으며 노루나 토끼, 너구리 등 온갖 짐승조차도 울안으로 찾아 드는 것을 낙으로 삼아 사립문을 없애 버렸다는 이야기도 들려주었다.

어른 키만 한 당초唐草 문양의 비석이 지키고 있는 선대들의 산소 주위에는 도래솔이 구목丘木숲을 이루고, 돌아서 보면 강 하구 너머로 아득한 서해 바다가 한눈에 들어왔다. 묘제가 끝나고 아버지는 자식들이 잊을까 봐 묘소마다 다니며 그분들의 생애를 전해 주고 성묘 때마다 되풀이되는 조상들의 이야기를 다시 꺼냈다.

조선 초기부터 누대에 걸쳐 벼슬을 이어 왔던 조상들이 당파 싸움에 밀려 경상 칠곡, 전라 보성, 충청 공주로 피해 갔고, 그중 직계 할아버지는 충청 공주를 거쳐 한산에 숨어 지냈는데, 조선 후기에 들어서 후대 고조부는 한산 아래의 금강 하류 장항포에서 배를 타고 바닷길을 따라 이곳 묵정마을로 건너와 정착했다는 이야기였다.

우리는 다시 강 건너 벼락소 위에 있는 증조부 산소에 와서 성묘하고 음복을 했다. 아버지는 증조부 묘소에 대한 야사도 들려주었다. 그 자리는 명당이라 묘가 훼손되지 않도록 조갯가루와 횟가루를 섞어 만든 단단한 구조물로 겹겹이 감싸졌으며, 명당 덕에 후세에서 큰 인물이 나올 거라는 예언이 있었었단다. 산소를 쓸 때 산에서 도승이 내려와 두 곳의 명당을 알려 주며 문중에 인물 나기를 원하느냐, 재물 얻기를 원하느냐 물어 와 벼슬하는 인물 나오기를 원하자 도승이 그곳 증조부 산소 자리를 정해 주었다는 것이다. 다른 자리는 최씨 문중이 묘를 썼고 후에 재물이 늘어나 그 고장 제일의 부자가 되었다고 했다. 궁색하고 쇠락한 산간 벽촌 집안에서 과연 예언대로 큰 인물이 날까 두고 볼 일이었다. 어쩌면 후손들에게 자부심과 긍지를 갖고 가세를 일으키라며 해 준 이야기가 아니었나 싶었다.

벼락소를 내려와 강줄기를 따라 걸어 두멧골 마지막 마을인 중계동에 도착했다. 초가집 예닐곱 채가 돌담을 맞대고 조붓이 모여 있어 마치 은둔자들이 숨어 사는 촌락 같았다. 마을을 지나 얼마쯤 올랐을까. 큰길은 끊어지고 가파른 바위산들이 사방을 에워쌌다. 종증조부의 산소에 가는 길이다. 길이 없는 숲을 헤치고 다시 산굽이를 돌았다. 햇볕은 따갑고 스치는 바람 한 점 없어 숨이 막힐 듯했다. 형들은 더위에 지쳐 웃옷을 벗어 들고 숲이 우거진 가풀막을 기어가듯 올라갔다. 이따금 다람쥐가 나타났다 사라지고 장끼와 까투리 쌍쌍이 인기척에 놀라 푸드득거리며 날아갔다. 밤나무 아래에는 아람 벌어진 토실한 밤들이 뒹굴고 아름드리 소나무 옆을 지날 땐 송진 냄새가 물씬 풍겼다. 나는 왜 이렇게 높고 외진 곳에 산소가 있고 이처럼 힘든 성묘를 해야 하는지 이해할 수 없었다. 마침내 산 정상에 외롭게 누워 있는 할아버지의 산소가 나타났다. 산지기 가족들이 벌초를 했는지 묘소는 말끔히 단장되어 있었다. 그분들의 정성과 수고가 느껴졌다. 산 아래를 내려다보니 장관이었다. 구불구불 흐르는 강줄기를 따라 거대한 기암들과 소나무들이 산성처럼 양편에 열 지어 있고 멀리 녹초청강 아래 드넓은 바다는 수평선까지 하얗게 빛났다. 왼편에는 선산과 가옥도 한눈에 들어왔다. 과연 산은 산이고 강은 강이었다. 어른들이 말하는 좌청룡 우백호라는 명당 자리가 이런 곳을 두고 하는 말인 것 같았다.

성묘가 끝나고 둘러앉아 쉬는 동안 큰집 용근 형이 말했다.

"저 아래에 곧 댐을 만든다고 하던디? 중계동도 물에 잠기고."

다른 형이 대답했다.

"그러면 이곳에 성묘 오기는 어렵겄네요. 배를 타고 올 수도 없고."

아버지가 이어서 말을 받았다.

"이장을 하던지 무無를 해야 되겠지."

"이장하는 일도 쉽진 않을 턴디요?"

"여기 종증조부는 후손이 없으니 이제 무를 해야 할 거여."

훗날 다시 나누어야 할 이야기라서 거기서 멈추었다. 아버지는 선대들의 생애에 대한 가족사를 다시 이어 갔다.

배를 타고 산촌에 들어온 고조부는 나라가 없어지니 벼슬길도 끊어졌다. 가져온 재산마저 바닥이 나자 농토를 일구어 농사를 짓고 학동들을 모아 글을 가르치며 근근이 살았다. 증조부 대에 이르러서는 오히려 삶이 더 궁색해지고 당장 끼니를 걱정하는 처지가 되었다. 글이나 읽고 하인들의 수발을 받으며 어흠! 어흠! 허송세월만 하고 있을 형편이 아니었다. 결국 증조부는 돛배를 타고 한산의 큰댁으로 가서 식량을 얻어 와 연명하기도 하고 산야를 돌며 살아갈 궁리에 매달렸다. 양반이라는 체통은 이제 거추장스럽고 오히려 생존에 걸림돌이 되었다. 갑신정변을 전후하여 벼슬아치들의 부패와 지방 탐관오리들의 수탈로 민심이 크게 동요하던 때였다. 고부에서는 전봉준을 중심으로 한 개혁 세력들, 이른바 농민군에 의한 동학난이 일어날 무렵이었다.

그때 증조부는 목수일을 시작했다. 일제가 들이닥치기 전만 해도 호랑이가 살 정도로 산촌은 아름드리 소나무들이 빼곡히 우거져 있어 목재의 보고였다. 소나무 목재들은 품질이 좋아 배를 만드는 데 쓰이기도 하고 대궐이나 사찰을 짓기 위해 먼 곳까지 실려 나갔다. 성품이 섬세한 증조부는 주로 소목 일을 했는데 솜씨가 좋아 가구를 짜거나 집을 지을 때 문짝을 만드는 장인으로 소문이 났다. 인근 산중에는 크고 작은 사찰이 많았다. 사찰을 중건하거나 새로운 사찰을 창건할 때도 증조부의 작품들이 빛을 발하였다.

대대로 내려오며 읽히던 서책들은 골방에 치워져 곰팡이가 핀 채 낡아 가고, 양반의 삶을 구가하던 서책들은 무용지물이 되어 갔다. 머리에 쓰던 정자관도 모두 반닫이 속으로 들어갔다. 학문이니 시문이니 뒷전으로 팽개쳐진 소용없는 것들이었다. 살아갈 방도를 찾아야 했고, 농사만으로는 가족의 생계를 이을 수 없으니 목수일에라도 매달리지 않으면 안 되었다. 하인들을 떠나보내고 여느 범부처럼 산중에서 살아가는 평민 농부이자 목수가 되었다.

다음 세대 조부의 삶도 구차하기는 마찬가지였다. 함께 살던 하인에게 정든 집과 산야를 맡기고 농사지을 넓은 농토가 있는 마을을 찾아 나섰다. 하얀 연꽃 가득한 연못에 황새들이 유유히 노니는 백련마을이었다. 능수버들이 연못에 머리를 풀어 잔물결을 일으키고 몇 발자국 발을 떼면 대숲 사이로 청량한 냇물이 흐르는 곳. 하늘 끝 닿은 뒷산이 반달 모양으로 마을을 감싸고 눈앞에는 높낮이 없는 들판이 펼쳐져 있는 곳. 바람모퉁이가 거센 바람을 막아 주고 백사청송의 해변과 넘실대는 담청빛 바다가 온갖 생물을 품고 있는 그곳에 조부는 터를 잡았다.

나라가 일본의 속국이 되면서 사농공상 신분 계급이 무너졌다. 조상들의 가업도 시대를 따를 수밖에 없었다. 사농공상을 차례로 치자면 고조부는 벼슬, 증조부는 선비이자 목수장인, 조부는 농업, 아버지는 농업과 상업, 그런 내림으로 흘러온 거였다. 그러면서도 서책은 놓지 않고 글을 갈고닦았으며 양반이라는 택호로 문중의 자존과 선비의 의젓함을 지키고자 했다. 그러고 보니 우리 집 내력은 참으로 기구했다. 누대를 살아온 서울 오극골*에서 공주로, 공주에서 한산으로, 한산에서 뱃길 따라 변산 묵정마을로, 다시 백련마을로 100년이 넘는 세월을 떠돌아 살아온 문중이었다. 그런 탓에 집안 어른들은 혈통과 뿌리를 잊지 말라며 설날 아침이면 자식들에게 어디 이씨 무슨 파냐를 되묻고 상기시켰던 것이다.

어머니에게서 들었던 이야기가 생각났다. 어머니가 시집을 와 보니 케케묵은 서책들이 한쪽 방에 가득하고 반닫이 속엔 차곡차곡 싸 놓은 탕건과 뿔관(정자관), 크고 작은 벼루와 여러 묶음의 붓들이 가득했단다. 헛간에는 증조부가 만든 빛바랜 가구들이 쌓여 있고 어디를 둘러봐도 묵혀진 일이 태산이라 시집온 새각시는 주저앉을 뻔했단다. 거기에다 백발이 성성한 조부와 조모는 일에 닳고 치어 밤낮으로 콜록콜록하더라는 이야기였다.

산을 내려와 오던 길을 돌아보니 조상의 숨결이 산중에 강물에 어려 있는 듯했다. 증조부 산소가 있는 벼락소 쪽 바위들이 폭포의 칼부림에 갈라지며 더 기이해 보였다. 언제나 추석 성묘는 내가 어느 근본에서 왔는가를 상기시키고 조상의 얼과 맥을 짚어 거슬러 가는 뿌리 교육 현장이었다.

조상의 역사는 학교에서 가르치지 않았다.

* 당시 극배克培, 극감克堪, 극증克增, 극돈克墩, 극균克均 할아버지 5형제가 고위 벼슬과 정승을 하고 공신에 올라 세칭 오극가五克家라 하여 당대에 이름을 떨쳤다. 그분들이 누대로 살았던 곳을 오극골이라 불렀다. 덕수궁 뒤 옛 러시아 대사관 부근이다.

# 기러기 울어

수업이 끝나고 대의원 회의가 열렸다. 한 달에 두 번 있는 대의원 회의는 사, 오, 육학년 대표들이 모여 학생 활동에 대한 계획을 세우고 의결하는 학생 대표 자치 회의 기구였다. 우리나라 국회의원들이 회의하는 방식을 그대로 모방하여 안건을 만들어 상정하고 발언과 질의를 마친 후 절차에 따라 의결하는 학생 회의였다. 회의에는 담당 교사도 참관인으로 참석했다.

그날은 육학년 의장이 임기를 마치고 오학년 중에서 의장을 정하는 날이었다. 의원들의 투표로 내가 일 년 임기의 의장으로 선출되었다. 육학년에 오르면 전교생을 통솔하는 전체 급장이 있지만 대의원 회의 의장도 막중한 책임이 부여되었다. 국가 기구로 치면 전체 급장과 대의원 의장은 행정부와 입법부이고 교사가 사법부가 되는 셈이다. 나는 회의를 진행하면서 상대방의 의견을 존중하고 타협하는 요령을 터득하며 민주주의라는 뜻을 조금씩 이해하기 시작했다.

의제는 주로 용모 단정히 하기, 침 뱉지 말기, 휴지 버리지 말기, 떠들지 말기, 어른에게 인사하기, 부모님 도와주기, 물건 아껴 쓰기, 그런 것들이었다. 어떻게 실천할 것인가를 정하고 손을 들어 결정하면 그게 입법이 되어 게시판에 붙여지고 전교생은 결정된 의제의 리본을 가슴에 달았다. 훗날 어른이 되면 나는 국회 의장이 되어 보겠다는 야무진 다짐도 해 보았다.

아이들이 돌아가고 혼자 남아 책상 정돈을 하고 있는데 옆 교실에서 풍금 소리가 은은하게 들려왔다. 어느 선생님이 이렇게 늦게까지 풍금을 치고 있을까 궁금하여 교실문을 살며시 열고 들여다봤다. 뜻밖에도 해룡이 혼자서 두 발을 구르며 건반을 누르고 있었다. 며칠 전에는 풍금이 우리 교실에 있었다. 학교는 풍금이 한 대라 이 교실 저 교실로 옮겨 다녔다. 그때마다 힘센 아이들이 불려 가 밀어서 옮겼다.

색색의 국화 숭어리를 품은 꽃병이 교탁 위에서 텅 빈 교실을 지켰다. 허전한 교실에 꽃과 해룡과 풍금 소리가 잘 어울렸다. 교단을 지나 살금살금 해룡에게 다가가 어깨를 치며 놀래 주자 해룡은 오히려 천연덕스럽게 나를 쏘아봤다.

"야, 너 들어오는 거 봤어."

"네가 이렇게 풍금 잘 치는 줄 몰랐다."

나는 정말 그렇다며 두 눈을 껌벅해 주었다.

"너도 잘 치잖아."

"아니야, 못 쳐."

"너 방과 후에 혼자 풍금 치는 거 몇 번 봤어."

사실 나는 풍금 치는 것을 좋아해서 방과 후에 혼자 남아 자주 풍금 연습을 했다. 악보도 볼 줄 모르고 화음이라는 것도 모른 채, 한쪽 손으로 건반 음을 찾아 생각나는 노래에 음을 맞춰 눌렀다. 때로는 똑딱이는 박자기를 켜 놓고 연습을 했다. 박자에 맞춰 발을 구르는 것도 익숙해지고 건반 음의 위치도 손에 익어 아는 노래는 제법 잘 쳤다. 그때마다 해룡이 지켜봤던 모양이다. 해룡이 건반을 누르던 손을 멈추고 내게로 고개를 돌렸다. 뜻밖에도 뜨끔한 말을 해 왔다.

"나 이 학교 떠나. 아버지가 군산으로 전근 가셔."

갑자기 머리가 띵해졌다. 해룡이 떠난다는 것은 상상해 본 적이 없었다. 그렇지 않아도 언제쯤 산돌을 건네줄까 궁리하던 참이었는데 소용없게 되어 버렸다. 안타깝고 가슴이 시렸다. 태연한 척했지만 그것은 말문이 막혀 버린 탓이었다. 무슨 말을 하고 싶은데 입이 떨어지지 않고 솜뭉치 같은 것이 목을 꾹 막는 것 같았다.

나는 눈으로 말했다.

'너, 날 놀리려고 장난치는 거지?'

해룡도 눈으로 말했다.

'장난 아냐. 나도 마음이 안 좋아.'

'그럼 다시는 못 보는 거냐?'

'글쎄….'

해룡은 고개를 숙인 채 쭈밋쭈밋 내 눈치를 살피더니 말없이 교실 밖으로 사라졌다. 나는 걸상에 앉아 한동안 창밖을 멍하니 바라봤다.

며칠 후, 첫 시간 수업이 끝나자 갑자기 종소리가 끊이지 않고 울렸다. 전교생이 모두 모이라는 소사 아저씨의 비상 종소리였다. 무슨 일인지 영문도 모른 채 학생들이 운동장에 모였다. 무슨 일일까? 모두 궁금해했다. 교감 선생이 조회대에 올랐다. 오늘 이 학교를 떠나 다른 학교로 전근 가게 되었다고 했다. 예상은 하고 있었지만 해룡이 오늘 떠난다는 섭섭함에 마음을 가누기 힘들었다. 정든 학급 친구일 뿐만 아니라 소년의 가슴에 특별한 존재였던 여자아이가 떠나간다는 것은 안타깝고 억울한 일이었다. 움켜쥐고 다녔던 소중한 것이 손가락 사이로 소르르 빠져나가는 것 같았다. 손에 힘을 주고 오므려 봐도 소용없었다. 그렇다고 발을 동동 구를 일도 아니었다. 다시는 못 볼 거라 생각하니 가슴 언저리가 미어질 듯 아파 왔다. 누군가 나를 꽁꽁 묶어 언덕 아래로 던져 버리는 것 같았다. 외롭게 버려지는 이상한 슬픔, 이런 적이 없었다. 혼자 삭이는 애틋한 마음을 알아 줄 누군가도 없었다.

운동장을 둘러봤으나 해룡의 모습은 보이지 않았다. 교감 선생의 인사가 끝나고 인솔 교사의 지시에 따라 전교생이 운동장 밖으로 나갔다. 떠나는 길 환송을 위해 신작로 양쪽으로 열을 지어 버스가 오기를 기다렸다. 정류장 앞에는 교감 선생의 가족들이 큰 가방 하나씩을 앞에 놓고 서 있었다. 몇 번 마주친 적이 있던 해룡의 중학생 오빠 석환도 눈에 띄었다. 어떤 여자아이는 감정을 주체하지 못해 눈물을 보이며 옷고름을 만지작거렸다. 먼발치에 있던 해룡이 나를 발견하고 천천히 손을 들어 보이며 멈춘 시선으로 이별의 인사를 보내왔다. 가지런히 갈라 땋은 머리에 분홍색 꽃핀을 꽂고 있었다. 해룡은 마치 내일 다시 볼 것처럼 싱거운 손인사로 제 모습을 보여 주고 버스가 오는 쪽으로 고개를 돌렸다. 나는 해룡에게서 눈을 떼지 못

했다. 단아한 어깨와 머릿고를 곱게 맨 갈래머리 뒷모습만 보였다. 해룡은 끝내 내 쪽으로 얼굴을 돌리지 않았다. 그러면서 바람에 실어 마지막 말을 전해 왔다.

'나는 가야만 돼.'

이윽고 버스가 도착했다. 학생들은 교감 선생 가족을 싣고 떠나는 버스가 시야에서 사라질 때까지 손을 흔들었다. 길가의 코스모스들도 이별 인사를 하듯 하늘거렸다. 교실에 돌아온 나는 책상에 얼굴을 묻고 치오르는 서러움을 삭였다. 눈물이 날까 봐 두 손으로 이마와 머리통을 두들겼다.

며칠이 지났다. 언젠가는 해룡을 다시 만날 수 있을 거라는 마음이 좀처럼 지워지지 않았다. 나는 여전히 산돌에 물을 뿌렸다. 방과 후 옆 교실을 지날 때마다 해룡의 풍금 치는 소리가 들리는 듯했다. 학교 뒤뜰 은밀한 곳으로 갔다. 벌들을 가둬 놓은 유리 감옥 앞에 섰다. 물끄러미 바라보다가 발뒤꿈치로 자근자근 짓이겨 뭉개 버렸다. 유리 덮개와 꽃잎들이 산산이 부서졌다. 벌들은 '이때다!' 하는 듯 하늘로 치솟아 날았다. 그날 이후 교감 사택 근처를 지날 일이 있으면 다른 길로 돌아서 다녔다.

방과 후에 대의원 회의가 있는 날이다. 나는 의장으로서 교단 위 교탁 앞에 앉았다. 창밖으로 보이는 운동장이 쓸쓸했다. 화단에 나부끼던 꽃잎과 풀잎들이 새득새득 시들어 갔다. 아이들이 빠져나가고 플라타너스 잎들이 모두 떨어져 하늘이 한눈에 들어왔다. 대낮인데도 청승맞게 하얀 반달이 기우뚱 떠 있었다. 모든 게 이울어 보이고 마음은 여전히 허전했다.

회의는 일사천리로 진행되었다. '불조심 하기' 의제가 정해져 다음 주부터 불조심 강조 기간 리본을 달기로 했다. 회의를 마치고 풍금이 있는 교실로 향했다. 가랑잎 구르는 운동장에 소사 아저씨만 눈에 띄었을 뿐 학교에는 아무도 없었다. 건반을 누르기 시작했다. 즐겨 부르던 노래가 저절로 나왔다. 아무도 듣는 사람이 없어 발을 힘껏 구르며 목청을 돋우었다.

기러기 울어예는 하늘 구만리,
바람이 싸늘 불어 가을은 깊었네.
아 아 나도 가고 너도 가야지.

어디선가 해룡이 나를 갸웃하고 지켜보는 것 같았다. 이별이라는 것이 그토록 서운하고 분하고 애틋한 것인지 몰랐다. 그 후 나는 그리움이라는 면역 결핍의 속앓이 때문에 마음이 종종 틀어지곤 했다. 꽤 골치가 아프고 좀처럼 낫지 않는 독감 같은 거였다.

## 분녀

덤벙이 순애가 며칠째 보이지 않았다. 옆자리 영님한테 물어 봤다.

"야, 너 아냐? 왜 순애가 학교에 안 나오는지?"

"학교에 안 다닌다는디."

"뭐라고? 왜?"

"몰라, 나도."

영님은 알면서도 뭔가 숨기는 듯했다.

나는 즉시 눈치를 챘다. 얼마 전부터 순애가 치욕의 별명을 하나 더 얻어 괴롭힘을 당해 왔던 일과 분명 관련이 있을 거라 여겼다. 이름하여 분녀인데 그나마 처음보다는 세련되게 어느 녀석이 바꾸어 준 게 그랬다. 전에는 아이들이 똥녀라 부르며 놀렸다. 어쩌면 슬프기도 한 분녀의 사연은 한참을 지그재그 거슬러 가야 한다.

운동 시간이다. 운동장에 달려가 분단별로 줄을 섰다. 새로 부임

하여 담임을 맡은 강태식 선생은 아이들을 운동장 한복판으로 데려가 원을 그리고 둘러서게 했다. 그런 다음 남자아이들 사이사이에 여자아이들을 끼우고 양팔을 벌려 손을 맞잡으라 했다. 남녀 유별이 확연하여 이성의 손을 잡아 본 적이 없는 아이들은 수줍고 생소한 일이라 머뭇거렸다.

강렬한 호루라기 소리의 명령이 떨어지자 주춤거리던 아이들이 마지못해 손을 잡았다. 어떤 아이들은 손가락만 살짝 걸쳤다. 마치 강강술래를 하듯 아이들은 빙빙 돌다가 호루라기 지시에 따라 앞으로 갔다가 뒤로 물러났다 하는 율동을 반복했다. 운동이라면 청군 백군 나누어 달리기를 하고 체조나 뜀틀 넘기, 아니면 턱걸이 연습인데, 남녀가 손을 잡고 춤을 추라니. 아이들은 반항을 하듯 주뼛주뼛하며 마지못해 강 선생의 지시를 따랐다. 그러면서 율동은 곧 장난이 되어 버렸다.

호루라기 소리가 더 강렬하게 울렸다. 아이들은 강 선생의 몸짓에 따라 앞으로 나아가며 맞잡은 손을 올리고 뒤로 물러나면서 내렸다. 빙글빙글 돌다가 멈추고, 앉았다가 일어섰다. 아이들은 서로가 계면쩍어 하면서도 재미를 붙여 깔깔 웃어댔다. 근엄하던 강 선생도 함께 웃었다. 어느덧 쑥스러움이 사라지고 동작이 커지면서 율동은 자연스런 놀이 운동이 되었다.

다음 날 강 선생은 아이들을 질겁하게 했다. 학급은 남자 세 분단 여자 두 분단으로 나뉘어 있었다. 한 책상에 남자 둘, 여자 둘씩 앉았다. 그런데 남녀 분단 구분을 없애고 자리를 완전히 다시 배치하여 한 책상에 남녀가 짝으로 앉도록 했다. 학교 역사상 처음 있는 대변

혁이었다. 아이들은 어안이 벙벙했다. 처음 며칠은 마치 처음 만난 사이처럼 서먹서먹했다. 몸이 닿을까 봐 몸을 움츠리며 서로 거리를 두었다. 하지만 하루, 이틀 지나면서 이성의 짝은 곧 익숙해졌다. 책상 가운데 금을 그어 놓고 옥신각신 다투던 영역 싸움이 없어지고 손찌검을 주고받던 행동이나 욕지거리가 섞인 말씨도 어언 줄었다. 내 짝은 계숙인데 때꼽이 더덕더덕하고 비가 오는 날에도 우산 없이 흠뻑 비를 맞고 와 내 얼굴을 일그러지게 하는 아이였다.

강 선생이 힘주어 말했다.

"여필종부라는 남존여비 사상은 나라를 망하게 한다. 여러분이 새로운 세상을 만들어 가야 한다. 그 첫째가 남녀 평등이다. 남녀 간에 말도 트고 서로 이해하도록 노력해라."

그 후, 전교생 모두가 남녀로 짝을 지어 한 책상에 앉았고 날이 갈수록 자연스러워졌다. 표정들이 한껏 밝아지고 남녀 간에도 툭툭 치면서 장난질도 했다. 예전엔 상상할 수 없던 일이었다. 남자아이들 앞에서 내숭을 떨며 몸을 사리던 여자아이들이 운동 시간만 되면 먼저 밖으로 달려나갔다. 율동놀이를 할 때에는 거리낌없이 손을 내밀어 잡았다.

강 선생의 엉뚱한 운동 교육과 자리 배치 지침은 아이들의 구태한 사고방식에 일대 변화를 가져왔다. 남성 중심 사회에서, 사내아이들에게 기울어져 있던 평등의 무게가 여자아이들 쪽으로 옮겨지기 시작했다. 여자아이들은 수줍은 풋내에서 벗어나 걸음걸이도 활달해지고, 여자아이들을 거칠게 대하고 내리 깔보던 사내아이들의 태도는 부드럽게 변했다. 남녀 평등의 균형 각도가 수평을 잡아 갔다. 남자아이들이 여자아이들의 집에 놀러 가기도 하고 어느 때는 떼를 지어 이 마을 저 마을 다니며 밤늦도록 섞여 놀았다.

윗동네 끝자락에 사는 성국의 집은 남녀 아이들이 모여 놀기에 안성맞춤으로 좋은 환경이었다. 아버지가 전쟁 때 세상을 떠나 안 계시고 형들은 타지로 떠나고 어머니는 너그러웠다. 고구마도 삶아 주고 박적에 열무김치와 고추장을 비빈 보리밥 야참도 해 주었다.

"참기름도 쳐서 비벼 봐라."

성국 어머니는 자상하기까지도 했다. 거기에다 마을에서 떨어진 외딴 집이라 아무리 떠들며 놀아도 무관했다.

기나긴 겨울 밤, 이 마을 저 마을 아이들이 성국의 집으로 모여들었다. 여자아이들 중에는 판순, 영숙, 영님, 경자, 순애도 왔다. 순애는 멋을 냈는지 새앙머리를 하고 자줏빛 저고리에 하얀 당목 치마를 받쳐 입고 왔다. 경자는 예전에 나한테 이름이 몇 번 적힌 아이인데 아직도 구구단을 못 외웠다. 하지만 반죽이 좋아 노는 데는 어딜 가나 끼었다.

초저녁인데도 사위는 칠흑이고 달이 차 올랐어도 검푸르게 이울어 구름에 숨었다. 성국의 집 앞은 대나무 숲이 우거져 더욱 어두웠다. 숲가엔 나지막한 갈대 바자로 가려진 커다란 양회 '노깡'이 있었다. 분뇨를 저장하는 노깡은 대나무 잎이 떨어져 위를 덮고 있어 언뜻 눈에 띄지 않았다. 여자아이들이 깔깔대며 집 안으로 우르르 들어서는 순간 한 아이가 발을 헛디뎠다. 앗, 소리도 못 하고 바자와 함께 쓰러지며 노깡에 풍덩 빠져 버렸다. 덤벙이 순애였다. 아슬아슬했다. 노깡이 깊어 순애가 가라앉을 뻔했다. 아이들이 자지러질 듯

비명을 지르며 몰려들었다. 허우적대는 손을 여자아이들이 가까스로 붙잡아 건져 올렸다. 한껏 멋을 내고 왔던 순애의 몰골은 그야말로 으이그….

남자아이들은 새암에서 물을 길어 나르고 여자아이들은 불을 지펴 물을 끓였다. 성국 어머니는 비빔밥 대신 순애를 씻기느라 똥물에 손을 담가야 했다. 몇 아이가 오물 덤터기를 쓴지라 달이 중천에 얼굴을 내밀 때까지 씨서리는 계속되었다. 질색할 분뇨 냄새가 온 집 안을 덮었다. 아이들은 자기에게 냄새가 밴 것 같다며 옷자락에 코를 대고 벌름거리며 킁킁댔다. 나도 공연히 몸을 흔들어 털었다. 아닌 밤중에 홍두깨라더니 순애에게 재수가 옴 붙어도 그렇지 그런 악 재수를 만날 줄이야. 어느 녀석이 화제를 엉뚱한 곳으로 돌렸다.

"덤벙이 새앙머리가 이뻐서 각시귀신이 샘이 나 잡아댕긴 겨."

"뭔 소리? 각시귀신은 측간에 있어. 간짓대귀신이 밀어 넌 거지."

다른 녀석이 되받았다.

마을엔 똥둣간에서 퍼다 저장한 분뇨 노깡이 몇 곳 있었다. 사람들은 항시 피해 다니느라 조심했다. 호박 넝쿨이나 풀대가 자라 덮이면 눈에 잘 띄지 않아 순애와 같은 불상사가 더러 생겼다. 하지만 농사에 귀한 밑거름이라 더러이 여기지 않았고 오히려 작물의 양분을 공급하는 성소로 여겼다. 대보름날엔 오색 꽃 고깔을 쓴 풍물패가 그 앞에서 꽹매기를 앞세우고 징을 옆 세우고 고사 장구를 치며 측간신에게 빌었다.

외양간에서 나온 오물과 두엄은 논 거름이 되고, 잿간에 부려 놓은 부엌재와 뒷간의 분뇨는 밭 거름이 되었다. 헛간 옆엔 음침한 잿간이 있고 잿간 옆엔 뒷간이 있었다. 뒷간 앞엔 남자들이 소변을 보는 테를 두른 나무 분뇨통도 있었다. 마을 집들의 헛간 구조가 대개 그랬다.

헛간엔 마당을 쓰는 대비와 싸리비도 몇 개씩 있었다. 모지랑빗자루는 대보름 달집 태우기 때에 모두 걷어다 마당에 쌓아 놓고 생솔과 대나무를 얹어 태웠다. 대나무가 탈 때 후드득 딱딱 튀는 소리가 나면 몽당귀신과 도채비들이 모두 달아나 버린다고 했다. 사람들은 우리가 사는 집 주위의 땅과 나무와 물과 돌더미, 심지어 거름 속에도 화와 복을 쥐고 흔드는 온갖 신령*이 살고 있다고 여겼다.

분뇨 냄새에도 아랑곳 않고 아이들은 늦은 밤까지 문답 놀이와 민화투를 치면서 우정을 나누었다. 화투놀이의 규칙은 주로 경자가 정했고 그녀는 판을 좌지우지했다. 횟가루가 묻어나는 해어진 화툿목을 다루는 경자의 손놀림은 노름꾼처럼 능란했다. 구구단을 못 외우는 어리뜩한 머리 굴림이 아니었다. 가물가물한 호롱불 아래서 화투짝을 휘잡는 경자의 눈빛은 고양이 야광 눈처럼 번뜩였다. 순애와 여자아이들은 그날 밤 성국의 집에서 잤다. 젖은 옷으로 한뎃바람 맞고 가면 큰일난다며 집에 못 가게 성국 어머니가 말렸다.

순애가 똥통에 빠진 노깡 추락 사건은 곧 마을에 퍼졌다. 사건의 진상을 더듬느라 별의 별 이야기가 다 나왔다. 결국 꼬리에 꼬리를 물고 올라가 불똥은 강 선생에게 튀었다.

* 성주신, 터주신, 조상신, 삼신, 곳간의 업신, 뒷간의 측신, 가축을 다스리는 구신, 부엌의 조왕신, 장독대의 철융신, 우물신, 우마신, 대문의 수문신 등.

"남녀 조화는 크믄서 저절로 되는 건디, 어찌 에린 것들을 역부로 붙여 놓고 바람을 넣는다요?"

콩나물 시루에 물을 주던 어머니가 몸을 돌렸다.

"강 선생이 신식 선생이라 그러탸."

"선생이 신식, 구식이 어딨데요?"

"시절이 안 그런 개벼?"

잠자리에 들어 궁싯대던 나는 어머니와 아버지가 나누는 소리에 왠지 가슴이 뜨끔했다. 마치 못된 짓을 저지르고 시치미를 떼는 기분이었다.

강 선생이 순애 집을 방문한 후에 순애는 다시 학교에 나왔다. 성국은 미안한지 여자아이들 곁에는 얼씬도 하지 않았다. 판순이 팔을 걷어붙이고 아이들을 주목시켜 으름장을 놓았다.

"느그들 한 번만 더 나불거리고 놀리면 디질 줄 알어?"

예전에 나를 골리고 문영숙을 가락골댁이라고 놀릴 때 아이들을 제압했던 송곳 같던 눈빛과 되알진 말투였다. 판순 뒤에서 영님이 도끼눈에 심지를 돋우고 주먹을 불끈 쥐어 보였다. 코가 납작해진 남자아이들은 입도 뻥긋 못 했다. 평등의 무게가 여자아이들 쪽으로 확실히 기울었다. 순애가 분녀[糞女]가 돼 버린 사연을 굳이 따져 보자면 단연코 강 선생이 원인 제공자였다.

갓 돋친 두 낱 날개
비상의 숨을 쉰다
작은 새 바람을 찾아
호로록 날고

# 가출

교복을 입고 교모를 쓰고 읍내 중학교에 다니는 아들을 하나 두었다는 것만으로도 부모에게는 자랑거리였고 가문의 희망이었다. 아버지는 형이 학교에 갈 때 자전거를 타고 나서면 신작로에 들어설 때까지 뒷모습을 지켜보았다. 내게도 형은 든든한 버팀목이었다. 친구들에게 놀림을 당하거나 다툼을 할 때면 방패가 되었다. '형만 한 아우 없다.'는 어른들의 말을 자주 들은 탓인지 나는 형의 가르침과 경험들을 귀담아 들었고 살가운 형의 애정에 늘 뿌듯함을 느꼈다. 형이 밟고 간 길을 따르면 새로움이 보이고 위험도 줄었으며 지식이 늘었다. 눈밭을 누비며 연날리기를 할 땐 연싸움 기술을 가르쳐주고, 새끼 새를 키우는 법, 유식한 말씨를 섞어 말하는 법, 자전거를 타는 법, 책을 읽고 글씨를 쓰는 법, 어른께 인사하는 법, 풀을 베고 나무를 하는 법, 칼과 연장을 다루는 법, 날마다 새로운 꿈을 그리는 열정과 꽃과 작물, 벌레의 이름과 목청을 꺾는 유행가를 형에게

서 배웠다. 하지만 형은 고집이 세고 자존심이 강하여 자기보다 다섯 살 위인 누나한텐 걸핏하면 대들고 만만하게 여겼기에 누나는 쩔쩔매며 너그러움을 키워야 했다.

형은 행동파였다. 호방하고 강인한 성격의 형 앞에서는 또래 친구들도 함부로 나서지 못했다. 멋 내기를 좋아하고 놀기 좋아하는 형은 주변머리가 좋아 우리 마을뿐만 아니라 다른 마을에도 친구들이 많았다. 마을 어른들은 형의 똘망똘망한 눈빛을 보고 장차 전도유망한 청년으로 한가락 할 거라 했다. 하지만 언제부터인가 공부는 미루고 기타를 메고 친구들과 쏘다니는 일이 잦았다. 교복 바지도 넓혀 입고 상고머리에 침도 살짝 바르고 다녔다. 무슨 일인지 종종 밤늦게 들어오는 경우도 있었다. 장남에게 주춧돌이 되어 주길 바랐던 아버지는 실망의 기색을 보이곤 했다. 형에겐 주춧돌이란 의미엔 관심이 없는 듯했다. 공부는 잘하는 편이었지만 아버지의 눈에는 지나치게 노는 일에 빠져 있는 것처럼 보였다. 아버지는 똑똑하며 야무지던 아들이 날라리가 돼 간다며 속을 끓였다.

어느 날 형이 아버지에게 호되게 꾸중을 맞고 집을 나갔다가 며칠 만에 돌아왔다. 아버지는 노기에 찬 언성으로 크게 역정을 냈다. 그렇게 팔랑거리고 다니려면 학교 그만두고 공부도 집어치우라며 방에 있던 기타를 가져 와 마루 모서리에 내리쳐 부숴 버렸다. 아버지의 야단치는 격성과 와장창 기타 깨어지는 소리가 온 집 안을 흔들었다. 아버지가 그렇게 노여워하는 걸 본 적이 없었다.

아버지는 방에 있던 형의 책들을 쓸어다 마당에 쌓아 놓고 불을 질렀다. 어머니는 아버지를 말리고 누나는 불에 타들어 가는 책들을 손에 잡히는 대로 거두어 대밭에 숨겼다. 그러한 경우를 두고 집안 난리라고 하지 않을 수 없었다. 공부를 열심히 하여 듬직한 자식으로 성장해 주길 바라는 고지식한 아버지와, 자유분방한 신세대 청춘의 낭만이 맞부딪친 대사고였다. 어둠을 적시며 주룩주룩 비가 내리기 시작했다. 마당에서 타오르던 불꽃이 사그라지고 난리는 잠잠해졌다. 누나와 나는 대밭에 숨겨 두었던 타다 만 책들을 가져다 건넌방 아랫목에 펼쳐 말렸다. 젖은 책들은 마르면서 쪼글쪼글해졌다. 그중 콘사이스 영어사전은 내 것이 되어 두고두고 내가 사용하게 되었는데, 사전을 펼칠 때마다 서너 장씩 붙어 넘겨졌다. 충돌의 후유증은 오래가지 않았다. 아버지의 근엄한 다독임으로 소낙구름 걷히듯 가라앉았다.

"때는 기다려 주는 게 아녀. 형설지공 얘기도 못 들어 봤어? 둘러봐. 공부하고 싶어도 학교 못 가는 애들 숱히여."

어머니는 가타부타 내색도 하지 않았다. 형은 밤늦도록 책상 앞을 떠나지 않았고 마음을 다잡는 듯했다. 그런데 그것도 잠시, 자전거를 타고 나갔던 형이 며칠이 지나도록 집에 돌아오지 않았다. 중학교 졸업을 얼마 앞둔 즈음이었다. 한 주가 지나도 종무소식이고 여기저기 찾아봤지만 행방은 오리무중이었다. 형이 공부하던 책들은 주인을 잃은 채 책상 위에 그대로 놓여 있었다.

읍내에 다녀온 아버지가 땅이 꺼질 듯한 한숨을 내쉬며 집에 들어섰다. 표정이 어둡고 힘없는 걸음걸이가 허정거렸다. 마루에 털썩 주저앉아 쌈지 담배를 마는 아버지의 손이 떨렸다. 정짓문을 나오던 어머니가 근심 어린 표정으로 다가갔다.

"무슨 일이 있었소?"

"용호가 서울로 간 모양이오".

"서울이오?"

"이성방 싸전에 들렀는데, 글쎄 용호가 아버지 심부름이라며 돈을 차용해 갔다지 뭐요?"

"그게 무슨 말이다요? 차용은 뭐고 서울이라니."

"아마 여비로 쓰려고 한 모양이오. 아니, 학교도 그만두고 도대체 무슨 바람이 들었기에 집을 나갈 생각을 했단 말이오?"

"아니, 이게 웬 날벼락 같은 소리리라요?"

"난감하게 되어 버렸소."

어머니가 쓰러지듯 토방 모퉁이에 주저앉았다.

"아이고, 호랭이 물어갈 놈. 이게 뭔 일이여."

부모에겐 억장이 무너질 일이었다. 무슨 좋은 꼴을 보았고 어디서 달콤한 말을 들었기에 학업마저 팽개치고 집을 나갔단 말인가. 동네에 소문이라도 나면 자식 비난은 불을 보듯 뻔할 터, 아버지는 망연한 얼굴로 한숨을 짓고 어머니는 거푸 가슴을 쳤다.

이성방은 읍내에서 제일 큰 싸전 주인으로 아버지와는 오래전부터 추곡 거래를 하며 신용과 우정을 돈독히 해 오던 벗이었다. 형은 학교에 다녀오면서 아버지의 싸전 심부름을 종종 한 적이 있어 싸전 주인을 잘 알았다.

아버지는 형을 찾기 위해 사방을 수소문했다. 마침내 소식을 알아냈다. 건너 마을 이발소에 이발사로 있던 찬호라는 친구와 함께 서울로 떠났다는 이발소 주인의 언질이었다. 아버지는 찬호 집을 찾아가 소식을 듣고자 했다. 하지만 그 집 역시 사라진 아들의 행방에 애를 태웠다. 시골 사람들에게 서울이라는 곳이 얼마나 위험하고 냉정한 곳인지 아버지는 잘 알았다. 근심이 태산처럼 밀려왔다. 그 넓은 서울 천지 어디에서 찾는단 말인가. 물속으로 숨어든 물고기를 맨손으로 잡을 일, 아버지는 가슴을 쓸며 포기할 수밖에 없었다. 다만 무사하기만을 바랄 뿐이었다.

어머니는 큰아들을 무척 사랑했다. 농사를 짓듯 노심 정성으로 키웠다. 들에 나가면 우줄이는 작물들을 보고 "아이구, 내 새끼들. 우리 큰아들처럼 잘도 영그네!" 하며 알알이 여무는 오곡의 머리를 쓰다듬었다. 어머니는 추수가 끝난 후엔 집채만 한 노적가리를 뿌듯이 바라보며 허리를 폈다. 땅에 떨어진 낟알 한 톨이라도 눈에 띄면 주워 닦고 애바르게 여겼다. 한겨울 눈 덮인 보리밭에서 보리싹을 뽑아 흙을 털어 내며 "하나면 흉년이고 셋이면 풍년이라는디, 뿌리가 많은 것이 대풍 들겄다." 하며 형에게 삶의 결실을 가르치곤 했다. 형은 어머니의 애중한 자식일 뿐 아니라 집안에 노적가리를 쌓아 줄 기둥이었다.

아버지는 입을 닫고 마당에 우두커니 서서 빗발 같은 진눈깨비를 맞았다. 부엌에서 자식을 잃은 어머니의 생병 앓는 탄식과 애통의 소리가 들렸다.

"아이고, 야속한 자식은 어딜 갔을꼬. 이 일을 어쩌끄나!"

## 이장과 면서기

마을회관 옆에 있는 이장 집에서 새벽 벽두부터 집안 싸움이 일어났다. 부부 싸움이었다. 쨍그랑, 그릇 깨지는 소리하며 북받치는 비명 소리, 우당탕 하는 소리가 얼마나 큰지 벼락치는 소리처럼 아랫녘까지 들려왔다. 무슨 일인가 싶어 가 보기로 했다. 아버지가 가지 말라 했지만 궁금증이 많은 나는 그냥 넘길 수 없었다.

사람들이 몰려들어 담장 밖에서 웅긋중긋 까치발을 하고 기웃거렸다. 마을에선 부부 싸움을 해도 체면 때문에 좀처럼 밖으로 드러내지 않았다. 하지만 워낙 떠들썩한 그날의 이장 집 부부 싸움은 공개적인 구경거리가 되어 버렸다. 나는 담장 밖 아름들이 팽나무 위로 올라가 이장 집 마당을 들여다봤다. 자식들 육 남매까지 패로 나뉘어 다투고 있는 중이었다. 딸들은 어머니 편, 아들들은 아버지 편이고, 어린 막내아들은 토방 끝에 주저앉아 울었다. 장독 몇 개가 이미 산산이 부서졌고 장독을 두른 붉은 고추 끼운 새끼 금줄도 널브러져 있었다. 열려 있는 안방 문짝 문살 한 쪽이 떨어져 나간 것을 보니 보통 싸움이 아니었다. 이곳저곳 일장풍파가 지나간 자리는 풍비박산, 그야말로 살풍경이었다. 누구도 만류할 엄두를 못 내고 주춤거리는 사이 새까만 몸빼를 입은 이웃집 안터댁이 소매를 걷어붙이고 들어섰다. 작대기를 들고 노발대발 씩씩거리는 이장을 향해 앙칼진 소리로 나무랐다.

"아따, 그만 하시오, 나뭇개양반. 뭘 잘했다고!"

구경꾼들의 이목 때문이었는지 이장은 작대기를 패대기치고 밖으로 나가 버렸다. 전쟁은 소강상태로 접어들고 사람들은 수군거리며 뿔뿔이 흩어졌다. 어느덧 동녘이 밝아 왔다. 집으로 돌아와 학교에 갈 준비를 했다. 우물가에서 요강을 부시고 돌아서던 어머니가 치맛자락에 손을 훔치며 아버지에게 물었다.

"나뭇개양반 집에서 무슨 일이다요?"

"나뭇개댁한테 아마 당하고 있는 것일 게요. 어제 읍내 관[館]에 갔다가 새벽에 왔거든."

"당신도 같이 안 갔소?"

"봉훈이랑 자희랑 같이 갔었지. 농협 서기하고 청호관에서 점심을 하고 준호는 다른 볼일이 있다 해서 우린 먼저 왔소."

"청호관이면 기생들이 시중드는 요릿집 아니오?"

청호관이란 이름을 어디서 들었는지 어머니는 미간을 찌긋 모으고 의미 심장한 뜻을 비추며 아버지를 다그쳤다.

"기생은 무슨 기생…."

아버지는 대꾸할 말이 아니라는 듯 얼버무리고 밭일을 나가겠다며 밖으로 사라졌다.

이장인 김준호와 육군 중사로 제대한 서봉훈, 그리고 산 너머 대광리에 사는 면서기 유자희와 또 다른 몇몇은 아버지와 자주 어울리는 고장 친구들이었다. 모두가 농사를 짓는 농부들이지만 가끔 도시에 나갔다 오고 바깥 출입을 자주 하여 나름대로 세상 물정을 앞서 알고 있는 사람들이었다. 누군가 읍내에 나갈 건수가 생겼다 하면 작당을 하고서 아침 댓바람에 나가 온종일 함흥차사였다.

군청에 설립된 농업협동조합에서 소득이 높은 특수 작물 재배를 권장하여 보리농사를 주로 했던 사람들이 담배나 양파를 재배하기 시작했다. 아버지는 그러한 농촌의 변화를 파악하고 탈곡일 대신 새로운 사업을 시작했다. 담배와 양파를 재배하는 것으로 그치지 않고 씨앗을 생산하여 다른 농가에 공급하는 것이었다. 타지를 돌며 농부들로부터 다량의 담배와 양파 씨앗을 사들여 서울에 있는 종묘상에 납품을 하고, 농부들에게도 씨앗을 공급하는 종묘 사업이었다.

신 품종에 대한 정보나 생산과 수매의 동향을 알기 위해 아버지는 군청 서기나 농협 사람들을 자주 만났다. 더러 그들과 함께 '관'이라고 하는 요릿집에 들르기도 했다. 서울이나 지방에 출장을 갈 때는 며칠씩 집에 돌아오지 않는 경우도 종종 있었다. 의미심장한 청호관 기생에 대한 어머니의 다그침은 아버지가 밖으로 자주 나도는 상황을 염두에 둔 은근한 걱정과 압력의 표시였다.

어머니는 관에는 기생이 시중을 든다는데 그런 곳엔 왜 가느냐며 따지고 아버지는 별것을 가지고 트집을 잡는다며 역정을 내곤 했다. 수상한 낌새라도 짚이면 어머니는 아버지의 외출복을 뒤적이며 바깥 냄새를 확인했다. 전에도 몇 번 그런 일로 다퉜는데 기생집은커녕 근처에도 가 본 적이 없다는 아버지의 결백 주장에 어머니의 다그침은 번번히 묵살을 당했다. 하지만 어머니는 그냥 넘어가지 않았다. 억지 트집으로 채근하며 다짐을 받아내곤 했다.

"대천양반같이 작은댁 하나 앉히시지?"

"씨잘디없는 소리 하고 그려? 그 사람 얘기가 왜 나와?"

"안 좋것소? 쌩큼한 시앗 업고 월천꾼*입네, 허는 재미가."

"말도 말 같은 말을 히야지."

어머니는 혹여 하는 아버지의 방심에 못을 박고, 아버지는 댈 말을 대야지라는 투로 눈화살을 비껴 쏘았다.

대천양반은 전쟁 때 청상과부가 된 아랫녘 금강댁과 그렇고 그런 사이가 되었다. 아기를 낳는 바람에 본가에선 작은댁으로 인정을 했고 아예 작은 토담집을 지어 주었다. 대천양반이 밤에만 살짝살짝 드나드는 걸 나도 여러 번 봤다. 문밖에서 "어험, 양순네!" 하면 문이 열렸다. 그들에게서 생산된 아기의 이름이 양순이었다.

씨앗 수확 철이 되면 아버지는 전국을 돌았다. 산꼭대기에서 내려온 늦가을 산풍이 내리막에서 울고, 들판 웅달엔 서릿발이 희끗희끗했다. 아버지가 집을 떠난 지 열흘이 넘었다. 돌아올 때가 지났는데도 종무소식이었다. 어머니의 근심은 이만저만 아니었다. 이리저리 수소문하던 중 아버지 친구로부터 청천벽력 같은 소식을 들었다. 어느 여인과 눈이 맞아 세월을 잊고 있을 거라는 망측한 소식을 흘려 준 것이다. 집안일이 손에 잡힐 리 없었다. 불안과 초조한 마음이

* '시앗'은 남편의 첩. '월천꾼'은 삯을 받고 사람을 업어서 개천이나 작은 강을 건네주는 남자.

극에 달했다. 열불 대꼬챙이에 가슴이 맞창 난 어머니는 막내 아기를 업고 아버지를 찾아 무작정 길을 나섰다.

불원천리하며 며칠을 헤맸다. 들은 바 어림 잡히는 길을 따라 당도한 곳이 강원도 어느 궁벽한 두멧골이었다. 구름 무리가 자욱하고 돌더미 뒤에서 금방이라도 산짐승이 나올 것 같은 벽지였다. 마침내 아버지가 있다는 집을 찾았다. 산기슭에 있는 굴피 지붕의 오두막 같은 너와집이었다. 원망과 부아가 목까지 치밀고 눈가가 젖어 왔다. 아버지는 분명 거기에 있었다. 어머니는 눈을 의심했다. 어느 노부부의 보살핌을 받으며 이질과 몸살로 사경을 헤매고 있었다. 상상 속의 아버지가 아니었다. 어머니는 죄책감과 후회로 무너지는 억장을 가까스로 움켰다.

부모의 다툼이 있을 때마다 나는 그 사정을 몰랐다. 어머니가 이길 때는 아버지가 불쌍하고 아버지가 의기양양할 때는 어머니가 처량했다. 천장이 들썩이고 부엌에서 그릇이 깨지기도 했다. 한 번은 너무 심하게 다투어 어머니가 장독대 옆에 담가 둔 술을 바가지로 들이켜고 죽어 버리겠다며 집을 나갔다. 밤늦도록 어머니가 돌아오지 않자 아버지는 어서 나가 찾아보라며 자식들의 원망을 키웠다. 누나와 우리 형제는 마을을 돌며 가 있을 만한 집에 들어가 물어보느라 곤욕을 치렀다. 동네에 소문을 내고 다닌 꼴이었다. 혹시 얼굴을 치마에 묻고 물에 뛰어들었나 싶어 냇가 아래 어둑한 둠벙에도 가 보았다. 바닷물 속으로 걸어 들어갔나 싶어 앞장불까지 나가 찾아 헤매기도 했다. 사실 아버지는 한 모금의 술도 입에 대지 못하는 숙맥 농부였고 어머니의 의심을 살 만한 그럴 위인이 되지 못했다.

물론 나의 빈곤한 상상력의 관점에서 그랬다.

이튿날 새벽 정짓문 열리는 소리가 삐거덕 하고 들리더니 어머니는 언제 무슨 일이 있었냐는 듯 어느새 쿵덕쿵덕 절구질을 했다. 오장육부가 다 썩어 문드러져 더는 못 살겠다던 어머니는 어느새 마음을 눙쳐 삭였는지 멀쩡했다. 어느 새벽에 돌아왔는지는 아버지만 알았다.

나도향의 낭만 소설이나 정비석의 『자유부인』이란 책을 돌려 볼 정도로 사회가 개방되면서 여성들이 조금씩 사회에 진출하기 시작한 때다. 마을 청년들 사이엔 방인근의 『마도의 향불』 같은 도색을 띤 통속 소설도 굴러다녔다. 유교 사회의 향약 풍속이 서구적인 신자유 문화에 서서히 밀리면서 사회적으로는 평등의 시대로 접어들었다. 마을 사람들의 언행에도 조금씩 변화의 조짐이 보였다. 여자들의 의견이 중시되고 차림새도 옛것을 고집하지 않았다. 남녀 관계의 교류도 자연스러워지다 보니 더러 불상사가 터지기도 했다. 윤석의 형과 연애하다 들킨 문수마을 정애 누나는 동네 사람들의 눈총에 못 이겨 야반 가출을 했다. 윤석의 형도 집에서 쫓겨나 어디론가 사라졌다. 싹수가 글러먹고 되바라진 것들이라는 흠담이 고샅마다 떠돌았다. 사람들은 결혼 전 연애를 불륜이나 말세의 풍속이라 여겼다. 두 집안은 엉겁결에 원수가 되어 버렸다.

바람이 일면 비구름이 따르던가. 정작 크나큰 사건이 일어났다. 옆 마을 신촌에 송 씨라는 사람이 이사를 왔는데 슬하에 자식은 없고 부인과 단둘이 살았다. 그들은 농사도 짓지 않고 빈둥대며 노는 사람들이라 마을 사람들과는 잘 어울리지 못했다. 허우대가 멀끔한 송씨는 거동이나 차림새로 봐서 농부 같지는 않아 보였다. 어느 때는 보이지 않다가 달포가 지나서야 나타나기도 했다. 그의 부인은 한들한들 동네를 배회하며 보라는 듯 가둥거리고 다녔다. 밭일하는 아낙네들을 만나면 가슴을 살짝 틀고 손짓하며 지나갔다. 더부룩이 꼬아 올린 파마머리를 하고 안경을 쓴, 조금 때깔이 고와 보이는 아낙이었다. 꽃무늬 포플린 원피스를 날리며 햇빛이 없어도 양산을 쓰고 다녔다. 잔망스런 몸짓은 간사스럽고 턱을 들고 우줄이는 걸음새는 도도했다. 자연히 마을 아낙네들의 시샘을 받아 어느 사이 설왕설래 입방아에 오르기에 알맞은 화제의 인물이 되었다. 밭을 매던 아낙네들이 부러 흉을 만들어 한마디씩 했다.

"하이고, 의젓잖여. 백주에 저것이 귀신이여 머여?"

"누가 바 줄 깨비 꼴사납네 그려. 낮 도채비그만?"

"긍게이. 여시 낯바닥 맹키로 흐으기 같고 삼 동네를 갈고 댕기네. 대그빡한질라 미친년 산발로 지지고."

아낙들이 눈꼬리를 흔들며 맞장구를 쳤다.

"베락이나 맞어 부러라!"

남자처럼 걸걸한 목소리의 아낙은 거머쥔 호미를 내리찍으며 시샘을 넘어 악담을 퍼부었다. 송씨 부부의 정체를 아는 사람은 아무도 없었다. 다만 다른 도시에서 살다 온 사람들이라는 소문만 돌았다.

갑자기 마을 사람들이 웅성거렸다. 송씨 부인이 자기 집에서 무참히 칼에 찔려 살해되었다는 소식이 온 마을에 전해졌다. 정말로 급살 벼락을 맞아 버린 것이다. 남편인 송씨에게 화를 당했다는 소문이 파다하게 퍼졌다. 그리고 또 한 사람이 칼을 맞고 죽을 지경이 된 채 달아났다는데, 대광리에 사는 면서기 유자희라고 했다. 고장 몇 개 마을이 벌커덕 뒤집혔다.

"웬 넋 떨어지는 소리디야?"

"자희 양반 낭패살 된통 들었구만."

다른 남자가 또 있을 거라는 해괴한 풍문까지 더해져 들썩들썩했다. 경찰들이 몰려오고 사람들은 들일을 멈춘 채 놀란 가슴을 달랬다.

자희라는 사람은 자전거를 타고 이 마을 저 마을 다니며 농부들의 계몽에 앞장서고 행정적인 일을 도와주는 점잖은 고장의 유지여서 모르는 사람이 없었다. 아버지의 친구여서 나도 몇 번 본 적이 있는데 그러한 끔찍한 사건에 연루되었다니 도저히 믿기지 않았다. 그는 또한 우리 학급 친구 정연의 아버지이기도 했다. 유부남과 유부녀의 치정으로 인한 살상 사건, 고장에서는 전무후무한 일이었다. 경찰들이 온 마을을 샅샅이 수색하는 동안 마을의 평온은 깨어지고 핑핑 날아드는 기이한 소문까지 떠돌아 사람들은 좌불안석하였다. 어머니는 자식들의 귀를 막으려 했지만 소용이 없었다.

"사람이 돌믄 못 할 짓 없다더니. 허천날 게 따로 있지 넘으 지집 넘보는 인간이나 요망 떠는 년이나. 어찌야 옳으까이. 뻔득헌 것들 다 쇠양 없당게."

어머니는 치마를 휘감고 혀를 끌끌 차며 마루에 올라 앉았다. 더럽지도 않은 마루인데도 뭔가 께름한 듯 쓰적쓰적 빈손 쓰레질을 해댔다.

이튿날 해 질 무렵, 경찰들은 냇가 아랫목 대밭에 숨어 있던 송씨를 찾아내어 체포했고 사건은 곧 수습되었다. 부엉이와 살쾡이가 살고 용천배기와 도채비가 나타난다는 대나무 숲이었다. 나는 대밭 근처를 지나칠 때마다 사스락 소리만 들려도 무서움에 질려 몸을 웅그렸다. 멀리서 봐도 오금이 저리고 머리가 쭈뼛 곤두섰다. 자희 아저씨도 간통죄인가 뭔가로 붙잡혀 감옥에 갔다. 얼마 후 아저씨의 아들이며 학급 친구였던 정연네는 이사를 가 버려 더 이상 볼 수 없었다.

이장과 면서기, 누구를 대하든 향약의 예를 중시하던 순박한 사람들이었다.

# 는들바위

“서둘러야 물때를 맞추것소.”

두 다리가 짧은 지게 위에 새우밀대를 얹고 있는 아버지에게 어머니가 다그쳤다.

“다 되었소.”

아버지는 밀대 위에 뜰채와 나무통을 얹고 서둘러 집을 나섰다. 새우잡이를 가는 아버지를 따라 나도 함께 나섰다. 형이 집을 나간 후 아버지는 가는 곳마다 나를 데리고 다녔다.

아버지는 앞서고 나는 뒤서서 바다를 향해 갔다. 장불에 이르자 갯내음 바람이 휘익 지나가며 목덜미의 열기를 씻었다. 사리 때가 되어서인지 바닷물이 제법 빠졌다. 갯바위에는 굴을 따는 노파와 똘짱게를 잡느라 돌멩이를 헤집는 아이들이 김을 매듯 쪼그려 있고, 그 곁엔 작은 바닷새들이 어정거렸다. 갯벌엔 드문드문 조개를 캐는 사람들이 보였다. 아버지와 나는 신발을 벗어 모래밭 위에 놓고 바다를 향해 걸어갔다. 썰물이 밀려 가며 물고기 비늘 같은 일렁 무늬를 그려 놓은 갯벌은 무르익은 여름 햇볕을 받아 따스했다. 폭신한 부드러움이 발바닥에 사물사물 전해졌다. 우리는 수평선을 향해 계속 걸었다. 갯벌 위의 발자국 넷이 사박사박 뒤를 따랐다. 이윽고 목적지에 도착했다. 바닷물이 빠져나간 자리에는 제법 넓은 강줄기 하나가 구불구불 흘렀다. 강가에서 바닷새들이 먹이를 찾다가 흠칫 놀라며 날아갔다. 아버지는 뜰채를 내리고 나무통을 짊어진 다음 밀대를 폈다. 밀대는 기다란 대나무 장대 두 개에 물코가 작은 그물을 양쪽에 감고 그물 끝에 추를 달아 만든 새우잡이 어구다. 장대를 횡십자로 오므리면 끝이 부채처럼 펴지며 손잡이 쪽은 좁아졌다. 장대 끝에는 나막개 모양의 받침대가 달려 있어 앞으로 쉽게 밀려 나아가도록 되어 있다.

우리는 강물 속으로 들어갔다. 아버지에게는 허벅지까지 물이 찼지만 내게는 가슴까지 차 올랐다. 아버지가 지겟다리가 짧은 지게를 지고 온 이유가 있었다. 아버지는 부드럽게 흐르는 해류를 따라 천천히 밀대를 밀고 나는 뜰채를 들고 따라다녔다. 밀대를 밀며 오가는 동안 그물에 붙어 있는 추들이 모래 위를 스치면 바닥에 있던 새우들이 그물 속으로 떠밀려 들어왔다. 손잡이 쪽 구석으로 새우들이 밀려와 가득 차면 아버지는 밀대를 들어올렸다. 나는 새우를 뜰채로 떠서 나무통에 담았다. 더러 은빛 멸치들이 반짝거리며 튀어 오르고, 노란 방게와 집게발 돌기가 날카로운 뻘떡게, 뼘치만 한 생선들이 그물에 걸려 왔다.

새우잡이가 재미있어 보여 나도 해 보기로 했다. 내게는 너무 큰

밀대였지만 가슴에 대고 밀어 보니 물의 부력으로 가볍게 밀려 나갔다. 이번에는 아버지가 뜰채를 들고 내 옆을 따라 걸었다. 물이 깊은 곳을 만나 허둥대면 아버지가 옆에서 붙들고 함께 밀었다. 이따금 하얀 차일구름이 햇빛을 가려 주고 짙은 짠내 바람이 강물을 스치며 남실남실 물사위를 이루었다. 어느덧 나무통에 새우가 가득 차자 아버지는 밀대를 말아 돌아갈 차비를 했다. 백하白蝦라 하는 흰 새우는 젓갈을 만들어 김장할 때 쓰고 양념이나 국을 끓일 때도 썼다. 참기름을 섞어 풋고추에 찍어 먹고, 상추쌈을 먹을 때도 밥상에 올라왔다. 천혜의 바다 양식 중 하나였다.

밀물이 들기 시작하자 조개를 캐던 사람들도 돌아가기 시작했다. 사람들은 조개가 가득 채워진 바구니를 옆구리에 끼고 머리에 이고, 들썩이는 걸음으로 백사장을 향해 갔다. 갯벌 속에는 다양한 조개들이 산재했다. 꼬막이나 반지락, 피조개, 생합도 있고 배꼽우렁이나 고동도 널려 있었다. 초승달 모양으로 낫을 휘어 만든 '그레'를 갯벌 속에 넣고 끌어당기면 딸그락하며 딱딱한 조개가 걸려들었다. 배꼽우렁이나 고동은 손으로 쓸어 담으면 금세 한 바구니가 되었다. 싱싱한 생합은 그 자리에서 칼로 까 내어 날로 먹어도 감치는 맛이 비할 데 없었다. 여름밤에 모깃불 피워 놓고 배꼽우렁을 삶아 탱자나무 가시로 빼어 먹는 재미는 마을 사람들만이 누리는 자연의 축복이었다. 사람들은 욕심을 내지 않고 먹을 만큼만 캐 갔다. 파래를 뜯거나 굴을 따는 사람들도 싹쓸이해 가는 사람이 없었다. 누구에게나 상관없이 넉넉하게 주는 자연의 아량을 사람들은 잘 알았다. 어쩌다 타지에서 온 사람이 큰 자루에 조개를 담아 가면 그 자리에서 빼앗기고 쫓겨났다. 바닷속 생물은 마을 사람들의 공동 식량이었다.

어촌은 아니지만 우리는 바다를 삶의 한 터전으로 여기며 살았다. 해수욕도 하고 김장 배추도 씻고, 아이들은 바닷새와 동무하며 놀이터로 삼았다. 어스레한 석양이 낙조의 아름다움을 남겨 놓고 잠을 자러 가는 곳이며, 천둥 번개와 비바람을 단숨에 삼켜 버리고 거무칙칙한 하늘을 열어 무지개도 띄웠다.

아버지와 나는 서둘러 갯벌을 빠져나왔다. 바닷물이 어느새 백사장 가까이 밀려왔다. 아버지는 백사장에 짐을 내려놓고 쌈지 담배를 꺼내 말았다. 나무통의 고추씨 같은 하얀 새우들이 벌써 잠들었다. 방게와 뻘떡게는 드러누워 옴지락거리고 눈깔이 뒤집힌 생선들은 꼴딱거렸다. 천지를 태우다 지친 태양이 바다 건너 잠들 곳을 향해 가고 멀리 공동산 야방모퉁이에는 읍내로 나가는 막차인 듯한 버스 한 대가 먼지를 일으키며 지나갔다. 손에 닿을 듯한 곳에 멍석만 한 황토색 '는들바위' 섬이 쪽배처럼 출렁이며 떠 있었다. 멀리 앉아 있는 계화도界火島가 아기를 낳아 금방 물에 띄워 놓은 형상이다. 는들바위 주위는 망둥이 서식지여서 형은 그곳에 망둥이 낚시를 자주 갔는데, 범치 등가시에 찔려 나뒹군 적도 있었다. 가오리도 많았다. 작은아버지는 쇠갈고리 같은 낚시들이 달린 그물로 가마니만 한 가오리를 잡아 오곤 했다. 아버지는 는들바위를 바라보며 깊은 사연이 있는 듯 담배를 손에 든 채 시선을 떼지 않았다. 나도 아버지의 시선을 따라 는들바위를 바라봤다. 는들바위에는 전해 오는 전설이 있었다.

옛날 이웃마을 장신포長信浦에 유씨柳氏 성을 가진 부부가 살았는데

늙도록 슬하에 자식이 없어 절에 들어가 정성을 다하여 백일기도를 드렸더니 부처님의 영험으로 태기가 있어 옥동자를 낳게 되었다. 그런데 아기가 자라면서 방 안의 천장을 이리저리 휙휙 날아다녔다. 깜짝 놀란 남편이 아기의 겨드랑이를 살펴보니 새털 같은 작은 깃이 돋아나고 있었다. 부부는 놀라서 할 말을 잊고 말았다. 큰 장숫감이 태어난 것이다. 큰 장수가 나면 나라에서 가만두지 않는다는 소문이 있어 땅이 꺼지도록 근심하였다. 미천한 집에 요술까지 부리는 장숫감이 태어났다는 소문이 나면 큰일이었다. 나라에서 역적으로 몰아 집안 모두 죽임을 당할 것을 두려워한 나머지, 부부는 걱정걱정하다가 울면서 다듬잇돌로 아기를 눌러 죽여 버렸다. 그랬더니 어디선가 하얀 용마 한 마리가 뛰어와 슬피 울면서 유씨 집을 사흘 밤낮 돌다가 앞바다 는들바위 속으로 들어가 버렸다. 용마는 죽은 아기 장수가 장차 타고 다닐 말인데, 제 주인이 죽었으니 슬피 울었던 것이다. 는들바위는 흰 용마가 바위 밑에서 떠받고 있기 때문에 바닷물이 많을 때나 적을 때나 늘 그만큼 솟아 있다 했다. 사람들은 그때부터 '는들바위'라 불렀다.

전설은 언제나 나의 상상을 뭉갰다.

아버지는 백사장 위에 앉은 채 저무는 석양을 바라보며 망연한 상념에 빠진 듯 꼼짝하지 않았다.

"집에 언제 가요?"

"이제 가야지."

아버지는 간다고 했지만 일어날 기색이 없었다.

"내가 옛날 이야기를 하나 해 줄까?"

"무슨 얘기요?"

"들어봐라. 저 는들바위에서 있었던 이야기다."

할아버지가 묵정리에서 백련마을로 이사를 온 후에도 형편이 어렵기는 마찬가지였다. 아버지는 열일곱 되던 해에 결혼하여 이듬해에 딸을 하나 두고 농사일을 하면서 근근이 살았다. 일본이 중일 전쟁에서 파죽지세로 만주와 중원을 점령하고 거침없이 남태평양까지 진출한 직후 이른바 대동아 전쟁이 시작될 무렵이었다. 아버지는 면사무소로부터 국민 징용령에 의한 차출 명령서를 받았다. 노임을 보장한다는 말도 있었지만 실상은 일본군의 전쟁을 지원하는 강제 징용이었다. 자유 의사를 빙자한 강제였다. 느닷없이 닥쳐온 징용에 가족과 생사를 모르는 생이별을 했다. 만주를 거쳐 상해에서 배를 탔다. 다시 대만을 거쳐 남양군도 한 섬에 도착한 아버지는 숨 막히는 정글 속에서 도로를 만들고 비행장을 건설하는 극심한 노역에 시달렸다. 징용자들이 주림과 병마로 죽어 갔다. 아버지 또한 심한 병고를 얻어 고생하던 중 몇 달 뒤 간신히 귀가 조치를 받아 돌아왔다.

죽음의 문턱에서 살아온 아버지는 병든 할아버지와 거동이 힘든 할머니, 동생 둘, 처자식의 생계를 짊어진 가장으로서 힘겨운 삶을 이어 갔다. 큰아버지가 있었지만 제금 나 따로 살고, 글이나 읽으며 태평히 세월만 보내는 터였다. 그러던 중 아버지는 제법 큰 산판선을 구하여 목재와 땔감을 도시에 보내는 운송업을 시작했다. 중계골 안쪽 멧갓에서 산판하는 사람들의 원목을, 숯을 굽는 사람들의 숯과 장작단을 비득치 포구에서 옥구항(군산항) 제재소까지 운반하는 사업이었다. 당시 군산, 이리, 전주, 등 대도시는 건축용 목재나 땔감이 부족하여 일본인, 조선인 할 것 없이 그 수요가 폭발적이었다. 얼마 되지 않아 아버지는 제법 큰 재산을 모았고 전답도 사들였다.

노부勞夫들의 뱃노래가 바다 위로 퍼져 갔다. 황포 돛대를 높이 올리고 원목과 장작단, 숯단을 가득 실은 돛단배가 장신포 앞 바닷목 는들바위를 지났다. 바다는 예측 못 할 변덕을 부렸다. 수평선까지 낮게 드리운 해미가 일렁이며 어둠을 만들어 내기 시작했다. 느닷없이 순풍이 수악한 태풍으로 변하고 해일이 일면서 파도가 미친 듯 춤을 췄다. 뱃길이 무너지고 순식간에 배가 기울며 목재와 땔감이 쏟아졌다. 돛대가 부러지고 선체는 는들바위에 부딪혀 산산조각이 나 버렸다. 대 참사였다. 함께 타고 있던 노부들이 물에 빠지고 아버지도 파도에 휩쓸려 물속으로 내동댕이쳐졌다. 간신히 부서진 선체 조각과 둥둥 뜬 통나무들을 붙들었다. 아버지와 노부들은 사투를 벌이며 필사적으로 백사장을 향해 헤엄을 쳤다. 절체절명의 순간이었다. 거대한 물너울은 는들바위를 삼켜 버릴 듯 더욱 거세게 덮쳤다. 는들바위에서 백사장까지의 거리는 오 리 정도였다. 하늘이 도왔음인지 마침 밀물 때가 되어 아버지와 노부들은 파도에 몸을 실어 가까스로 뭍에 올랐다.

그런데 노부 중 한 명이 보이지 않았다. 모두들 살아나왔다는 안도감도 잠시, 실종된 한 사람의 행방을 찾을 수가 없어 애를 태웠다. 이미 바닷속으로 사라진 게 분명했다. 시신이라도 떠내려오면 수습하려고 바닷가에서 밤을 새우기로 했다. 시신은 나타나지 않았다. 달빛

마저 없는 검푸른 어둠 속에서 확인할 길이 없었다. 모닥불을 피우며 몸을 녹이고 있을 무렵 동네 사람들이 달려와 거룻배라도 타고 나가 보자 했으나 파도가 거세어 엄두를 내지 못했다. 사람들은 포기한 채 절망의 밤을 새웠다. 이윽고 먼동이 트고 다시 썰물 때가 되어 바닷물이 빠져나갔다. 백사장에는 파손된 선체 조각과 원목, 장작 더미와 숯덩이들이 널브러져 있었다. 는들바위가 물안개 사이로 까뭇하게 드러났다. 그때 실종되었던 노부가 안개 속에서 털레털레 걸어 나오는 게 보였다. 사람들이 그를 보며 함성을 지르고 어깨를 들썩이며 일어섰다. 백사장에 도착한 노부는 흐억하니 웃으며 몸을 툴툴 털었다.

"는들바위가 나를 죽이려다 살려 줬당게."

한마디를 내뱉고서 모래 위로 꼬꾸라졌다. 그 후로 아버지의 목재 운송 사업은 거기서 멈추었다. 일제가 물러나기 몇 달 전이었다.

아버지는 천천히 말했고, 나는 턱을 괴고 귀를 기울였다.

뉘엿뉘엿 황혼이 저물며 붉은 머리카락만 남겼다. 아버지와 나는 고무신 속 모래를 털어 낸 다음 앉은 채로 천천히 끼워 신었다. 아버지는 손바닥에 가볍게 침을 한 번 뱉고선 내려놓았던 밀대와 나무통을 다시 지게에 얹었다. 아버지가 무릎을 짚고 일어설 때 힘들어하여 내가 뒤에서 지게를 밀었다. 태산이 일어서는 듯했다. 살구빛 노을이 파도 위에 넘실거렸다. 찌르르찌르르 울어대는 풀벌레 소리를 들으며 우리는 마을로 가는 언덕을 올랐다. 내 엉덩이는 아직도 바닷물기로 척척했다. 아버지가 지고 있는 밀대와 나무통이 천근만근 무거워 보였다.

# 띠줄

멀리서 보면 아름답고 평화로운 마을이지만 가까이 들어서면 독버섯처럼 생명을 위협하는 병마들이 곳곳에 복병처럼 숨어 날름거렸다. 스산한 봄바람에 힝힝대는 문풍지 소리, 누나의 흥얼거리는 노래와 드르륵드르륵하는 재봉질 소리에 밤 짐승들이 놀라 달아날 것 같다. 어머니는 재봉틀 옆에서 가위질을 하고 아버지의 소설 읽는 소리가 사랑방에서 시조 소리처럼 들려왔다.

"밤에도 봄은 오는구나. 올 농사는 어떨꼬."

어머니는 가위로 천을 자르며 세월을 세었다.

누나가 갑자기 재봉틀 페달 누르기를 멈추고 속이 거북하다며 헛구역질을 해댔다. 체한 듯하다며 어머니가 소금을 한 줌 가져와 누나에게 먹였다. 누나는 소금을 한 입 삼키자마자 문을 박차고 나가 토해 내더니 식은땀을 흘리며 배를 움켜쥐고 뒹굴었다.

"이게 무슨 변고여?"

아버지가 부리나케 사랑방에서 건너왔다. 고통스런 누나의 신음 소리가 커졌다. 밤새도록 신열과 고통으로 몸부림치더니 아침에는 고열이 나면서 혼수상태가 되었다. 온 가족이 밤을 꼴딱 새웠다. 어머니가 물수건으로 열을 식히고 말린 쑥을 달여 먹여 봤지만 눈동자는 허옇게 풀리고 가쁜 숨소리는 점점 거칠어졌다. 사태가 심상치 않았다. 아버지는 다급히 당숙을 불러왔다. 당숙은 한의사는 아니지만 한의에 조예가 깊어 때때로 마을의 병자들을 돌봐 주는 민간요법 치료사 역할을 했다.

누나의 병고는 예삿일이 아닌 듯했다. 식구들은 긴장을 멈추지 못하고 당숙의 진맥 결과를 기다렸다. 당숙은 역병에 걸린 듯하다고 했다. 전염이 될 수 있으니 집 안을 깨끗이 하고 물도 끓여 먹고 식기도 뜨거운 물로 삶으라며 어서 읍내 병원으로 가 보도록 했다. 누나의 병은 장질부사였다. 사람들은 그 병을 염병이라 했다. 뚜렷한 약도 없고 치료가 어려워 십중팔구 죽게 되는 무서운 병이라 했다. 실제로 마을에서 그 병으로 인하여 죽은 사람이 있었다.

읍내 병원에 다녀왔지만 처방약은 효험이 없었다. 하루 하루 병세는 깊어지고 음식을 먹으면 대부분 토해 냈다. 아버지는 당숙이 처방해 준 약방문을 들고 유명하다는 한의원을 찾아 다니며 온갖 약을 구해다 썼다. 하지만 누나의 병세는 차도를 보이지 않았다. 얼마나 많은 한약을 썼던지 장롱 안에는 약봉지가 가득했다. 몰골은 점점 야위어 가고 피부 곳곳에 발진까지 일면서 좀처럼 회복의 기미를 보이지 않았다. 이도 저도 못 하는 악몽 같은 수개월이 지났다. 온몸이 굳어져 일어나 앉을 수도 없을 만큼 쇠약해졌다. 눈은 움팍 파이고 창백한 얼굴은 광대뼈가 드러났다. 간신히 미음 몇 순갈로 연명하는 동안 야윌 대로 야위었다. 그 곱던 머리칼도 모두 빠져 버리고 말소리조차 내지 못했다. 스무 살 꽃다운 생명, 이대로 포기해야 하는가 하는 절박한 순간이 다가왔다. 어머니는 조석으로 장독대에 정화수를 떠놓고 빌었다. 수심 깊은 눈으로 누나를 내려다보며 하루도 거르지 않고 같은 말을 되뇌었다.

"정신을 잃지 말그라. 정신만 채리고 있으믄 산다이?"

누나는 아무 소리도 듣지 못했다.

집안 형세는 말이 아니고 평지풍파가 따로 없었다. 눈에 보이지 않는 병마는 누나를 데려가려고 작정한 것 같았다. 절망적인 상태였다. 마침내 당숙이 아버지를 불러 결단을 내리자고 했다.

"내가 마지막 처방을 해 보겠네."

"무슨 말씀인지……."

"저대로 두면 필경 그 끝이 뻔허네. 이래도 끝나고 저래도 끝날 바엔 세전世傳 비방이라도 한 번 써 보세."

"살 수만 있으면 해 봐야지요."

"읍내에 있는 신명 한의원에 들러 이 화제를 보이시게."

아버지는 떨리는 손으로 화제를 받아 들었다. 처방에는 분명 치명적인 독성의 약재가 들어 있을 것임을 아버지는 감지했다. 어머니는 끼니를 챙기듯 온갖 정성을 다해 약을 달였다. 부엌에서 흘러나온 약 달이는 냄새가 온 집 안에 진동했다. 누나는 독이 섞인 약을 마셨다.

하늘의 도우심이었을까. 신명 한의원에서 지어 온 약은 믿기지 않을 만큼 뚜렷한 효험을 보였다. 누나의 병세는 급격히 회복되기 시작했다. 고통이 걷힌 얼굴엔 화색이 돌고 말문이 트였다. 다 죽어가던 화초가 살아나듯 기적 같은 기사회생이었다. 하지만 누나는 아직 혼자서 일어나 앉거나 서지를 못했다. 아버지는 천장 반자목에 기다란 광목띠를 묶어 누나가 붙들고 일어서는 연습을 하도록 했다. 그 띠는 생명의 줄 같았다. 며칠 동안 발버둥을 친 끝에 누나는 비틀거리며 간신히 방바닥을 짚고 일어섰다. 아버지는 누나의 두 손을 잡고 뒷걸음질을 하면서 어린아이처럼 걸음마 연습을 시켰다. 피골이 상접한 두 다리로 한 걸음 한 걸음 발걸음을 뗄 때마다 누나는 웃고 아버지는 눈물을 뚝뚝 흘렸다. 나는 아버지의 눈물을 처음으로 보았다.

은행잎이 지고 쭉나무의 깐치들도 둥지를 남기고 떠났다. 빨간 먹시감도 몇 개 남지 않았다. 누나의 머리는 까까머리 사내아이처럼 다시 송송 자라났다. 아기 여동생은 엉금엉금 기어 다니고 가족들은 다시 제자리로 돌아왔다. 그러나 자전거를 타고 나간 형은 어디에 있는지 종적이 묘연하고 해가 지나도 돌아오지 않았다.

어머니가 누나에게 말했다.

"인자 시집가도 되겄다."

어머니는 누나의 손을 잡을 때마다 핏기 서린 눈물을 글썽였다. 누나는 하고 싶은 말도 자유롭게 하고 더 이상 약을 먹지 않아도 되었다. 숯검정처럼 타 버린 약탕기도 살강 밑 구석으로 치워졌다. 아버지가 매어 준 띠줄과 어머니의 피눈물 나는 보살핌은 생명의 동아줄이었다.

집에 아무도 없으면 나는 장롱 속에 나뒹굴던 한약재를 뒤졌다. 감초와 인삼 토막을 골라내어 몰래 씹어 먹었다. 약봉지 안에는 인삼과 흡사한 노릿한 맹독성 반하半夏도 들어 있었다. 한번은 반하를 인삼으로 잘못 알고 씹었다. 입안과 목구멍이 가시에 긁히는 것처럼 따갑고 피가 터져 흐를 것 같았다. 오독오독 씹다가 퉤퉤 뱉어 내는 동안 입안에서 불이 났다. 죽는 줄 알았다. 누구에게 말도 못하고 며칠을 끙끙 앓았다.

황새목 낫을 들고 산에 갔던 아버지가 내 키보다 큰 물푸레나무를 잘라와 다듬었다. 곁가지를 잘라 내고 옹이를 깎아 내어 누나에게 줄 튼튼한 목발 지팡이를 만드는 중이었다. 움퍽 들어간 숫돌에 낫을 가는 모습은 얼마나 정성을 들이는지 경건해 보이기조차 했다. 딸을 사랑하는 아버지의 마음이 내게도 흠씬 전해졌다. 물푸레 지팡이를 짚고 마당을 돌며 어정어정 걸음마 연습을 하는 누나를 보면서 아버지는 퓨우퓨우 하며 큰숨을 내쉬었다.

"너같이 지악한 년인께 산 거여."

어머니의 독설은 안도의 한숨이었다.

"무슨 말을 그렇게 헌당가?"

아버지는 평정을 찾은 듯 마루에 발을 개고 앉아 눈을 감고 몸을 좌우로 흔들었다.

"다 아버지 덕이여."

어머니가 병구완을 끝냈음을 빗대어 하는 말이었다. 나는 누나가 행여 넘어질까 부축하면서 걸음마 연습을 도왔다. 내 몸을 닦아 주고 업어 키우며 언제나 함께 놀아 주던 누나였다. 이제는 내가 도울 차례였다. 넘어질 듯하다가 다시 일어서서 균형을 맞추느라 뒤뚱거리는 모습에 내가 장난스럽게 웃으면 누나도 함께 웃었다. 누나의 건강은 정상을 되찾고 풍파가 지나간 자리엔 평화가 찾아 들었다. 아버지는 반자목에 묶은 띠줄을 풀어내렸다. 밤인지 낮인지도 모르고 살아온 부모님은 비로소 깊은 잠을 이루었다.

해가 지났다. 역병 때문에 발길이 끊겼던 누나의 친구들이 찾아오고 방문하는 사람들도 잦아졌다. 새들이 날아들고 가축들의 우짖는 소리도 커졌다. 누나는 지팡이를 짚고 집 모퉁이를 돌아 뒤안으로 갔다. 장독대 옆에 핀 연붉은 봉숭아 꽃잎을 따서 으깨어 손톱에 얹어 묶고, 나의 새끼손톱에도 꽃잎을 얹어 옥잠화 잎으로 싸매 주었다. 건강을 되찾은 누나는 잊고 있던 여자의 아름다움을 다시 찾고 싶어했다.

그때, 담장 쪽에서 한 소리가 들려왔다.

"편지요!"

벌떡 일어나 앞마당으로 달려갔다. 자전거를 타고 온 우체부가 서 있었다.

"반가운 편지 같네."

"누구한테서 온 편지인디요?"

"네 형 이름이야."

뜻밖의 편지를 받고 우체부에게 인사를 한 다음 누나에게 달려갔다.

"누나! 편지야. 형한테서 온 편지!"

"정말?"

누나는 믿을 수 없다는 표정이었다. 집을 나간 지 일 년이 다 되도록 감감소식이던 형의 소식을 받았으니 얼떨떨할 뿐이었다. 누나는 편지를 차마 뜯지 못하고 저녁에 아버지가 오면 함께 보자고 했다. 궁금하여 참을 수가 없었지만 그리하자고 했다. 편지 발신란에는 완벽한 주소가 적혀 있었다.

경기도 파주군 주내면 연풍리 용주골

한눈에 봐도 어디서 지내는지 알 수 있었다. 아버지가 논일에서 돌아오고 밭일을 마친 어머니도 돌아왔다. 형의 편지 소식에 어머니는 마루에 오르지도 않고 그대로 토방에 주저앉았다. 편지 안에는 얼굴 모습이 통통해진 형의 흑백 사진도 한 장 들어 있었다. 멋을 내어 옆으로 몸을 돌리고 사진관에서 찍은 거였다.

누나가 편지를 읽어 내려갔다.

부모님 전 상서. 아버님 어머님 근계 시하 중하지
절에 기체후 일향 만강하옵시고 그동안 가족 두루
무고한지요. 불효자는 타향에서 용서를 빌며 일자
상서 올립니다….

형식과 예의를 갖춘 명문의 편지였다. 누나가 붉은 줄 편지지의 칸 칸을 짚어 가며 구구절절 읽어 내려갔다.

"미친 놈. 썩을 놈!"

어머니는 욕을 해 대며 눈물을 닦았다.

누나가 편지 낭독을 끝냈다.

"안 죽고 살아는 있네."

어머니는 사진을 끌어안고 거푸 한숨을 내쉬었다. 그래도 한 가지 안심을 한 것은 편지 내용 중에 외사촌 대운 형과 함께 있다는 것이었다. 아버지는 우물에 가서 가슴에 맺힌 응어리를 눅이려는 듯 손과 얼굴을 씻고 또 씻었다.

"서울에 있다던 놈이 왜 파주에 가 있어?"

아버지의 볼멘 소리가 들려왔다.

동네 형의 친구들과 청년들에게도 형의 소식이 전해졌다. 고향을 떠나려는 청년들에게는 한 가닥 희망의 소식이 되어 형은 어느덧 '무작정 상경'의 선구자로 회자되었다. 어머니의 성정에 자식을 그대로 방치해 둘 리 만무했다. 학업도 팽개친 채 어떤 연유로 형이 그곳까지 가게 되었는지, 무슨 일을 하느라 머나먼 땅끝 타지에서 은둔하고 있는지, 믿기지 않는 아들의 가출을 그냥 두고만 볼 수 없었다.

아버지의 만류에도 불구하고 어머니는 아들을 찾겠다는 비장의 일념으로 천리길 장정에 올랐다. 읍내에 가서 버스를 타고 김제로 이동한 다음 서울까지 여덟 시간가량 야간 완행열차를 타야 한다. 다시 서울에서 파주까지 그리고 휴전선 가까이에 있는 용주골까지 꼬박 이틀이 걸리는 험난한 여정이었다. 더위가 한풀 꺾였지만 끈적한 늦여름의 열기가 아직 남아 있었다. 북쪽으로 갈수록 추워진다 하니 두터운 옷가지와 목도리를 봇짐에 챙겨 넣고 만일을 대비하여 주먹밥 도시락도 싸 넣었다. 어머니는 머리를 다잡아 단단히 쪽 찌고 매무새를 추스른 다음 어린 막내 여동생을 둘러 업고 포대기로 감쌌다.

봇짐을 머리에 이고 먼 길 떠나는, 자식을 향한 모정의 뒷모습은 어린 내 가슴에도 뜨거운 전율로 다가왔다.

"다녀오겠소."

어머니는 그 한마디를 남기고 뒤도 돌아보지 않고 집을 나섰다. 누나는 물푸레 지팡이를 붙잡고 토방에 앉아 잦아드는 소리로 말했다.

"어머니, 몸 조심하시오!"

## 귀향

추석이 가까워질 무렵 형이 어머니와 함께 돌아왔다. 일 년도 더 지난 후의 귀향이었다. 형은 빛이 나는 남색 점퍼와 회색 사지바지에 커다란 가방을 어깨에 메고 집으로 들어섰다. 오랜만에 상봉했지만 사진에서 보았던 모습과는 달리 수척한 얼굴에 표정도 무겁고 까칠했다. 형은 두리번거리기만 하고 말이 없었다. 아버지도 말없이 형의 짐을 내려 받고, '왔으니 그것으로 되었다.'라는 듯 형의 어깨를 도닥이며 방으로 들게 했다. 형은 어머니한테 누나의 소식을 들었는지 누나 곁으로 다가가 미안하다며 눈물을 글썽였다. 나와 여동생들은 주위에 서서 낯설어진 형을 바라보며 침묵의 인사로 반겼다. 서먹한 분위기는 이내 가셨다. 지난날의 허물과 부모의 섭섭함은 눈 녹듯 사라졌다. 어머니는 고목이 쓰러지듯 휘진 몸을 마루에 던졌다. 아기를 맨 포대기 고를 힘겹게 풀면서 형에게 다짐을 받을 양 나직이 나무랐다.

"너는 이 집 장남이여. 친구도 잘 사귀야제. 대밭서 넝쿨 못 뻗고 넝쿨밭서 대가 못 크는 겨."

형은 대답 대신 고개를 끄덕이며 방 안을 둘러봤다.

"길이 아니면 가는 게 아녀."

아버지는 다정히 타이르는 책망 한마디로 용서를 끝내고 밖으로 나갔다. 그쯤 세상맛을 알았으면 이제 철이 들어야 마땅하다는 어조였다. 형은 짐을 풀면서 뭔가를 감추었다. 하모니카였다. 내 눈이 휘둥그레졌다.

자유분방하고 활달한 성격의 형은 친구들을 가리지 않고 사귀며 어울리는 것을 좋아했다. 그중에 찬호와는 유난히 친하게 지냈다. 일찌감치 학교를 그만두고 이발사로 일하던 찬호는 어느 농촌 청년보다 깔끔한 멋쟁이여서 고장 처녀들로부터 인기가 많았다. 고장에서 유일하게 손에 흙을 묻히지 않는 청년이었다. 형처럼 기타도 잘 치고 노래도 멋들어지게 불렀다. 낭만적인 그의 삶의 방식을 형은 좋아했고 둘이서 죽이 잘 맞았다. 어찌 공부는 뒷전이고 다른 데에만 정신을 파느냐는 아버지의 다그침이 있을 때마다 형은 집을 나와 찬호 집에 머무르며 청춘의 고뇌를 풀었다.

기타가 부서지고 책이 불타던 사건이 있은 이후, 아버지에게 또다시 혼날 것이 두려웠던 형은 찬호 집에 머물며 며칠 동안 집에 들어오지 않았다. 그러는 동안 둘이서 집을 나가기로 의기투합했다. 마침내 가출하자는 모의를 시작하고 넓은 세상에 나가 성공해 보자며 왜곡된 인생 설계를 구상하기 시작했다. 찬호의 꼬임은 한몫을 단단히 했다. 그들은 청춘을 무기로 만든 용기와 배짱으로 창창한 꿈을 앞당기고 싶었다.

한편, 형은 외사촌 대운 형과 친하게 지내던 사이라 학교에서 돌아올 때 장다리 외갓집에 들러 자고 오거나 대운 형과 어울리면서 미래의 꿈을 나누곤 했다. 중학교 졸업이 가까워진 날, 형은 대운 형으로부터 뜻밖의 소식을 들었다. 서울에서 가까운 문산에 누나가 시집을 가 사는데 그곳에 좋은 일자리가 있어 곧 떠난다는 것이었다. 지난해 중학교를 마치고 농사일에 매달리던 대운 형 역시 농촌으로부터의 탈출 기회를 노리고 있었다. 찬호와 함께 가출하려고 궁리하고 있던 차에 뜻밖의 든든한 동지를 만난 거였다. 그 후 세 사람의 집단 가출은 시기적으로 절묘하게 이루어졌다. 번쩍번쩍하던 7호 자전거도 함께 사라졌다. 서울에서 잠시 머무르는 동안 찬호는 제 갈 길을 가고 형과 대운 형은 문산으로 향했다. 문산은 파주와 가까운 곳에 있었고 휴전선도 지척이었다.

형은 훨씬 어른스러워졌다. 세상 물정 모르고 뛰어든 타향살이 탓인지 마음속에 품은 감정이나 드러나는 표정엔 성숙한 기품이 배어나 보였다. 애젊고 순진한 시골 청년이 품고 간 야망과 꿈의 봇짐은 무엇이었을까. 형은 어디서 어떻게 침식을 했으며 무슨 일을 했는지 내게는 아무런 귀띔도 해 주지 않았다. 누나한테 얼핏 들은 이야기였다. 대운 형과 어느 공장에서 일을 하다가, 학생의 신분을 감춘 채 미군 주둔지 근처 용주골 '나폴리 커피 하우스'인가 하는 곳에서 커피를 끓이는 기술을 배웠다고 하며, 미군들로부터 흘러나오는 PX 제품을 서울로 공급하는 사업도 했단다. 내게는 아득한 딴 세상 이야기 같았다.

형은 가출하기 전에 이따금 자신의 포부를 내게 말했다.

"촌구석에서 썩을 수 없어. 서울 가서 공부하고 출세할 거야."

형은 또래 친구들보다 성숙한 꿈과 높뛰는 용기를 움켜쥐고 있었다. 그럴 땐 나도 속으로 미래를 그리곤 했다. '난 미국으로 갈 거야.' 하며 누나가 만들어 준 장작개비 치프차와 미군들이 타고 온 쌍발 헬리콥터를 떠올렸다. 어머니에게 이끌려 돌아온 형의 귀향은 마을 사람들의 화젯거리가 되기에 충분했다. 친구들과 마을 청년들에게는 미지의 세상을 개척하다 돌아온 선구자로 선망의 대상이 되었다.

전쟁을 전후하여 새 생명의 탄생은 급격히 늘어나고 마을은 활기에 넘쳤다. 총각 처녀들도 넘쳐났다. 상급 학교에 진학한 청년들보다 서당에 다니거나 배움을 포기하고 농사일에 매달리는 청년들이 더 많았다. 할 일 없이 빈둥대거나 애진작 글러먹었다는 청년은 없었다. 노동을 의무로 알고 누구나 지게를 졌으며 흙에서 삶을 일구고 분수를 지켰다. 누나의 친구들 중에는 시집간 친구도 있지만 대부분 집에서 살림을 거들었다. 그들은 가난했지만 꿈과 포부는 컸다. 하지만 청년들의 꿈과 포부를 펼치기에 농촌은 터전과 먹거리가 턱없이 부족했다. 근근 세끼에 땅을 파고 지겟짐 지는 노동 말고는 할 수 있는 일이라곤 아무것도 없었다. 땅 마지기나 있다 한들 울랑줄랑 딸린 자식들에게 시루떡 자르듯 쓱딱 조각 떼어 '아나, 이걸로 먹고 살아라.' 할 형편도 아니었다. 씨를 뿌리고 거둘 희망은 안갯속이었다. 초근목피에 의존하던 생명 부지 수단조차 한계에 이르렀다. 농사만으로 굶주림과 가난을 이겨 내기에는 주어진 환경이 너무 열악하고 절망적이었다. 일제 시대에는 공출이란 명목으로 수탈당하고 이승만 시절엔 권력 다툼과 전쟁으로 민생이 도탄에 빠지고, 군사정권이 들어선 다음에도 궁핍하긴 예전이나 다를 바 없었다. 날이 갈수록 청년들의 미래는 암담할 뿐이었다.

마침내 마을 청년들은 생존을 위한, 야망을 위한 도회지로의 탈출을 감행했다. 비빌 곳도 개갤 곳도 없는 이른바 무작정 상경이었다. 집집마다 라디오가 생기고 신문화와 산업 정보들이 물밀듯이 들어오면서 청년들은 바람이 들기 시작했다. 너도 나도 봇짐을 꾸렸다. 절망에서 벗어나 꿈과 희망을 찾고자 하는 열정의 발로가 마을을 후끈 달궜다. 혈기 넘치는 청년들이 저마다의 꿈을 찾아 하나둘씩 고향을 등지고 떠났다. 시집을 못 간 처녀들도 단봇짐을 꾸려 야반 가출하기 시작했다. 부모들은 말리지도 부추기지도 못했다. 너도 나도 즐겨 부르던 〈앵두나무 처녀〉 노래는 다른 동네 사람들의 이야기가 아니었다.

속죄라도 하듯이 형은 가을걷이에 바쁜 농사일을 찾아서 했다. 아버지는 학교에 찾아가 졸업을 할 수 있는 방안이 없는지 사정을 했다. 전후 사정을 고려한 학교 측의 배려로 형은 특별 졸업 시험을 치르고 졸업장을 받았다. 흩어졌던 책들은 다시 주인을 만나고 형은 학생의 신분으로 돌아왔다. 머리를 싸매고 고등학교 입시 준비를 위해 책상 앞을 떠나지 않았다. 집념으로 불타 보였다. 혹여 잿등에 나갈 일이 있어도 아버지의 자전거는 손도 대지 않았다.

농촌을 떠나고 싶어하는 형의 친구들이 가끔 찾아와 서울 생활이 어땠냐며 바깥세상의 궁금함을 묻곤 했다. 형은 웃기만 하고 대답을 안 했다. 떠벌리거나 자랑할 일이 못 되었다. 나는 형이 없을 때 책상 서랍에 감춰 둔 하모니카를 꺼내 후우욱 불어 보곤 했다. 형은 집 안에서 하모니카 소리를 내지 않았다. 횃대 안쪽에 걸어 둔 형의 남색 점퍼도 몰래 한 번씩 입어 봤다. 왠지 점퍼에서 도회지 냄새가 나는 것 같았다. 서울 냄새인가? 서울이 어떤 곳인지 궁금해졌다.

## 기차를 타다

강태식 담임 선생은 아이들이 메고 온 멜가방을 일일이 검사한 다음, 지금부터는 절대로 개별 행동을 해서는 안 된다는 주의를 주고 아이들로부터 재삼 다짐을 받았다. 수학여행을 떠나는 열댓 명의 아이들은 함께 가지 못하는 친구들에게 미안한 마음을 뒤로하고 6일간의 여정에 올랐다. 학교 정문을 나설 때까지 우리를 뚫어져라 바라보는 다른 아이들의 부러움과 슬픔에 찬 눈빛이 내 발걸음을 더디게 했다.

서울로 수학여행을 가는 것은 개교 후에 처음 있는 일이었다. 몇 달 전부터 학교에선 가정 통신문을 보내고 강 선생은 각 가정을 방문했다. 아이들에게 넓은 세상을 보고 견문을 넓힐 수 있도록 수학여행 보낼 것을 종용했지만 노력의 결과는 미미했다. 육십 여명의 육학년 학생 중 열댓 명만이 가게 되었는데 여자아이는 단 한 명이었다. '해창'에서 상점을 운영하는 집 맏딸 김교자인데 나보다 나이가 세 살이나 위였다. 궁핍한 생활에 여행 경비를 마련해 줄 만한 가정이 많지 않았다. 또한 어린아이에게 6일이라는 긴 여행을 보낸다는 것은 부모들에게 용기가 필요했고 대부분의 아이들은 말도 꺼내지 못했다. 수학여행이라는 게 무엇인지 그 의미를 모르는 가정도 많았다. 먹고 죽을 돈도 없는데 어린 것이 견문은 무엇이고 서울 구경이 웬 말이냐며 아이를 현혹하지 말라는 부모도 있었다. 나 역시 부모에게 졸랐지만 형편이 어려워지는 상황이라 허락을 쉽게 받지 못했다. 눈물 싸움으로 버티다가 불과 며칠 전에야 가까스로 여행권을 획득했다. 누나가 밀어붙여 준 덕이었다. 수학여행단은 특수 임무를 받은 특공대처럼 서울이라는 미지 세계의 탐험을 위해 비장하고도 들뜬 걸음으로 버스에 올랐다.

도착한 부안 읍내의 버스 터미널은 버스와 마차와 짐 자전거와 사람들로 뒤엉켰다. 머리에 봇짐을 인 사람, 지게에 물건을 지고 뛰는 사람, 흙투성이 구두를 신고 행선지 버스를 찾는 사람, 온갖 사람들이 분주한 걸음으로 붐볐다. 한쪽 널빤지 의자에선 아낙이 늘어진 젖통을 내놓고 아기에게 젖을 물리고, 쪼글쪼글한 주름의 할머니가 먼지 낀 홍시 몇 개를 상자 위에 올려놓고 땅바닥에 앉아 졸았다. 대합실 입구에는 한 손에 단주를 든 삿갓 탁발승이 목탁을 두드리며 염불을 외우고 건장한 남자 버스 조수들이 "김제, 전주 가요! 대전 가요! 이리, 군산 가요!" 목청을 돋우며 호객을 했다. 출발 대기를 하고 있는 버스에서 검푸른 연기와 석유 타는 냄새가 뿜어져 나왔다. 어디선가 맡았던 냄새와 비슷했다. 바로 우리 집에 있었던 발동기 냄새였다. 번잡한 도회지 모습을 처음 본 아이들은 놀라워하면서도 주눅이 들어 몸짓을 제대로 펴지 못했다. 아이들은 터미널 화장실에 우르르 몰려 들어가 집단으로 소변을 봤다. 나올 때도 바닷게처럼 서로 물어 잡고 무리 지어 나왔다. 개별 이탈을 해서는 안 된다는 강 선생의 엄명 탓이었다.

김제로 가는 버스에 올랐다. 강 선생은 동화책에 나오는 어미 돼지가 되었다. 아이들이 모두 탔는지 머릿수를 턱으로 세어 가며 거듭 확인했다. 머리 숫자 확인 작업은 여행 내내 계속되었다. 아주머니처럼 꽁지머리를 한 땅딸막한 아저씨가 과자와 여러 간식거리를 가득 담은 상판을 목에 걸고 훌쩍 올라왔다.

"심심풀이 땅콩, 오징어 사요! 껌, 은단, 드롭프스, 계란이나 구론산!"

목이 쉰 소리로 외치며 버스 통로를 왔다 갔다 했다. 입가에는 하얀 침이 거품처럼 번져 있고 외칠 때마다 침이 밖으로 튀어나왔다. 아무도 관심을 보이지 않자 잽싸게 내려가 다른 차를 향해 사라졌다. 동냥을 하다 거절당한 사람처럼 뒷모습이 처량해 보였다.

버스가 읍내를 빠져나오자 끝없는 만경평야가 한눈에 들어왔다. 도민의 노래에 나오는 '금만경 넓은 벌'이었다. 가사 안에 있는 노령산맥 능선이 저 멀리 용구름처럼 아렴풋이 누워 있었다. 끝없는 평야와 노령산맥이 노랫말이 되었다니. 나는 노래 속 세상에 들어왔다는 감격으로 차창 밖을 바라보며 흥얼흥얼 그 노래를 불렀다. 추수가 끝난 평야는 눈에 익숙하다가도 이내 낯설었다. 수로를 따라 드문드문 물자새가 서 있고 황새들이 목을 빼고 끄덕거리며 걸어 다녔다. 잠든 대지는 황망했지만 무거운 힘이 땅 아래서 금방이라도 솟구쳐 오를 것 같았다. 초가마을도 보이고 기와지붕이 있는 마을도 지났다. 아이들은 색다른 세상의 정경을 눈에 익히느라 똘망똘망 눈알을 굴렸다. 노래를 잘 부르는 종성은 입을 헤벌레 벌리고 창밖 풍경에서 눈을 떼지 못했다. 일학년 학예회 때 내게서 나팔을 넘겨 받은 노계동 방앗간 집 아들이다. 나는 산골에서 보지 못한 풍경들을 하나씩 하나씩 기억창고로 저장했다.

달려온 버스는 우리를 김제역 앞에 내려 주고 먹빛 연기를 쏟아낸 다음 어디론가 사라졌다. 시장 길을 지나 역전 광장의 한쪽에 자리를 잡고 기차를 기다렸다. 여행의 설렘에 아침을 먹은 둥 마는 둥 하고 나온 터라 몹시 허기가 졌다. 나무 도시락을 멜가방에서 꺼내자 아이들도 누가 먼저라 할 것 없이 저마다 도시락을 꺼냈다. 대합실을 들락거리며 어정거리는 동안 땅거미가 스멀스멀 내렸다. 쌀쌀해진 가을밤 공기가 옷깃을 파고들었다. 서울행 기차가 도착한다는 안내방송이 쩌렁쩌렁하게 울렸다. 강 선생의 지시에 따라 짐을 챙겨 들고 개찰구를 통과한 다음 두 명씩 열을 지어 쪼그려 앉았다. 대낮처럼 밝은 불빛이 철로를 비추었다. 난생처음 보는 기찻길이 어둠 속을 향해 끝없이 뻗어 나 있었다. 멀리에서 기적소리와 함께 시커먼 기차가 산이 밀려오는 것처럼 다가왔다. 그림으로만 보고 노랫말에서나 익혀 들었던 기차를 드디어 타게 되었다는 흥분에 아이들은 벌떡 일어나 기차가 달려오는 방향으로 고개를 돌렸다. 폭풍과도 같은 거친 숨을 내쉬며 거대한 기차가 스르르 멈췄다. 목포에서 출발한 호남선 열차는 끝이 보이지 않았다. 얼마나 긴지 길이를 가늠할 수 없었다.

희끄무레한 불빛의 기차 안은 동굴 속처럼 어둑하고 고요했다. 지친 여정 탓인지 사람들의 낯빛은 창백하고, 그만그만 비스듬한 자세로 깊은 잠에 늘어진 것이 애처로워 보였다. 다행히 군데군데 빈자리가 있어 강 선생은 승객들로부터 자리를 양보받아 우리를 한곳에 모아 앉게 했다. 녹색 융단을 씌운 의자는 낡았지만 폭신폭신했다. 등받이가 높아 기대어 가기에 편했다. 찌든 담배 냄새와 술 냄새 퀴퀴한 지린내가 사람들 사이에서 묻어 나와 역겨웠지만 곧 익숙해졌다. '홍익회'라는 글씨가 새겨진 주황색 옷을 걸친 사람이 작은 손수레에 잡다한 물건과 먹거리를 싣고 조용조용 팔고 다녔다. 덜커덩 덕, 덜커덩 덕, 사분의이 박자 음률을 내며 기차는 어둠 속을 달렸다. 아이들은 쓰러진 채 서로에게 기댔다. 잠들만 하면 귀청을 때리는 기적이 돼지 끌려가는 소리처럼 들렸다. 밤은 깊어 가고 내 몸과 마음은 어디론가 떠내려가는 듯 어지러웠다. 지금 가는 곳이 서울이 아니라 꿈속에서 보았던 미지의 우주로 떨어지는 기분이었다. 집을 떠나 이렇게 멀리까지 와 본 적이 없어서인지, 아침에 식구들의 배웅을 받으며 손을 흔들던 일도 어느새 며칠 전의 일처럼 아득했다. 시간이 거꾸로 흐르면서 벌써 집 생각이 나고 엊그제 일이 더듬거려졌다. 눈꺼풀이 내려앉고 정신이 혼미했다. 그런 중에도 한 공간에 뒤엉켜 어디론가 실려 가는 만별 부지한 사람들의 종착지는 어디일까 사뭇 궁금했다.

자정 무렵 열차는 대전역에 도착했다. 형이 즐겨 부르던 〈대전발 영 시 오십 분〉 노래에 나오는 그 대전역이구나, 또 한 번의 감격이 밀려왔다. 잠결에 취해 있던 사람들이 갑자기 우르르 일어나 기차에서 내려 밖으로 나갔다. 무슨 일인가 싶어 내다보니 철로 옆의 '홍익매점'이라는 간이 식당으로 몰려가 선 채로 허겁지겁 국수를 들이켰다. 잠시 정차한 막간을 이용하여 야식을 하는 거였다.

열차 창문을 향해 물건을 사라며 상판을 들어 보이는 사람들의 호객 소리가 애처롭게 들렸다. 철로 건너편 광장 어두한 곳에는 수십 명의 군인들이 앉아서 다음 열차를 기다리는 듯했다. 제 몸통만 한 암녹색 군용 백을 보듬고 석상처럼 굳어 있었다. 담배를 피우는 사람, 기차 바퀴에 대고 오줌을 갈기는 사람, 전송을 하는 사람, 역은 갑자기 여느 장날 시장처럼 북적대고 소란스러웠다. 북행열차는 다시 기적을 울리고 들뜬 소란과 처연한 불빛을 삼킨 후 어둠 속을 달렸다.

강 선생이 아이들의 어깨를 툭툭 치며 곤한 잠을 깨웠다. 집을 나선지 꼬박 하루 만에 도착한 서울이다. 눈 비빌 틈도 없이 황급히 짐을 챙겨 일어서는 아이들은 생기가 돌았다. 먼저 내리려는 사람들과 짐 보따리가 뒤엉켜 통로는 아수라장이었다. 밤새 버려진 빈 병들과 쓰레기들이 발부리에 치었다. 서울의 첫걸음이 이리저리 치이며 비틀거렸다. 기차에서 내려 대합실로 나오자 강 선생은 짝의 손을 놓지 말라 했다. 대열에서 떨어져서는 안 된다며 아이들에게 다시 한 번 단단히 주의를 주었다. 어둠이 가시지 않은 서울역의 차가운 새벽 공기가 매캐한 냄새와 함께 밀려왔다. 공기가 바뀐 탓인지 종성이 쌕쌕거리자 강 선생은 옷을 잘 여미라며 그의 위 단추를 끼워 주었다.

대합실을 나온 그때, 신기한 광경 하나에 눈을 뗄 수 없었다. 먼 공중에 별빛 같은 발광체가 어둠 속에서 띄엄띄엄 곡선으로 이어 가다 어느 건물 뒤를 지나 다시 이어졌다. 하늘 위에 떠 있는 공중 불빛의 정체가 무엇인지 궁금하기 짝이 없었다. 서울에 도착하자마자 신기한 문제를 풀어야 하는 숙제를 안았다. 맞은편 건물 꼭대기의 커다란 전광판에서 재봉틀 모양과 '아이디알 미싱'이라는 글자가 하얀 빛을 번갈아 내며 새벽을 환히 밝혔다. 몇 해 전 아버지가 사 왔던, 누나가 사용하고 있는 그 미싱이었다. 휘황찬란한 불빛들이 빙글빙글 돌며 춤을 추고 '역전 다방'이라는 빨간색 전광판이 사라졌다 나타나며 요술을 부렸다. 호롱불 아래서 적막한 밤을 지내던 시골 소년들의 혼을 빼 놓기에 충분한 광경이었다. 강 선생은 전기를 이용한 '네온' 발광체의 빛이라고 했다. 긴 지하도를 빠져나와 우리는 어슴푸레한 가로등 불빛을 받으며 숙소로 향했다. 앞서 가던 강 선생이 걸음을 멈췄다. 육중한 성벽과 웅장한 기와 건물이 눈앞에 나타났다.

누군가 소리쳤다.

"남대문이다!"

"그래, 맞다. 숭례문이라고도 하지. 배웠지? 작년에 우리나라 국보 1호로 지정되었다는 것."

강 선생의 목소리는 교육적이었다. 아이들은 가로수 사이로 보이는 남대문을 고개를 젖히고 바라보았다. 오른쪽엔 전차 선로가 곡선을 그리며 뻗어 있고 하늘에는 그물망 같은 전선이 얼기설기 얽혀져 있었다. 계속해서 걸었다. 서울은 넓고 소란스러웠다. 밝아 오는 거리에는 오가는 차량들이 줄을 잇고 사람들이 넘쳤다. 전차는 땡땡땡 소리를 내며 지나갔다. 도시의 군상에 묻혀 버린 시골 아이들은 거리에 구르는 가랑잎처럼 보잘것없는 존재가 되었다. 만반의 태세로 무장한 사람들의 발길은 분주하고 아무도 우리에게 관심을 두지 않았다. 문득 가당치 않은 상상을 해 보았다. 조용하고 아름다운 우리 마을의 강산을 통째로 번쩍 들어다가 이곳에 옮겨 놓으면 좋겠다는 엉뚱한 생각이 들었다.

목적지인 종로 사거리 신신 백화점 앞에 도착했다. 건너편에는 6층짜리 건물인 화신 백화점이 마주했다. 멀리 북쪽으로 거대한 바위산이 보였다. 남쪽에는 우리 학교 뒷산 장군봉처럼 나지막한 산자락이 도시를 품고 있었다. 강 선생이 남산이라 했다. 쟁반 같은 둥근 달이 떴다는 남산이 저 산인가 싶었다. 거리의 전광판이 꺼지고 역 앞에서 보았던 공중 불빛도 사라졌다. 백화점 옆에는 극장이 있었다. 극장과 백화점 사이 골목에 있는 신신 여관에서 우리는 여장을 풀었다. 여관은 기역자로 된 기와 한옥으로 나무 색조가 바랜 대들보가 우람하고 문살이 고풍스러웠다. 댓돌을 딛고 올라서는 넓은 대청마루 태깔은 반질반질했다. 기둥마다 걸려 있는 주련의 흘림체 한문 글씨가 뭐라 말해 주고 있는 것 같은데 뜻은 알 수 없었다. 옛날에 지체 높은 사람이 살았을 것 같은 집이었다. 큰 방이 여러 개 붙어 있고 방마다 사람들이 들락거렸다.

"어서들 오세요!"

우리를 반기는 주인 아주머니의 간드러진 말투는 처음 들어보는 완전 서울 말씨였다. 여운이 정겹고 당기는 맛이 나는 우리 식의 자연어가 아니고 뚝뚝 끊어지는 조금 깐깐스러운 코맹맹이 소리였다. 여장을 푼 방은 두 방을 가르는 장지문을 텄는지 운동장처럼 넓고 장판 바닥은 뜨싯뜨싯했다.

마당에 있는 수돗가에서 세수를 마치고 아침상에 둘러 앉았다. 거칠고 껄끄러운 시골 음식과는 달리 하얀 쌀밥에 씹을 것도 없이 부드러운 반찬들이 입안에서 살살 녹았다. 넓적하고 길쭉한 주황색 김치는 싹둑싹둑 잘라져 나와 젓가락으로 집어먹기도 편하고 맛 또한 달콤했다. 우리 집에서 담그는 푸새김치는 작고, 푸르고, 질기고, 풀 냄새가 짙었다. 어머니가 손으로 쭉쭉 찢어 주는 김치 맛과는 사뭇 달랐다. 하지만 서울 음식은 뭔가 밍밍하고 감칠맛이 덜한 듯했다. 강 선생은 다시 우리에게 주의사항을 말했다. 혹시 길을 잃어 버리면 반드시 신신 백화점을 물어서 찾아오라는 것이다. 아이들은 하나둘씩 쓰러져 세상 모르는 휴식에 빠졌다.

짐을 그대로 두고 마당에 모이라는 강 선생의 구령에 따라 아이들은 간편한 차림으로 마당에 모였다. 방송국을 견학하고 남산에 올라 서울 전경을 구경할 거라며 신발끈을 단단히 매라고 했다. 대문을 나섰다. 장난감을 파는 사람들이 진을 치고 소란을 떨며 아이들을 유혹했다. 아침에는 몰랐는데 골목은 여러 개의 여관이 연달아 붙어 있었다. 국민학생뿐만 아니라 전국에서 올라오는 중학생, 고등학생들의 수학여행 숙소 골목이었다. 우리 일행 말고도 다른 여관에도 학생들이 붐볐다. 장난감이나 기념품을 파는 상인들이 이동식 매점을 차려 놓고 줄지어 있는 까닭을 알았다. 골목을 나와 큰길에 이르자 맞은편 화신 백화점 옆에 외국 영화배우들의 얼굴이 그려져 있는 커다란 간판이 눈에 들어왔다. 극장이었다. 백화점의 온갖 현란한 물건들이 내 눈을 끌어당겼다. 궁금하여 들어가 보고 싶었지만 밖에서만 들여다보고 지나쳐야 했다.

앞만 바라보고 걸어가는 서울 사람들의 걸음은 쫓기는 듯 날랬다. 마을에서는 누구나 느긋이 걸었고 그처럼 빨리 걷는 사람을 본 적이 없었다. 강 선생은 안내자가 되어 학습이 될 만한 것이 눈에 띄면 서울에 사는 사람처럼 차근차근 의미와 역사를 일러 줬다.

명동고개를 넘어 남산으로 향했다. 다시 언덕을 올라 산 중턱에 있는 방송국에 도착했다. 건물 위에는 높고 뾰족한 철탑이 세워져 있었다. 강 선생이 라디오 전파를 보내고 받는 안테나라 했다. 안내자를 따라 안으로 들어갔다. 커다란 유리 창문을 통해 안이 들여다보이는 방 앞에 섰다. 사람들이 동그란 마이크 앞에서 책자를 들고 열심히 손짓 몸짓을 했다. 라디오 연속극을 녹음하는 중이라 했다. 다음에는 이중으로 된 두터운 문을 열고 들어갔다. 극장처럼 생긴 무대 위에서 어린이와 어른들이 노래를 불렀다. 안내자는 손가락을 입에 대고 녹음 중이니 조용히 해 줄 것을 당부했다. 저렇게 녹음되는 방송이 그 먼 산간 마을까지 전달되어 라디오로 들을 수 있다는 것이 신기할 따름이었다. 마을에 처음 라디오가 들어왔을 때, 나는 라디오 속에 사람이 들어 있는가 하고 의심한 적이 있었다. 장난감 로켓처럼 생긴 작은 라디오였는데 스피커가 없고 다른 사람은 들리지 않는, 귀에 꽂는 리시버로 혼자만 들을 수 있는 라디오였다. 윤석의 큰형이 재대하면서 사 온 외제라는데, 아주 비싼 거라 했다. 라디오는 늘 윤석의 할아버지 머리맡에 있었다.

밖에 나오자 우리 또래의 한 무리 아이들이 견학을 위해 엇갈려 들어왔다. 우리는 케이블카를 타기 위해 구부러진 도로의 언덕을 따라 다시 걸었다. 스산한 바람이 쏴 불면서 가로수 은행잎과 낙엽들을 날렸다. 머리 위로 빨간색 케이블카가 굵은 쇠밧줄에 매달려 오가는 것을 보니 아슬아슬해 보였다.

케이블카를 타는 대합실 안으로 들어섰다. 나보다 큰 남녀 한 쌍이 고운 한복을 차려 입고 우리를 맞이했다. 고개를 숙이며 "어서 오십시오." 하며 정중히 인사를 했다. 인사하는 입 모양이 이상하여 다시 보니 사람이 아니고 인형이었다. 깜짝 놀랐다. 너무 신기하여 한동안 그 자리에 서서 구경을 했다. 다른 사람이 들어올 때마다 두 인형은 자동으로 머리를 조아렸다. 서울은 가는 곳마다 신기한 것들 천지였다. 둥둥 떠 있는 케이블카에 조심조심 올랐다. 오금이 저리고 가슴이 두근거렸다. 케이블카는 미끄러지듯 앞으로 나아갔다. 이내 공중에 매달린 채 위를 향해 올랐다. 오를수록 아래는 아찔하고 서울의 전경이 점점 넓게 시야에 들어왔다. 모자를 쓴 매초롬한 여자 안내원이 곳곳을 가리키며 서울을 설명했다. 낭랑한 말씨가 박자를 맞춰 부르는 노랫소리처럼 들렸다.

이윽고 산 위의 팔각정 앞에 다다랐다. 전망이 좋은 벤치에 앉아 서울을 내려다봤다. 한강이 멀리 흘렀다. 서울역이 보이고 중앙청 건물이 눈에 들어올 뿐 온통 집, 집뿐이었다. 나무 한 그루 없는 산등성이의 집들은 회갈색 널조각들을 아무렇게나 깔아 놓은 듯했다. 남산 아래에는 드문드문 초가집도 보였다. 서울에도 초가집이 있을 줄 몰랐다. 기와집들은 천공으로 처마 날개를 치올리고 초가집들은 땅을 향해 민둥한 잔등을 웅그렸다. 도심 주변의 다닥다닥 붙은 널빤지 집들은 작은 바람에도 쓰러질 것 같았다. 서울의 부와 가난이 저절로 보였다.

불현듯 서울에 올라온 동네 형들과 어찌어찌 고향을 떠난 누나들이 어디에 살고 있는지 궁금했다. 전향을 거부하고 감옥에 있는 빨치산 아버지를 둔 영수, 빨치산 토벌 때 아버지를 여읜 일재, 분륜 사건으로 감옥에 간 아버지 때문에 고향을 떠난 학급 친구 정연도 서울에 살고 있다는데, 만날 수만 있다면 모두 만나 보고 싶었다. 윗대조가 누대로 모여 살았다는 오극골이 덕수궁 뒤 어디에 있다는데 그곳에도 가 보고 싶었다. 하지만 나는 가당치 않은 생각들을 접었다.

팔각정 주위에는 난전 장사치들이 호객을 하고 사진사가 사진을 찍으라며 시비를 걸듯 치근거렸다. 상수리 나무가 우거진 비탈에는 다람쥐들이 이리저리 숨었다가 나타났다. 아이들도 사라졌다 나타나곤 했다. 이내 검붉은 석양이 서울을 어둠 속으로 밀어냈다. 남산길 가로등에 번뜩 불이 들어왔다. 새벽에 역 앞에서 보았던 의문의 공중 발광체가 알고 보니 남산 가로등이었다. 나는 현장에서 즉시 숙제를 풀었다.

다음 날도 그다음 날도 미지의 탐험을 위한 강행군은 계속되었다. 경복궁과 덕수궁, 박물관도 견학했다. 박물관 앞 해태 석상도 만져 보고 나지막한 회양목에 둘러싸인 잔디밭이 고와 손으로 쓸어 봤다. '출입 금지'라는 푯말이 있었다. 걸어서, 걸어서 서울 길을 다녔다. 질서에 따라 뻗어난 길, 우뚝우뚝 선 사각의 건물, 혼잡한 문명의 숲은 이내 걷기에 진력이 일었다. 생기 발랄했던 아이들은 조금씩 지쳐 갔다. 나도 지쳤다. 서울 사람들도 오후가 되면 모두 지친 걸음이었다. 그들도 시골 사람들처럼 힘겹게 살았다. 높은 건물이 즐비하고, 전차와 백화점이 있고 수많은 자동차와 신기한 케이블카가 있었지만 그것들을 빼고 나면 보잘것없는 살풍경이 서울이었다. 화려함은 겉뿐이고 행색만 번지레했지 대부분 궁상과 가난에 짓눌려 있었다. 등짐 멘 사람들이 찻길 위를 정신없이 내뛰는 서울은 어딜 가나 위태위태했다. 마주치는 눈빛들은 졸린 개 닭 보듯 덤덤하고, 너는 너, 나는 나일 뿐 우리는 없었다. 내 눈에 비친 서울 사람들은 한결같이 모질고 야박한 세상을 벗어나려는 뜨내기들 같았다. 마음 붙이지 못하고 떠도는 듯한 슬픈 눈빛이 보였고 살기 위해서는 어떠한 시련이나 위험도 뛰어넘어야 한다는 비장함에 차 있었다. 나는 몰랐다. 불과 십수 년 전, 그들은 너를 죽여야 내가 산다는 잔혹한 전쟁, 폐허의 잔해 속에서 목숨을 부지하고 이제 겨우 숨을 돌려 살길을 찾아 몸부림하는 사람들이라는 것을.

밤거리를 돌아보기로 했다. 여전히 거리는 정신이 나간 듯한 사람들로 붐볐고 제 갈 길에 바빴다. 몸을 움츠리고 뛰는 사람, 찡그린 얼굴로 두리번거리는 사람, 모두가 데면데면하여 말을 붙여 볼 만한 사람 하나 없었다. 다정한 음성 한마디 들을 수 없었고 어떤 친밀감도 보이지 않았다. 빛과 어둠의 혼돈이 하늘을 가리고 가로등은 희미했다. 군밤 장수가 장갑 낀 손으로 밤을 굽다가 우리를 흘깃 바라봤다. 그 옆의 추레한 차림에 벙거지를 쓴 아저씨는 리어카 좌판 위에 땅콩을 쌓아 놓고 구수한 냄새로 사람들의 발길을 세웠다. 우리가 땅콩을 사지 않을 것임을 알면서도 짐짓 웃으며 맛보기로 먹어 봐도 된다고 했다. 우리 고장 사람처럼 다정했고 말투는 서울 말씨가 아니었다.

자주색 양장 교복의 여학생 누나들이 우리를 흘끔 쳐다보며 지나갔다. 갈래 머리를 어깨에 내리고 꼭지가 달린 둥근 베레모를 쓴 누나는 눈웃음을 치고 갔다. 얼핏 보니 웃는 모습이 해룡 같아 가슴이 철렁했다. 뒤따라가 어깨라도 건드려 보고 싶은 야릇한 충동이 일었다. 나에게 자기와 함께 가자고 하면 따라갈 수 있을 것 같았다. 엉뚱한 마음에 씹고 있던 구수한 땅콩 맛도 순간 잊어버렸다. 서울 누나들은 참새들 마냥 재재거리며 금세 어둠 속으로 사라졌다. 뒷모습을 바라보니 공연스레 마음이 애처롭고 아려 왔다. 내가 커서 서울에 다시 오면 저렇게 멋진 여학생들과 꼭 한 번 사귀어 볼 거라며 입시울을 물었다.

백화점의 휘황한 전광판은 거리를 대낮처럼 밝히고 극장 앞에는 사람들이 줄지어 있었다. 여관으로 돌아가는 골목길엔 여전히 장난감이나 기념품을 파는 상인들이 색색의 장난감 나팔을 빽빽 불어대며 우리를 유혹했다. 처음 보는 장난감들이 좌판 위에 가득했다. 나팔도 있고 권총도 있고 고무공도 있었다. 대나무를 잘라 만든 푸르죽죽한 꽃뱀은 너무 재미있어 보였다. 산비탈, 논두렁에서 종종 내 발치에 걸렸던 그 너불대기였다. 종성은 입에 대고 부는 필통만 한 멜로디카를 샀다. 나는 구멍이 일곱 개인 빨간 피리나 권총을 사고 싶었지만 아꼈던 여비가 달랑달랑했다. 대신 친구들을 놀려먹기에 딱 좋아 새빨간 혓바닥이 날름대는 대나무 뱀을 샀다. 꼬리를 잡고 살살 흔들면 마치 살아 움직이는 뱀처럼 꿈틀대었다. 유일한 내 수학여행 기념품이었다.

어머니는 보나마나 내 뒤통수를 쥐어박을 것이다.

"어이그! 서울까지 가서 사 온 것이 그래 비얌 새끼냐?"

아무렴 나는 상관없었다.

서울 나들이가 끝나 가는 밤이다. 우리는 짐을 챙겨 들고 귀향열차를 타기 위해 여관 문을 나섰다. 정들었던 여관집 아주머니가 앞치마에 손을 훔치며 눈물을 찔끔 보였다.

"나중에 서울에 다시 와요!"

"이예."

우리는 일제히 고개 숙여 떼창을 하듯 대답했다. 나는 속으로 중얼거렸다.

'다시 오고 말고요.'

서울역 광장은 사람들로 붐볐다. 서울은 낮과 밤이 따로 없었다. 대합실에 들어서기 전 몸을 돌려 서울의 밤하늘을 다시 한번 바라봤다. 주먹을 꼬옥 오그리며 다짐했다.

'언젠가 다시 찾아와 내 꿈을 펼쳐 볼 거야.'

아이디알 미싱 네온 전광판은 여전히 번쩍거리고 하늘 저쪽 공중 발광체도 출렁대었다. 미지의 탐험은 끝났다. 강 선생이 턱을 끄덕이며 그 사이 눈동자가 커진 아이들의 머릿수를 확인했다. 검은 뿔테 안경 너머의 눈꺼풀이 절반쯤 내려와 있었다.

## 열매는 밤에도 익는다

수학여행을 다녀온 후로 나의 생각은 엄청나게 달라졌다. 세상은 넓고 나는 우물 안의 개구리였다. 농사일이 삶의 전부인 줄 알았던 나에게 서울이라는 별천지의 다양한 사람들과 천태만상의 삶은 경이로웠다. 백련의 산골 아이는 눈뜬 봉사였고 하찮은 미물에 불과했다. 형이 왜 가출의 모험을 했는지 이해가 되었다. 우물 안에서 펄쩍 뛰어오른 용기가 대단했다는 생각이 들었다.

강 선생은 우리의 눈을 번쩍 뜨이게 하고 넓은 세상을 보여 줬다. 서울을 축소하여 우리들 손바닥에 새겨 주고 가슴을 펴게 했다. 수학여행의 소감을 이야기하던 날 강 선생이 말했다.

"누누이 말하지만 멀리 보아야 넓고 큰 것이 보인다."

나는 주저 없이 그 말을 새겨들었다. 서울 여행을 곱씹어 보라는 뜻이었다. 멀리 보니 우뚝 선 봉래산이 보였다. 서울보다 넓은 바다가 마을 앞장불 너머에 있었다.

중학교 입학시험이 코앞에 다가왔다. 강 선생은 '합격 작전 다짐말'을 공표했다.

"오직 앞으로만 가야 한다."

여학생 한 명을 포함한 열댓 명의 중학교 입학 지원을 한 아이들은 강태식 담임 선생이 구상한 특별 학습 계획에 따르기로 했다. 수업이 끝난 후에도 학교에 남아 자정까지 과외로 공부하고, 일주일에 서너 번은 학교에서 밤을 새우기로 한 것이다.

시험을 목전에 두고 강 선생이 계획한 과외 수업은 강도 높게 진행되었다. 아이들은 집에서 쌀과 반찬을 가져와 학교에 두고 저녁에는 조개탄 난로 위에 손수 밥을 지어 먹으며 공부에 전념했다. 밤을 새우는 날에는 이부자리까지 가져왔다. 초겨울 냉바람이 교실 마룻장 옹이 구멍에서 올라오고 유리창 사이로 으스스한 귀신 소리가 새어 들어왔다. 자정이 지나면 책상과 걸상을 난로 옆에 겹겹이 붙이고 그 위에서 웅크리고 잠을 잤다. 괴괴한 정적이 감돌면 아이들은 오싹 떨다가도 어느새 코를 골았다. 총각 선생인 강 선생은 자전거를 타고 집에 갔다가 새벽에 다시 돌아와 아이들을 깨워 새벽 수업을 진행했다. 어느 날은 아이들과 함께 몸을 맞대고 밤을 새우며 난롯불을 지켰다. 아이들이 눈을 비비고 일어나면 귀신들이 물러가고 새벽 별들은 눈을 떨었다.

강 선생의 열렬한 노력이 소문을 타고 퍼져 갔다. 학부모들은 강 선생의 희생에 탄복하며 칭송을 아끼지 않았다. 학채라도 따로 드려야 하지 않겠느냐며 추렴할 계획을 세웠지만 강 선생은 당치 않다며 학부모들의 호의를 단호하게 뿌리쳤다. 아이들을 몇 명 합격시키느냐는 것은 명예를 거는 일이며 자신의 사명이라고도 했다. 학교 역사도 짧고 상급 학교 진학률이 낮았던 학교는 기대감에 차 있었다. 나는 서당에 다니면서 새벽 수업을 줄곧 경험한 터라 새벽에 머리를 깨우는 일이 그리 낯설지 않았고 견딜 만했다. 산수는 머리를 쥐어짜고 다른 과목은 한자를 외우듯 달달 외웠다. 날마다 모의시험을 보면서 아이들의 실력은 급속히 향상되었다. 뒤처지던 아이들도 자신감이 늘었다. 밤잠을 자르는 인내와 각고의 노력은 비단 시험을 위해서뿐만 아니라 불굴의 의지를 키우는 값진 기회였다. 도중에 포기하는 한 명의 아이도 없이 우리들은 집단의 의지로 서로를 격려했다.

시험을 보러 가는 날이다. 성난 하늘이 쉼 없이 눈발을 뿌렸다. 밤새 눈이 쌓여 차량 운행도 두절되었다. 벙거지도 쓰고 목도리도 두르고 신발은 새끼줄로 들멨다. 발목까지 빠지는 삼십 리 새벽 눈길을 걸었다. 둔덕이 있는 곳엔 바람에 눈이 밀려 정강이까지 빠졌다. 가로수 날 몸에 핀 얼음꽃들이 바슬바슬 떨어지며 날렸다. 아이들은 턱이 덜덜거리는 추위와 맞서며 어금니를 사리물고 한 걸음 한 걸음 미래를 향한 발걸음을 떼었다. 벌판을 지날 땐 세찬 눈보라가 몰아치기도 했다. 여학교를 지원한 아이는 이틀 전 이미 학교가 있는 읍내로 떠났다.

중학교 시험장엔 많은 어른들이 와 있었다. 그러나 우리들의 학부모는 한 사람도 없었다. 먼저 와 있던 강 선생 곁으로 우리는 어미를 찾은 오리새끼들마냥 쪼르르 모였다. 검은 외투를 걸치고 움츠리며 서성이던 강 선생의 표정이 아이들보다 비장했다. 입김에 서려 흐릿해진 안경 너머로 쏟아지는 눈빛은 무섭도록 강렬했다.

시험 결과는 의외로 좋았다. 2.5대 1의 경쟁률이었는데 대부분의 아이들이 상위권으로 합격했다. 산골 학교에서 일어난 경사였다. 그러나 안타까운 일은 다른 삼분의 이 정도 학생들이 상급 학교에 진학을 못한 현실이었다. 일찌감치 가난 때문에 학교를 그만둔 아이들도 있었다. 일학년 입학할 당시보다 이런저런 이유로 학생 숫자가 줄어 졸업을 앞둔 무렵엔 육십 명이 채 되지 않았다.

대부분의 아이들은 나보다 한두 살 또는 서너 살 위여서 생각이 어른스러웠다. 졸업을 하면 도회지로 돈 벌러 가겠다고 했다. 가족을 지키며 농사를 지을 거라는 아이도 있고, 어떤 아이들은 서당에 다닐 거라 했다. 저마다의 꿈을 그려 놓았다. 나는 미지의 세계를 날아다니며 세상 곳곳을 탐험해 보겠다는 원대한 꿈을 꾸었다. 여자아이들은 어떤 꿈을 꾸는지 알 수 없었지만 판순은 시집갈 거라 했다. 공부에 목매는 게 다가 아니라는 아이도 있었다. 꿈은 공부만으로 이루는 게 아니라 장차 생각이 넓어지면 저절로 이루어질 거라 했다.

졸업식 날이 밝았다. 눈발이 흩날리고 학교 지붕의 처마엔 고드름이 삐죽삐죽 내리 자라 팔을 뻗으면 잡힐 것 같았다. 졸업식엔 전교생과 학부모들이 강당을 가득 메웠다. 강당 안은 열기로 가득 찼다. 교장 선생의 인사말이 끝나고 졸업생 대표가 붓글씨로 쓴 두루마리 고별사를 아래로 읽어 내려갔다. 오학년 학생 대표의 송사가 쩌렁쩌렁 이어지는 동안 아이들의 눈에선 눈물이 글썽였다. 나는 육년 우등상과 정근상, 우수 모범상, 세 개의 상을 받았다. 금테가 둘러진 상장과 졸업장을 받고 부상으로 옥편과 콘사이스 영어사전을 받았다. 영어사전은 쪼그라진 형의 것과는 비교가 되지 않았다. 더 두

겹고 종이도 야들야들 보드라웠다. 졸업장은 가족의 보살핌을 잊지 말고 스승의 은공을 기리라는 명령서고, 모범상은 덩치 큰 녀석들의 놀림과 괄시를 잘 견뎠다는 증명서였다. 학생들의 졸업식 노래가 강당 안에 우렁차게 울려 퍼졌다.

빛나는 졸업장을 타신 언니께
꽃다발을 한 아름 선사합니다….
잘 있거라 아우들아 정든 교실아
선생님 저희들은 물러갑니다….
앞에서 끌어 주고 뒤에서 밀며
우리나라 짊어지고 나갈 우리들….

노래가 이어지는 동안 강당 안은 눈물바다를 이루었다. 여학생들은 엉엉 소리 내어 울며 주룩주룩 눈물을 쏟았다. 전교생은 졸업식 끝 노래로 학교가 떠나갈 듯 교가*를 합창했다. 선생님들도 학부모들도 따라 했다. 여자아이들의 우는 소리가 교가에 묻혔다. 교실에 돌아온 뒤에도 여자아이들의 울음은 그치지 않고 남자아이들도 훌쩍대었다. 학교를 떠나는 게 슬퍼서가 아니고 이별은 그저 슬픈 거였다. 울지 않고 졸업을 좋아하는 몇몇 아이가 있긴 했다. 항상 개구멍으로 들락거리고 학교가 파하면 잔솔밭에 앉아 마른 고구마 잎을 부셔서 흉내 담배를 피우던 녀석들이었다. 강태식 선생이 작별 인사

* 장군봉 뻗어 내려 잡은 터전에/황해로 굽이굽이 돌아드는 곳/높은 뫼 깊은 바다 벅차는 세상/배운 뜻 닦고 배워 이어 나가자/한 들의 곡식이 나서 자라듯/키우고 빛내자 백련 학교

를 위해 교단에 섰다. 근엄한 눈빛으로 교탁을 두어 번 친 다음 우는 아이들을 추스르며 주목시켰다.

"마지막으로 해 주고 싶은 말이 있다."

아이들이 눈물을 훔치며 고개를 들었다.

"집을 나서다가 마당에서 넘어질 때가 있다. 학교에 올 때에도 더러 돌부리에 넘어져 본 적 있을 것이다. 만약 백 리를 가면 얼마나 힘들고 몇 번이나 넘어지겠느냐? 천 리를 가려면 길가에서 밤을 새우고 주린 배도 움켜쥐어야 하고, 눈비에 만신창이가 되어 쓰러질 것이다. 산짐승도 만날 것이다. 우리 인생은 백 리도 천 리도 아니다. 그보다 몇만 배 길고 험난하다. 그래서 한 번 길을 잘못 들면 돌아올 길 잊어 버리고 목숨마저 위태로워진다. 어찌해야 되겠느냐? 올바른 길로 첫걸음을 잘 떼어야 한다. 졸업은 마침이 아니고 시작의 첫걸음이다. 알아듣겠느냐?"

"예."

"막돌도 다듬으면 다듬잇돌 되고, 차돌도 바람 들면 푸석돌 된다. 잘 새겨 두기 바란다."

아이들은 일제히 고개를 끄덕였다. 울음을 그쳤고 눈물도 흘리지 않았다. 강 선생의 안경 너머 눈자위에만 눈물이 보였다. 육 년이라는 얽히고설킨 나어린 세월이 촘촘히 엮인 이엉처럼 한 마름이 되었다.

읍내에 갔던 아버지가 중학교 교복과 가방을 사 왔다. 금색 단추가 빛나는 교복을 입고 등에 메던 책보 대신 멋진 책가방을 들고 학교에 다닐 것을 생각을 하니 가슴이 벅차올랐다. 아무도 없는 건넌방에 들어가 문을 걸고 교복을 입어 봤다. 교복은 반드르르한 새 옷인데 어딘가 어색했다. 맞춤하지 못하고 너무 헐렁했다. 아버지는 머잖아 내가 훌쩍 커 버릴 걸 감안한 듯싶었다. 소매는 손끝까지 내려오고 바지는 발을 덮어 질질 끌렸다. 모자도 귓바퀴까지 내려와 눈썹을 덮었다. 하지만 그게 무슨 대수인가, 걷어 입으면 되지. 모자를 쓰고 가방을 들고 가슴을 벌린 걸음으로 방 안을 왔다 갔다 하며 걸어 봤다. 거울 안에 비치는 내가 어느덧 의젓한 어른이 된 기분이었다.

아버지의 컥, 어흠 하는 헛기침 소리가 안방에서 들렸다. 나를 부르는 소리였다. 후다닥 옷을 갈아입고 방문을 열었다. 아랫목 탁자에 기대고 있는 아버지의 표정이 여느 때와 달랐다. 잔뜩 상기된 내 얼굴을 흘끔 훑어보며 아버지는 손가락으로 방바닥을 두드렸다. 나는 아버지 면전 가까이 무릎을 꿇고 앉아 숨을 죽였다.

"너는 이 집 중추고 대들보여. 허투루 나대서는 안 되야. 중학생이면 인자 어른잉게."

주춧돌이라던 형이 속을 썩이던 과오를 혹여 내가 이을까 아버지는 염려했다. 나는 그 뜻을 금방 알아차렸다.

"예."

나의 대답은 비장함에 찼다.

"나무들 하며 들판 곡식들이 왜 봄부터 싹 틔우고 무더위에 죽어라 위로 크는지 알어? 가을 되믄 다 말라 비틀어질 틴디 말여."

나는 아버지의 아리송한 훈육에 끌려들었다.

"다 열매 맺고 씨종자 맹그느라 그러는 겨. 너는 어찌 히야 되겄냐?"

"알았어요."

"알아들었어?"

"예."

"음, 좋은 결실을 맺으믄 고생헌 건 아무것도 아녀. 네 본분은 공부로 고생허는 거여. 그러고, 열매는 낮에만 익는 게 아녀. 밤에도 쉬지 않고 고갱이를 키우고 익어 가는 기여. 무슨 말인지 알겄지?"

나는 아버지의 말을 귀담아 모았다. 깜깜한 밤도 쓸모없는 하루의 절반이 아니므로 시간을 아껴 힘써 정진하라는 뜻이었다. 나는 모든 작물들이 밤에도 쉬지 않고 자란다는 것을 그때까지 생각하지 못했다. 아버지는 내 얼굴을 그윽이 살폈다. 나는 두 손을 무릎 위에 얹고 아버지의 말 물림을 기다렸다. 아버지는 말을 이었다. 그동안 마음속에 담아 둔 듯한 가르침이었다.

"너는 물을 건널 때 걷는 게 낫것냐아, 배를 타는 게 낫겄냐?"

아버지의 음성이 더 무거웠다. 무릎 위에 찰싹 붙인 내 손바닥에 땀기가 뱄다. 나는 입을 닫은 채 눈만 껌벅거렸다.

"배를 타는 게 낫것지?"

나는 고개를 끄덕였다.

"배는 어디서 날 거여?"

머릿속이 멍했다. 고개를 다시 들었다.

"나무를 맞대든 풀대를 엮든 만들어야 할 거 아녀? 배를. 그리야 쉬이 물을 건너지. 그게 공부고 세상 이치여. 다시 말해, 옛날 사람들은 어떻게 살았는가를 배우고, 세상은 어떻게 생겼는가 탐구하고 지식을 쌓는 게 공부다 그 말이여."

내가 더 이상 요람 속 아이가 아니라는 아버지의 지엄한 훈교였다.

나는 그 즈음 자전거는 언제 사 줄 거냐라든가 혹시 기타 대신 만년필이라도 사 줄 수 없는가 하고 치기를 부려 볼 참이었다. 분위기는 턱도 없었다. 아버지는 아랫목 탁자의 빼닫이에서 뭔가를 꺼내 내 손에 쥐여 주었다. 아버지가 차고 다니던 사각 은빛 시계였다. 아버지는 태엽을 감아 밥을 줄 때 이따금 내게 차 보게 했다. 나는 귀에 대고 시간이 가는 소리를 들어 보곤 했다. 마을에는 손목시계를 가진 학생이 아무도 없었다. 눈물이 핑 돌 뻔했다. 아버지는 말없이 퇴창문을 열고 하늘을 내다봤다.

## 봄처녀 시집가고

노처녀가 드디어 짝을 만났다. 스물세 살 봄처녀가 시집가는 날이다. 읍내에 사는 훤칠한 키에 잘 생긴 미남 신랑이 번쩍거리는 트럭을 타고 왔다. 상객과 우인대표들도 함께 내려 집 앞에 섰다.

얼굴에 숯검정을 칠하고 우스운 꼴을 한 중방쟁이가 함을 지고 왔는데, 안으로 들어올 생각을 안 했다. 형들이 밖으로 나가 허리를 굽히고 안으로 모셨다. 중방쟁이는 손사래를 치며 못 들어가겠다고 튕겼다. 앞에서 붙들고 뒤에서 밀어도 물가에 선 말처럼 한사코 버텼다. 한바탕 실랑이가 벌어졌다. 사람들의 시선이 모두 그곳에 쏠려 박장대소하는 동안 누런 돈봉투가 왔다 갔다 하고 바닥에도 깔렸다. 마침내 합의점을 찾았나 싶었다. 중방쟁이는 도적 떼 두목처럼 빼기다가 못이기는 척하고 들어왔다. 마당에 들어서서 양손에 든 누런 돈봉투를 흔든 다음, 하얀 천이 덮인 상 위에 함 짐을 내려놓았다.

신랑은 성큼성큼 걸어와 마당에 펼쳐진 돗자리 위에 섰다. 마루에 앉아 있는 부모님과 어른들에게 큰절을 하고 사랑방으로 들었다. 누나는 안방에서 여인들에게 둘러 쌓여 분 바르고, 연지 곤지 찍고, 오색 원삼 에워 입고, 칠보 족두리를 썼다. 병이 완쾌된 지 일 년이 지났건만 머리가 아직 길게 자라지 않아 가르마 없이 간신히 머리를 틀어 옥빛 돋나는 봉잠을 꽂았다. 치장이 끝난 누나의 미목이 그렇게 수려할 줄 몰랐다. 무명 치마에 언제나 수수한 차림이었던 누나는 〈원술랑〉 영화에 나왔던 공주보다 어여뻤다.

여인들의 경탄이 튀어나왔다.

"오매! 선녀가 이만 허까이? 이리 차링게 원어니 다르구만."

"내가 시집올 때도 이만했을 껴."

"하이고 육시럴, 댈 데다가 대."

경사에는 부러움의 말도, 지난 세월의 이야기도 넘쳤다.

빨랫줄을 걷어낸 마당에는 초례청이 차려졌다. 멍석이 펼쳐지고 그 위에 왕골 화문석이 깔렸다. 무명색 차일이 하늘을 가리고 여덟 폭 산수화 병풍이 세워졌다. 대례상 위에는 시루떡과 물, 대추와 밤과 팥이 놓이고, 양편의 푸른 댓가지와 소나무 가지엔 청홍사가 화사하게 넘실댔다. 그 아래 주안상에는 술과 표주박이, 다른 쪽 전안상에는 목기러기와 팔뚝만 한 통나무 젓가락 한 매가 올려졌다.

일가 친척, 마을 사람들이 문밖까지 겹겹 에우고 제비 한 쌍이 처마 밑에서 지켜보는 가운데 혼례가 시작되었다. 신랑이 위풍 넘치는 연자줏빛 사모관대 차림으로 사랑방에서 나왔다. 목기러기가 올려진 전안상에 무릎을 꿇고 절을 한 다음, 통나무 젓가락을 들어 상 위에 세 번 내려찍은 후 머리 위로 휘익 넘겨 던졌다. 사람들이 통나무 젓가락에 맞을까 봐 성큼 뒤로 몸을 빼며 한마디씩 했다.

"힘이 장사여!"

"첫 아들은 따 논 당상이구만!"

누나가 양쪽에 선 수모들의 부축을 받으며 방에서 나와 대례상 앞에 섰다. 앞에 서 있는 신랑을 차마 쳐다보지 못하고 두 팔 한삼으로 얼굴을 가린 누나는 천생 시집가는 새색시였다. 키가 큰 누나가 찬연한 혼례복을 입고 요조롭게 서 있는 모습은 단연 군계일학이었다. 신랑은 쑥스러워하면서도 좋아서 어쩔 줄을 몰라 했다. 간신히 웃음을 참는 모습이 더 우스웠다.

일 년 전만 해도 사경을 헤맸던 누나가 천우신조로 살아나 시집을 가게 될 줄이야. 사람의 운명은 알 수가 없는 일이었다. 중병을 앓고 난 딸이 시집을 못 가면 어쩌나 부모님은 근심을 달고 살았다. 누나의 친구들은 금자를 제외하고 벌써 시집을 갔다. 그러던 차에 누나를 치료해 주던 읍내 신명 한의원에서 혼담이 들어왔다. 아버지와 우리 집안을 익히 알고, 무엇보다 오랫동안 치료했던 누나를 잘 알고 있는 한의원이었다. 읍내에서 상업 전수학교를 나와 상업을 하는 스물아홉의 노총각인데, 효심이 지극하고 형제와 우애가 깊으며 도량이 넓은 성실한 청년이라 했다. 누나와 우리 집안에 대해서도 소상히 이야기가 되었다고 했다. 특별히 누나에 대해서는 중병을 앓았던 적이 있지만 면역이 생겨 큰 병에 걸리지 않고 오히려 건강하게 산다는 이치를 잘 이해시켰다고 했다. 아버지는 신랑 될 사람의 집안 내력을 훤히 꿰고 있는 신명 한의원을 믿었고, 농사를 짓는 농부가 아니라 상업을 하는 낭재라는 점에 쉬이 마음을 움직였다. 농부에게 시집가서 고생할 것을 생각하면 읍내 도회지로 시집가게 된 것은 첫 여식 키운 보람에 부족함이 없었다.

맞선을 본 적도 없고 어른들이 정해 준 대로 누나는 순종했다. 사진으로만 마음을 주고받아 결정을 내린 결혼이어서 그날 혼례가 치러지기 전까지 누나는 신랑의 얼굴을 본 적이 없었다. 누나는 힐끗힐끗 신랑을 훔쳐보며 마음에 들었는지 표정이 사뭇 밝아지고 당당해졌다. 재배, 삼배, 교배례가 끝나고 청실 홍실이 달린 표주박에 술을 나누는 합근례 때도 누나는 부끄럼 없이 술도 잘 마셨다. 아니 입가까이에 대고 잘 마시는 척했다. 예식이 끝나자 색종이 테이프가 사방에 뿌려져 오색 꽃밭을 이루었다. 사진을 찍을 때는 동네 청년 둘이서 병풍을 높이 들어 배경을 만들었다. 그런데 조금 비뚤어진 채 사진이 번쩍 찍히고 말았다. 어린 셋째 여동생은 수줍음을 많이 타 찍지 않겠다고 버티다가 울기 직전 모습이 찍혀 버렸다. 가족사진을 찍을 때 아버지는 쑥스러운지 감나무 밑으로 피해 갔다. 아버지는 무슨 일이 닥쳐 난감할 때면 꼭 감나무 밑으로 가 존재를 가렸다. 첫 딸의 출가 행사에다 동생 같은 사위를 보아서인지 혼례식이 치러지는 내내 계면쩍어했다.

상객과 우인대표들을 위한 위안상이 사랑방에 차려지고 마루에, 멍석 위에, 감나무 아래에도 잔칫상이 놓였다. 맷방석, 부들방석도 내다 깔고 가마니도 가져와 깔았다. 아이들이나 눈에 잘 안 띄던 여자들은 토방이나 부엌에 쪼그려 앉았다. 모락모락 김을 내는 국수 그릇이 날아다니고 오신채 듬뿍 넣은 고기와 전, 떡과 술로 걸게 차려진 진찬은 하객들의 홍락을 들띄웠다. 술은 아버지가 담그고 어머니가 즐기던 뒤꼍에 묻어 둔 술이었다. 내가 코흘리개였을 때 마시고 죽었다가 살아난 그 독아지에 담근 술이었다.

어머니가 트럭에 실을 혼수를 챙기면서 누나에게 말했다. 건강을 염려하는 말이었다.

"너무 되게 살지 말어. 아직 성치 않은게."

누나는 고개만 끄덕였다.

"자방침도 실어 놨다."

누나는 여전히 말이 없었다. 어머니는 못미더웠다.

"어른들은 고실고실한 밥보다는 진밥을 좋아헝게 손목까지 물 대중을 잘 맞춰야 혀. 쌀 싯츠고 조리질헐 때 뉘랑 돌멩이도 잘 일러 골라 내고. 된장국은 따락따락 약한 불에 오래 끓여야 허는 거 알지? 죽을 쑬 땐 눋지 않게 잘 저어야 허고."

"다 알아요."

"식구들보다 조깨만 일찍 일어나. 이태만 아금박시럽게 허믄 열부 소리 들을 겨. 에미 말 허실 삼어 듣지 말어."

어머니의 당부는 마지막 가르침이자 마음의 혼수였다. 누나는 눈물을 콕콕 찍어 훔쳤다. 나고 자란 둥지를 이소하는 슬픔과 지고한 부모의 사랑에 감읍하는 눈물이었을 것이다.

가족에서 떨어져 나가 새로운 가족을 이루기 위해 누나는 출가외인이 되었다. 꽃가마 대신 신부와 신랑이 트럭 앞자리에 함께 탔다. 마을 하객들은 벌건 대낮에 규수를 훔쳐 가는 서생원 신랑의 발바닥을 패서 보내라며 아우성이었다. 재행을 오면 홍두깨 맛 제대로 보여 주자며 벼르는 형들도 있었다. 혼수와 장롱도 모두 실었다. 장롱 유리문엔 산마루 위의 붉은 해와 푸른 소나무와 하얀 학 두 마리의 그림이 있었다. 누나의 새 인생길, 십장생처럼 밝고 청청한 삶으로 오래오래 사랑을 흠뻑 누리라는 뜻이리라. 우인대표들과 상객들도 모두 탔다. 그들은 봄처녀 하나를 훔쳐 가는 도둑이었다. 나는 누나를 빼앗기는 것 같았다. 하지만 읍내로 시집가게 되어 섭섭하진 않았다. 읍내에 있는 중학교에 다니면서 자주 볼 수 있을 것이고, 새로운 인척이 생겼으니 도리어 흐뭇했다.

오색 종이 테이프를 두른 트럭이 천천히 움직이자 신부가 눈자위를 훔치며 잉잉 소리 내어 울었다. 그러나 거짓 울음 같고 그리 슬퍼 보이지 않았다. 신랑은 마냥 벙싯벙싯했다. 입귀가 올라가고 환하게 배어나는 미소가 아까보다 더 커 보였다. 하긴 세상천지에 화가 난 새신랑이 있던가. 스물두 해 금지옥엽으로 키우고 다 죽은 생명 살려 내 하루 만에 앗겨 버린 어머니는 오색 나래를 휘날리는 트럭이 신작로에서 보이지 않을 때까지 허탈하게 서 있었다. 아버지는 은행나무를 붙들고 새끼 잃은 어미 소처럼 망연히 젖은 눈만 껌벅거렸다. 연분홍 복사꽃잎이 날리고 제비들이 처마에서 내려와 집 주위를 맴돌았다.

나는 입때껏 업어 주고 동무가 되어 주었던 누나에게 공연스레 미안한 마음이 들었다. 엿이나 과자, 아니면 과실들, 내가 좋아하는 입맛거리가 생기면 여투어 두었다가 엄마처럼 몰래 내어 주던 누나. 사흘 후에 재행을 오면 진달래꽃이라도 한 아름 꺾어다 줄까? 아니면 개나리꽃이라도.

뭐라도 티를 내고 싶었다.

## 시작의 치욕

야방모퉁이의 구불구불한 산굽이를 마이크로 버스가 천천히 내려왔다. 주로 학생들이 이용하는 첫차였다. 중학생이 되어 학교에 가는 첫날, 신작로에는 몇몇 마을 학생들이 벌써 와 버스를 기다렸다. 서쪽 해안에서 불어오는 싸한 봄바람이 설한의 공기처럼 차가웠다. 마이크로 버스는 허리를 굽혀야만 탈 수 있는 작은 버스였다. 사슴처럼 선한 눈매를 가진 선옥이라는 아리따운 여차장이 싱긋 웃으며 나를 맞았다. 가슴엔 이름표를 달고 단아한 귀엣머리에 자그마한 네모 가방을 엇멘 것이 여학생 누나처럼 보였다.

뒤쪽 좌석에는 고사리를 팔러 가는 아주머니 둘이 비료 포대에 담은 고사리 더미를 싸안고 있었다. 무심한 표정에 머리엔 무명 수건을 둘렀다. 산바람에 그을린 탓인지 얼굴이 가무잡잡하다. 바닷바람이거나 들바람 탓일 수도 있다. 새 교복을 입은 다른 학생들도 몇이 보였다. 빈자리가 많아 나는 맨 앞자리에 앉았다. 자동차 엔진 소리가 부릉대며 귀를 긁었지만 곧 익숙해졌다. 그 후 그 자리는 내 고정석이 되었다. 정거장을 지날 때마다 커다란 책가방을 든 남녀 학생들이 좌석을 채우고, 버스가 곧 만원이 되자 나중에 오르는 사람들은 통로에 앉았다. 몸집이 작은 사람은 비집고 들어와 엔진 덮개 위에도 앉았다.

학교 근처에 왔을 무렵, 신작로는 사방에서 몰려든 자전거 통학생들로 붐볐다. 새벽에 일찍 떠난 우리 마을의 선배 형도 보였다. 냉기에 얼얼해진 손이 곱은지 한쪽 손을 주머니에 넣고 페달을 굴렸다. 두 손에 입김을 불며 페달을 굴리는 학생도 있었다.

아침은 해맑았다. 검은 교복에 가슴을 핀 소년들의 눈빛이 햇살을 받아 반짝거렸다. 배움의 터전으로 향하는 홍안마다 상기가 차고, 저마다의 파릇한 꿈들이 구름처럼 모여들었다. 정문에 들어서자 드높은 깃발이 펄럭이고 우람한 학교 건물이 팔을 벌리며 우리를 맞이했다. 전교생이 운동장에 모여 새 학기가 시작되는 조회를 기다렸다. 모자를 삐딱하게 쓴 선배들이 우리 쪽을 힐금힐금 째려봤다. 일학년 신입생들은 따로 모여 섰다. 서로가 낯설어 하면서도 새로운 친구가 되는 설렘이 가득했다. 단정하게 호크를 채운 칼라에 '1' 자 배지를 단 아이들이었다. 검은 글자로 박음질을 한 흰색 마름모 이름표를 보고 서로를 익혔다.

반가운 얼굴을 발견했다. 동규와 민호였다. 그들은 읍내에 사는 아이들로 내가 입학시험을 치르던 날 나의 앞뒤에 있었다. 짧은 하루였지만 시험을 치르는 동안 서로 격려하며 꼭 합격해서 다시 만나자는 다짐을 했었다. 산골 아이들과 달리 뽀얀 얼굴에 궁색한 표정이 없고 도회지 아이답게 차림새도 말끔했다. 우리들은 마치 오랜만에 만난 연인처럼 손을 잡고 나란히 같은 줄에 섰다. 새로운 친구가 생긴 것은 나의 사고와 행동의 반경이 넓어지는 일이었다. 마음이 통하는 친구를 갖고 싶은 것은 인지상정이라 그들도 내게 호감이 있어 우리는 금세 친해졌다.

다음 날이었다. 첫 수업이 시작되기 전 갑자기 복도에서 십수 명의 삼학년 선배들이 소리를 지르며 소란을 일으키더니 우리 반 교실로 떼 지어 들이닥쳤다. 험상궂게 생긴 선배 하나가 몽둥이를 들고 교단에 서서 다짜고짜 우리를 노려봤다. 다른 선배들은 앞뒤 출입문을 봉쇄하고 아이들의 출입을 막았다. 영문도 모른 채 아이들은 순식간에 몰아닥친 공포감에 부들부들 떨었다. 잠시 후 큰 호령이 떨어졌다.

"동작 그만. 주목!"

말 한마디에 아이들은 엉겁결 기가 죽어 버렸다.

"모두 책상 위로 올라 섯!"

아이들이 눈치를 보며 책상 위에 올라섰다. 뒤쪽에서 아이들이 몽둥이로 두들겨 맞는 소리와 원초적인 신음 소리가 들려왔다.

"똑바로 서지 못해? 움직이면 죽는다."

아이들은 책상 위에 차렷 자세로 서서 눈동자조차 움직이지 못했다. 움직인 듯싶은 아이에겐 몽둥이가 종아리와 엉덩이에 가차없이 후려쳐졌다. 이유도 조건도 없었다. 들어본 적도 없고 상상조차 못했던 첫날의 날벼락이었다. 이번엔 앞니가 튀어나오고 우락부락하게 생긴 선배 하나가 교탁 앞에 올라섰다.

"들어라! 지금부터 학교 규율을 선포한다. 첫째, 두발 불량, 복장 불량은 무조건 기합이다. 둘째, 선배에겐 반드시 경례를 붙여라. 알았나?"

먹이를 노리는 맹금처럼 그의 눈빛이 선뜩했다. 아이들이 주눅이 들어 입도 뻥긋 못하자 다시 몽둥이가 여기저기서 춤을 추었다. 나도 어처구니없는 치욕의 몽둥이질을 당했다. 책상 위에서 아래로 꼬꾸라지는 아이도 있었다. 단 한 아이도 외수 없이 두들겨 맞았다. 숫제 학교가 아니고 서릿발 같은 군대 훈련소였다. 초년병들을 족치는 무시무시한 군기 교육이었다. 교사들이 해야 할 규율 교육을 선배 학생들이 대신하는 전통은 일제 시대에 남겨진 악습이었지만 여전히 학교에서 자행되었다. 억분하기 이를 데 없었다. 천진난만한 아이들은 옴짝달싹 못하고 난데없는 몽둥이 타작을 받아들였다. 어리광 철부지들이 험난한 인생길에 들어서는 순간이었다.

한바탕 광풍이 지나갔다. 옆 교실에서도 같은 행짜가 벌어지고 있었다. 아이들의 신음 소리가 여과 없이 들려왔다. 첫 수업 시간이 다 지나도록 교사들은 나타나지 않았다. 책가방조차 열지 못한 채 묵인된 공포의 규율 교육은 계속되었다. 국민학교 시절 내내 놀림을 받았던 내가 중학생이 되어서도 주눅이 들어 학교에 다닐 것을 생각하니 눈앞이 캄캄했다.

한순간에 빼앗겨 버린 자유, 어림없는 저항과 거역, 나는 어처구니없는 길들이기에 끓어오르는 분노를 억누르며 주먹을 쥐었다. 언젠가는 이 치욕에 대한 앙갚음을 반드시 해 줄 거라며 이를 옥물었다. 앙갚음의 대상이 누구일지 모르지만, 비굴하고 여려 터진 내 심지 뭉치를 갈구어 기연히 맞서리라 다짐했다. 내 양 어깻죽지에 힘이 뻗쳤다. 날개깃이 돋고 있었다. 깃털을 세워 비상할 날을 기다리며 회초리가 아닌 몽둥이를 상대해야 하는 소년 시절이 그렇게 성큼 다가왔다.

수업이 끝나는 종소리가 들렸다. 끈 달린 종 추로 치는 땡! 소리가 아니라, 땅! 하고 몽둥이로 두들기는 둔중한 종소리였다.

## 마치면서

새로움의 갈망보다 지나간 장소, 묵은 것들이 소중히 여겨지는 까닭은 세월이 빨라진 탓이리라. 시간의 속도에 올라타 질주하는 각다분한 삶에서, 유리알처럼 빛나는 유년의 그리움은 싫증나는 법이 없다. 시들시들 눅어 있는 추억들이 소생하면 허망했던 시절도 기쁘다. 저 뒤에 있는 유년이 아름답고 감격스러운 건 이후의 삶이 굴뚝 속처럼 어둑한 검댕이여서일 게다.

아이는 생명의 존귀함, 됨됨이의 덕목, 인내의 가치를 본으로 여기는 사람들 틈에서 자랐다. 한밤의 이슬 머금고 새벽에 피어난 여린 옥잠화였다. 연푸른 잎사귀 두르고 백옥빛 비녀로 망울을 여는, 세상의 어둠을 향해 은은히 고개를 내밀던 순수의 꽃이었다. 그렇게 피어나 맑은 눈빛과 절로 나는 노랫말로 풀잎을 만지며 흙에서 뛰놀았다. 밤이 되면 해가 달로 변하는 줄 알았다.

누릿하게 묵은 세월의 두루마리를 폈을 때, 옛 동리 산천은 하늘에 걸린 산수화인 듯 여전하건만, 맑고 푸른 바다는 저 멀리 물러가고 드넓은 장불은 어느덧 황량한 뭍으로 변했다. 사람들의 정담은 강물처럼 흘러갔고 눈에 밟히는 마을 사람들, 동무들은 온데간데없었다. 어제가 있었던가. 오늘이 내일인가. 세월은 무정한 변덕을 부린다. 저무는 황혼에서 아삼아삼 손을 흔드는 아이의 잔영이 선연하다. 다시는 돌아오지 않을 것 같다.

어린 시절의 말소리와 생각, 정경의 자취를 따라 시간을 되돌리는 유람은 산보 중에 아람 떨어진 열매를 줍는 즐거움일 거라 여겼다. 하지만 기억의 밑바닥은 어둡고 회상의 골짜기는 아득했다. 나이가 들어, 생기 빠진 가을 이파리처럼 생각은 바삭대고, 이마를 톡톡 건드린다고 봉숭아 씨앗처럼 탁 터져 나오는 것도 아니니.

어지러운 문화와 오염된 언어가 춤추는 시대. 온통 성공과 출세를 인생 목표로 잡아 끄는 사회, 복잡한 인생을 더 복잡하게 다루는 사람들 틈에서 우리는 나어린 시절의 행복마저 잊고 지낸다. 생의 전리품처럼 인생의 장식장에 퇴색되어 가는 추억들, 보고 싶고 그리워지는 추억이 있다는 건 행복한 시절이 있었다는 뜻이다. 어느 한 대목에 그리움의 시선을 두었거나 작은 즐거움이라도 얻었다면 글쓴이는 더없는 보람을 누리겠다.